兰屿之歌 清泉故事

[美] 丁松青 著

三毛 译

北京出版集团公司
北京十月文艺出版社

青马（天津）文化有限公司
出　品

目录

兰屿之歌

清泉故事

兰屿之歌

献给兰屿那些可爱的孩子

因为他们的歌声与欢笑

才有这本书的诞生

有这么一个人
——记丁松青神父

三毛

直到现在我还记得，那架小飞机在着陆的时候是顺风落地的。当然我关在机舱里并不可能晓得。

我们好似要吹到海水里去了，飞机才悠然止住。

地面上的人迎了过来，笑着对机师说："今天怎么如此降落呢？"机师说："天气好得那个样子，没有危险的！"

一群人上来帮忙下行李，我提出了简单的小背包，对着机场检查官员笑了笑。这儿的人与本岛台湾的，在态度上便是不同，那份从容谦和给人的感觉便是舒坦。

机场边的办公室是水泥的长方房子，立在海边全绿的草坪上，乍见这片景色和人，那份除了安宁之外的寂静，夹着海水、青草地还有机油的味道，丝丝刻骨，这份巨大的震撼却是面对一个全绿的岛屿时所带给我的。

那是十一年前兰屿的一个夏日。

在赴兰屿之前，我已跑过了大半个地球，可是这儿不同，这儿的荒美尚是一片处女地，大地的本身没有太多的人去践踏它，它的风貌也就寂然。

女友子卿与我搭上一辆铁牛车跑到预定的兰屿别馆去，在那个岛上唯一的旅社里安置了简单的行李。

放下了衣物，急着跑出门去，满腔的欢喜和青春，经过花莲、台东一路的旅行，在初抵这片土地时已到了顶峰，恨不能将自己泼了出去，化做大洪水，浸透这个陌生地，将它溶进生命还是觉得不够。那时候的我，是怎么样地年轻啊！

景色的美丽事实上是拿它无可奈何的，即使全身所有的心怀意念全都张开了迎接它，而不长期生活在它里面，不做些日常的琐事，不跟天地在个人的起居作息上融合一体，那么所谓游客似的看山看景，于我还是空洞。

看了一会儿兰屿的山海，我便觉得有些无聊，禁不住想去跟当地的居民做做朋友了。

远远的山坡上立着一些凉亭，山坡与地面接近的地方有着本地人低矮的住宅，沿着上坡一条小径的最顶端一座天主教堂在一片绿色中十分优美地站着。

子卿和我不约而同地指着那个教堂，说走便走，沿着在当时尚有小紫花开满的斜坡爬上去。

那时候去岛上的陌生人有限，我们走路的时候，身边很快引来了一大群小孩子，我随身的布包里放满了台东买去的糖果和吉祥牌香烟。本是不怀好意，预备拿来交换兰屿手刻小木船用的。结果要糖的孩子太热烈，我又是个不忍拒绝孩子的软手人，一路上教堂，一路努力分辨孩子的小脸，给过的绝不再给重复，这么爬到半路，糖果光了，孩子们也散了。

教堂的面前一个泥巴地的小广场，淙淙的山泉用管子引了下来，不间断地流着。一个妇人蹲在那儿洗两个赤身露体的小孩。四周寂静无声，也看不到其他的人。

女友子卿是世上最合适的游伴，她很少跟我黏在一起，是个不多话又自有主张的好朋友。当我低头去喝泉水，跟那妇人说话时，子卿已经自去四处行走了。

我试着抱起那个小女孩，亲亲她美丽的面颊，她的母亲便说："给你好不好，你给我带去台湾，要不要？"

我听了吓了一跳，微笑着赶快放下孩子，跑到教堂的大门边去。

教堂的大门没有完全关严，主人不在，不敢贸然，趴在门缝里偷看内部的情形，这一张望喜得愣了过去。

内部的圣堂墙上大幅的壁画，画着兰屿服装的同胞，戴着他们状如锅盖似的大帽子，手中捧着土地里生长的收获，活活泼泼地在向神献上感恩。

这么一座神民交融的美图，竟然藏在如此一个小岛上，又是谁的手笔呢？

可惜门缝里张望所见的角度总觉不够，我又是个酷爱美术的人，在这种理由下，便想扭开教堂松松拴着的锁，私自跑进去看个够。

便在动手的时候突然觉得身后有人，我尚喊了一声："阿卿，我们想法子进去看画！"猛一回头发觉身后站着的是一个陌生的棕发青年。我因自己正在闯教堂，巧被捉个正着，立即飞红了脸，一句想也没有想的话脱口而出："您是意大利神父吗？"

这完全是大窘之下掩饰自己不良行为的话语。

眼前的青年不算太高的个子，头发剪得规规矩矩，牙齿极整齐，眼神温柔友善，算得上英俊，一身舒适清洁的旧衣，脚上一双凉鞋，很羞涩，极纯净，脖上一条粗链子挂着一个十字架，没有言语，只是站在我面前。

他不说什么，可是透露的身体语言便明白告诉了我，这个青年，是有光辉，有信仰的，并且不是个意大利人。刚才那句问话真是莫名其妙。

这一回，是他开了门，谦卑和气又安详地将子卿与我引进了圣堂。

教堂在广场的正面，左厢另有一个小房子，里面放着一个医药柜，另外挤着一架老风琴，我试按了几个音，有些琴键下去了便不肯再跳起来，半哑的。

房间里堆着一沓一沓的儿童画，用色取景鲜明活泼，想来是岛上的孩子们涂来送给这位神父的礼物。

神父爱画，不必说也看得明白，他自己也画。

教堂的右侧也是一个小房间，里面有一张桌子，好似尚有木板床。再进去的一小间，一个如同炉灶的黑洞，旁边一堆柴火，食柜里几只锅碗，显眼的两只蛋孤零零地靠着，想来便是厨房了。

那位青年说他姓丁，是天主教耶稣会的修士，在岛上生活已经一年了，美国人。

我不会称呼一位修士，随他怎么说，仍是唤他丁神父。

我们交谈的时候，四周涌进来一大群好奇而友善的本地青年和孩子，说话的时候，修士的手便抚着身边小孩子的头，自自然然地流露出那份家族式的亲情。

参观完毕，觉得不能再打扰这位陌生人，便告辞下山去了。

兰屿之旅的第一位交谈者，便是后来结缘的丁松青神父。

我以为那种美丽的木刻小舟是有希望不花钱，只用香烟便可与当地同胞交换来的。这是传闻的失据，也是自己的如意算盘打得太不忠厚。

一路上兰屿同胞的确要去了我的吉祥牌香烟，而小船却不肯换给我。那时候在别馆的旁边有一家商店，店内的杂货自然是台湾运去的，可是他们也兼卖泥塑的小人，还有那一艘艘美丽的小木船。我一口气买下了六条。

第一日到兰屿，没有去游山玩水，心思就在那批小木船上，放在旅社床铺上左看右看，细数划船的小人儿一共有几个，当我发觉子卿船中刻的人居然有侧面孔的，而我的并没有，便吵着要跟她交换，两人忙来忙去，旅社里已叫我们下楼吃饭去了。

那时候的兰屿游客稀少，食堂中为我们开出来的居然是大盘的四菜一汤。

面对如此丰盛的食物，子卿与我却很不安，觉得菜蔬得来不易，吃不完浪费了不好。

一时里我有了主张，请子卿管桌子赶苍蝇，自己一口气奔上山坡，跑得上气不接下气，进了教堂便喊："丁神父，山下的菜吃不完，请您一同去吃饭呀！"

所谓晚饭，不过是下午四点半，实在太早了。

丁神父听了我的话，淡淡地回绝了，他的神态很亲切也很自然，并没有伤害到我。

当时的我，凡事积极，做人也太直率，已经被人婉谢了，居然不肯罢休，又说："那么将菜搬上来帮忙吃好吗？"

这真是强人所难，丁神父慌忙道谢再拒，我已掉头往山下又跑了去。回想起来，那时的体力好似再也用不尽的。

子卿真是好女孩，她的菜饭也不肯吃了，自己拨出一点点菜来，其他的全都要给神父。

这一回再上山，我找到了近路，崎岖难走，可是快捷，左手中端的一条红烧鱼在盘子里滑来滑去，很不安分。

送菜去的那个黄昏，神父的房内又挤满了小孩子，盘子刚刚放下来，那些孩子沉默的大眼睛便牢牢盯住了菜。

神父很安静地谢了我，用手拿起那条鱼，将鱼头一折，很自然地交给了他身边的孩子，然后一段一块的鱼肉都公平地分散了，眼看盘子内只有了汤汁。

"你也吃一些嘛！"我有些着急，对神父轻轻地说。

他只是微笑着，摸摸孩子的头，叫他们去广场外面玩。

那时候我们由台东上飞机赴兰屿，父亲的朋友，当时在台东任职土地银行的王毓麟伯伯，给我们备了好多水果饼干带了上路。那些水果，到了兰屿，子卿与我又舍不得独吃，觉得神父必定许久没有葡萄吃了，因此也跟菜一同搬了去教堂。

吃好了菜的孩子们，看见葡萄，又涌到神父身边来。

“神父，请你自己留下一些，你也要吃的！”我又急了。

葡萄又被一颗一颗放进了孩子的口里去。那只温柔的手怎么不知还有自己呢。

那一个夜晚，我坐在别馆面前的大海边，别馆的发电机是那儿唯一亮出灯火的地方，身边不时有大人和小孩跑上来伸手讨糖果，我的口袋里装满了在岛上杂货店中新买的水果糖，有人来讨，便交换条件，他们教我一句当地话，便给一颗糖，不是白送的。

一直坐到灯火全熄，我却无法欣赏海涛雄壮的声音，在夏日拂面的夜风里，心里想的只是教堂内那个食柜，空空的架子上，除了两个蛋之外，什么也没有的食柜。

这些同胞伸手不断地向人讨东西，那修士孩子似纯洁的灵魂，又怎么弄得过他们。

听说兰屿的山里有兰花和乌木，子卿与我起了个早，东南西北地乱走，看见了岛上的居民，便跑上去锅盖锅盖地打招呼微笑，不然就是跟着人家后面走，看看别人要到哪里去，因为我们事实上也没有目的。

人说兰花早已被采光了，山中去玩玩倒是好的。

于是我们又沿着小径往上爬，岛上的居民和气，低矮的房舍欢迎我们进去坐坐，我当真不客气，一家一家给爬进去坐坐，大家对着含笑，略略接受居民送上来的食物。还一同听了收音机，我渐渐地开始喜欢这些雅美族的同胞。

经过那座教堂的时候，又见第一日的那位修士在家，子卿与我上去道日安，说了一些兰屿的话题，那时已近正午了，不时有些居民来找修士，是来擦皮肤病药膏的。

修士忙完了，突然问子卿和我，是否愿意在教堂内同吃一顿中饭，那时候他的两位雅美族朋友也在场，其中一位青年如果记忆没有错误，应该叫王棉羊。

其实我们在兰屿别馆中所付的费用是包括伙食的，不吃也是付了，可是听见这位修士要请我们吃饭，居然一口便答应下来，也不知道客气，更忘了不如先去旅馆中搬了菜上来吃，不是省了别人张罗。

我们对修士说，他请客可以，由子卿和我来煮饭，说着便跑进了厨房。子卿和我进了那个灶间，修士却失踪了，再也不见人迹。

柴火煮饭不很容易，子卿和我被烟熏得眼睛赤红的，那些米却是不肯熟，火怎么扇也烧不旺，弄得狼狈又紧张。

食柜中找来翻去还是两只蛋，我急了，拿水掺进去用力打泡泡，希望做出来的炒蛋能够看上去多一点。

做饭的过程里我一直跑出去张望，不知请人吃饭的那个主人为什么不再出现了。

等了很久很久，才见修士由山下跑着回来，他一看见我，脸也红了，将双手一直放在背后跟我说话，他的手里藏着罐头。

看见他为了我们去添菜，我亦大窘，深悔自己的不懂事，弄得别人简单的生活秩序大乱，又令人无端破费，这都是我所不愿的。

煮了三个人量的米饭，进来的人却很多，修士与雅美族的同胞看得出情同手足，也不必留饭，那些态度极为友善而略略羞涩的青年们便与我们同桌，大家都吃得很少，修士自己可以说没有吃什么。这份特别的饭菜和殷勤，使我至今感谢在心，对于这位异国青年默默的爱心，对雅美族人及对子卿和我个人的付出，留下了深刻的印象。

住在兰屿的第三日，又结识了同住一个旅社的两位外国青年，他们带了冲浪板，说是要坐车去岛另一端的海滩，问我要不要同去。

我当日的计划是在岛上慢慢地看民舍和别村的百姓，因为喜欢走长远的路，便谢绝了他们。

子卿和我早晨出门的时候，在杂货店的门外碰到了三个穿着灰色制服，头发剃光的青年，他们问我们哪里去，我们说沿着岛上唯一的路走，想走一整天呢！

经过教堂山下的地方，自然而然地抬头看，看见那位修士和雅美青年王棉羊远远地站着，便挥着双手，神父再见神父早安地乱喊，喊完了发觉三个灰衣的光头青年还在等着我们，于是自然而然地与这些碰到的人一起上路去了。

路边的芒草在有些地方长得比人还高，天气却已忘了是不是炎热，在荒野里走着谈着，发觉那三个新朋友对台北相当熟，圆环那儿的情形说来头头是道，谈吐却是有礼而活泼的。

“你们猜我们是谁？”其中一个突然问子卿和我。

我看着他们的制服，便说：“我猜——你们是工兵。”

他们听了大笑起来，好似我说了一个笑话，神情非常愉快，彼此看来看去，有一个笑得弯了腰，还故意跌到草堆上去。

“工兵？是兵的工哦！”说完又笑起来。

这时我突然知道他们是谁了，一时里天地突然变成好大，四周的笑声也听不清楚了。

“你们是管训来的,对不对？”我喊了起来,又加了一句,“活该！”

“你们现在怕了吧？”其中的一个说，他的态度却是很好的，虚张声势之外又有些说不出的什么东西隐在口气里。

子卿与我很快地交换了一下眼神，不由得笑起来了。

“怎么会怕呢！你们来受训，期满了重新做人，大家都是有缺点的，我们也不算什么好人。”

说完这话他们沉默了，一个突然说：“当初，我们是没有人了解，才因为恨，做下了许多明知不对的事情——”

“算啰！你们流氓做到甲级，总算聪明人，不被了解也不能恶到去欺侮善良的人呀！还要找理由吗？”我说。

“小姐，你说话有学问，我想请问你在台北做什么的？”

“我教书。”

“你知道，我这一生就只有一个小学老师真心爱过我，所以我过去什么人都给他打，只有做老师的人，绝对不打，老师好嘢！”

子卿是个广告设计专家，她的才能在那一方面的确突出，可是我们在那种时候，那个环境里，只有两个女子对着三个管训的人，因此将她的职业也改成了老师。他们便称呼我们老师。

那时候我才回想起来，为什么我们出发的时候，山上的丁神父一直不断地张望，距离那么远，他的不放心，在这时方才明白过来了。

四周荒寂无人，我没有丝毫抗拒管训人的惧怕心理，因为自己慢慢与他们做了朋友。当然我心里仍是防着一点的，至于如何防，也不晓得。

走着走着，那些雅美族的村落零零落落地来了，我想买把漂亮的小刀，进入政府给当地居民盖的水泥房舍中去问，那三个人也热心地替我选，雅美族同胞好耐性地拿出三把来给我挑了又挑。

一回头，修士的好朋友王棉羊就站在不远的地方，我看他来了，非常欢喜，跑上去问他："你怎么来了？上哪里去？"

他只是微笑，也不说什么。我们买了一把小刀，又往前走，那个王棉羊总也在五十公尺之外，我们停他也停，我们开步走，他也走。前面五个人说得起劲，后面的王棉羊也不上来，固执而沉默地追随着。

那一日一直走到黄昏，子卿在路上碰到另一个放羊的管训人，他手里好几个乌木图章要卖出来，子卿想要一对同样大小的送给她父亲，慢慢走细细挑，那个人有生意做，羊群也不管了，跟到太阳快西沉了，才赚到我们几块钱，拿了钱，这才哇哇大叫，说他的羊群还丢在老远，飞也似的跑了。

窄窄的路上突然来了牛群，就对着我们没处可躲的正面，带着飞扬的沙尘奔腾而来。牛群的后面叱喝着赶牛的是一个阿兵哥，他也管不住狂奔的牛。

眼看长角大牛要踩死我们了，子卿和我叫着便逃，那个跟了我们一整天的雅美青年王棉羊匆匆赶上来，我们挤得跌到茅草丛中去，他拿身体去挡我们两个吓得脸都黄了的人。

王棉羊沉默而固执地保护了我们长长的路，本是不放心其他的人和事，结果却在牛群的惊吓里救了我们一次。

他和那位修士是亲爱的朋友。

我们抵达的不数日之后，一个大学的暑期医疗服务队也乘船来了兰屿，这对平日寂静惯了的岛屿来说是一件大事，接待的军方举行晚会招待这些远客，表演的自然是他们要来医疗的雅美同胞。

那个中午，据说台风已快来了，可是正午的晴空和海洋完全看不出风雨欲来的丝毫迹象。

教堂的广场前有修士集合起来的雅美同胞为着晚会在预习表演，兰屿的年轻人唱“国语”流行曲，女人们，大半高年的了，说是将跳头发舞。

我不喜欢看预习，要看正场，修士说到了晚会时间他们经过兰屿别馆赴军营大礼堂的路上，顺便来接子卿与我。

夜间的风势突然大了，岛上的小路完全没有灯光，漆黑风高的夜里，一串串雅美族同胞，跟着修士高举带路的手电筒嘻嘻哈哈地走着，那是岛上的大日子。

那一束在完全无星无月之下的黑暗里举着照亮人群的微光，就有上百的雅美族人追随着——他们爱他，那个叫做丁松青的人。

晚会是给医疗服务队的人预备的，我们不能进去，站在礼堂外面的窗户外向里张望，当然，表演的人就进去了。

我趁着大家进场时，一挤跑了进去，一直走到一个靠椅子坐着的军官旁边，蹲在他膝下，坦承自己不是来宾，请求给我进去看。

那位长官非常客气，立刻站起来给子卿与我安排了座位，又捧来了香烟、瓜子和糖果。我的要求并没有那么多，坚持盘膝坐在水泥地上，那时表演前的欢迎词开始，窗外大雨倾盆而下，风雨的声音被扩音机所掩盖。

窗外爬满了进不来的人，丁修士没有要求进来。

我无法安然看表演，又半弯着身子去对那位长官说，里面的场地尚空，外面淋雨走远路来的同胞可否放进来。

这位长官实在好耐性，忙说："请丁神父进来！快请！快请！"

人们让出了路，挤在雅美族朋友间的修士，却是笑着不肯进来——他不能丢下他的人，情愿一起淋着大雨。

我了解这位修士，在他亲密的友伴里，不愿做一个特殊的人。于是我又去对长官请求，结果晚会场地开放，大家都进来了，每一个人都欢喜，我想我是最欢喜的一个。对于那位好长官至今感激。

台风来了，预定离开岛屿的小飞机停开，子卿和我回不了台湾，心中也不着急。

那时候，我们已在岛上七日了，最感兴趣的是跟雅美族的青年和小孩子学讲当地话，每日傍晚的海边，吹着台风，一句一句地学，双方的情感渐渐地因此建立起来。

岛上七日，世间千年，对于大海之外的世界，觉得十分遥远而不重要，没有什么理由急着要回去。

台风过去了，确定第二日的飞机便要载着我们离去，那三个受管训的人跑来旅社告别，其中的一个给了我台北电话号码，说是他母亲的，托我千万转告他的家人他在岛上的生活情形，又说请姐姐寄两百元给他。

我犹豫了几秒钟，还是答应了。

那是兰屿的最后一个夜晚，修士破例下山来，与我们同坐在海边。

“去了要不要寄英文《中国邮报》来给你，看看你自己的文字？”我问他。

“不必了，我在这儿很好。”他说。

旅社透出来的灯光十分幽暗，修士的侧面衬着一波一波涌来的海浪，他自己也不自觉的寂寞在一瞬间闪了出来，就那么一下，也就隐没了。

那时的他，实在是一个大孩子，千山万水远离故乡的灵魂，在这寂静的岛上，默默地对雅美族的居民付出了他的爱。

“这里需要人来，其实你会是合适的人选，这儿的人欢喜你，才一星期多的时间，你有了多少朋友。”

听见他说出这句在我心里萦绕了已经好多回的念头，我默然不语，膝上抱着的一个小孩子伸出脏脏的小胖手在抚我的脸。

“我能做什么？能对他们做什么？这儿的小学也不再需要人了。”我说。

“你有爱他们的能力，这比什么都珍贵。”

这句话说出来的时候，我脑中掠过的却不是雅美族人，而是那几个管训中的青年，他们必是无恶不作才送到这儿来的，可是那一个深深记得他老师的青年，在内心的深处，必然仍有一丝善良的东西在唤醒他，至于方式的问题，便见仁见智了。

“你想，有一日你会回来吗？”

“这是一个很大的决定，人的路，走了出去，要回头便费力了，我得再想。”我说。

那时我方知，这位修士因为还得去辅仁大学念神学院，不久的将来也要离开兰屿了。

提到离开，他显得异乎寻常地悲伤，那份不舍，使得这位青年一时里哽然无语，好似他的根，他的生命，已经深植在这片荒寂的海岛上，要离去，于他是极大的茫然。

“其实，你跟雅美族的人，在文化上的差异仍是有的，这无关情感，可是另一部分的你，事实上是封闭了，起码我的看法是如此的。”我说。

讲这些时，我一直对他说着英语，不为什么，只是想他也许偶尔也欢喜听听他自己生长地方的语言。

“我不喜欢离开，台北对我陌生而遥远，这儿的人，已是我的乡亲，可是——”

我举目看见那在深暗蓝天下山的黑影，看见永不止息澎湃的海洋和那一片朦胧光影中来去的雅美族人，我的心，竟也浮起了离去的怅然。美丽寂静的岛屿和居民啊，我也开始爱你们了。

我们交换了地址，便如此告别了。

过了不久，那位修士到了辅仁大学进神学院。再过了一阵，我再度离开台湾，又去了西班牙，在那儿教了一年小学生的英文，便去北非定居，从此很少回到台湾来。

一九七九年的冬天，我的情况十分不好，丧失了生的意志，也丧失了信仰的能力，我回到故乡来养息。那时，耕莘文教院的一位陆达诚神父一再地给我开导与鼓励，接着西班牙籍的沈起元神父也用极大的爱心来帮助我度过今生今世在人间最最艰难的功课。

便在陆神父那儿，才知兰屿时的那位丁松青修士原是光启社丁松筠神父的弟弟，而今他已是神父了。

这位在我脑海中一直十分鲜明的神父，在去年我再回来的时候给我寄来了他的手稿和许多当时的照片，那便是今日译成中文的《兰屿之歌》。

我深爱这一本有生命，有爱心，有无奈，有幽默，又写得至情至性的好文。丁松青那诚实而细腻的笔调，和对当地雅美族同胞真挚的爱，使得兰屿，在他的笔下，在他的心里，成了永恒之岛。

这是一部真真实实的生活纪录，再没有什么书籍比真实的故事更令我感动。更令人惊讶的是他的才情，第一本书，如果没有一个如此美丽而敏感的诗人之心，是不容易写得如此传神的。

预祝《兰屿之歌》这本新书得到所有爱世界、爱人类、有信仰、有盼望的人一同的共鸣和赞赏。

丁松青神父，深爱我们中国的一位朋友，至今仍在台湾某地的深山里为着山胞服务，他的信仰，只有一个字便包容了全部，那便是将对天主的爱，经过他的心灵，交付给了人类。我由他的行为而得到的启示和榜样，是当一生感念的。

和海一起

兰屿位于台湾东南海岸，岛上的居民计有两千多名雅美族土著。

雅美族是属于中国的一族，但由于他们历来环境地形的孤立，使得他们得以保留原始传统的色彩。可是近年岛上与台湾之间的海空交通逐渐便利，雅美族人因而面临现代世界的挑战与日新月异的冲突。

我和雅美族人生活了一年。一九七一年，也是我在台湾的第三年，我志愿到兰屿去继续接受神职训练，这本书就是那年的故事。里面的人与事都为真实，只是我稍微变更了一部分人的名字。

如今留存在我脑海中的是一连串的影像，也可以说是一首歌，我相信对于诗人、浪漫的人以及任何热爱他们生活的人而言，都是具有相当意义的。

亮蓝的太平洋延伸在我们脚下，
不远处，一片孤寂的睡莲叶漂浮在广阔的海蓝中，那就是兰屿。

我住的村落叫依穆路村，站在教堂前俯视全景，
在一大片绿色的芋叶当中，黑色和棕色的房子成了干净的拼花。

马浪是天生的渔人，
只一会儿便有丰富的渔获。

雅美人是海的子民，
大海给他们带来丰美和喜悦。

小雅由和他的朋友们。

我在依穆路村所教的六年级美术班。

一个两岁的小女孩在我枕头上撒了一泡尿。

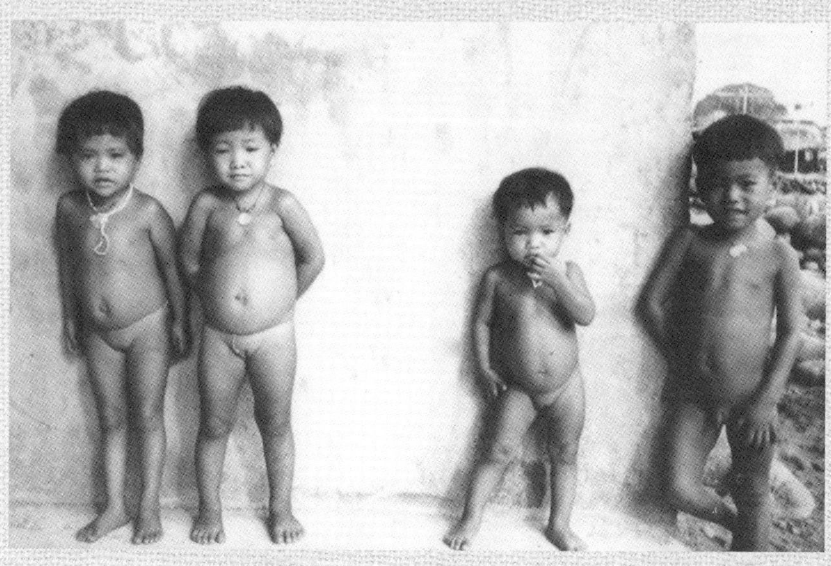

教堂外等我的小朋友。

忧郁的雅美少年。

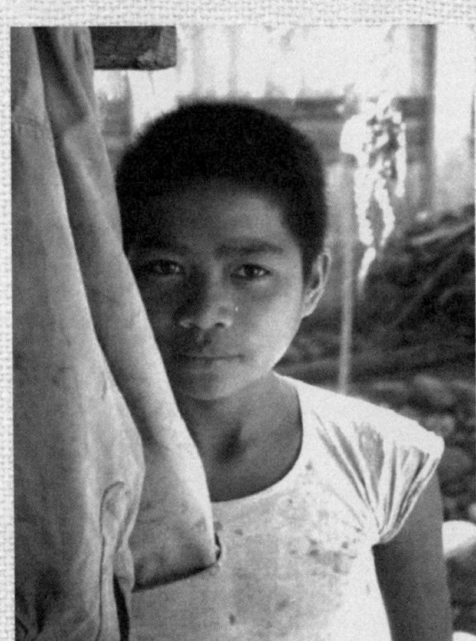

腼腆的孩子。

好奇的眼神。

微笑的母亲和怀里的孩子。

在吊脚棚屋休息的年轻人。

巴阳二十四岁，好心而且敏感。
他对我的生活很感兴趣，也向我缓缓讲起了自己的故事。

她有一张圆圆快乐的脸孔，额头上包了一块红围巾，
看起来简直和我的约玛姑妈一个样子。

富乃做他的第一条船做了整整十个月，完完全全是他一个人造的。

老妇人在田里挖芋头和地瓜，这里的岛民大部分买不起油，所以多用清炒。

壮年们在海边采石，一起搬回村子，建造自己的家。

台风来之前，男人们爬上茅草屋，用竹子和粗藤加固屋顶。

全副武装的人聚在教堂附近，正在认真讨论动武事宜。

清晨，村子里的壮丁沿着海岸线结伴走去捕鱼场，开始这一天的劳动。

村民把鱼抬上岸清洗干净以后，平均分给每一户人家。

分配渔获时，雅美人要把“男的鱼”和女人吃的鱼区分开。

飞鱼祭的海滩上，雅美人将竹篮中的礼物献给道多陀。

先知、长老讲演完毕，男人们戴起银盔、手镯，拿着长刀回到岸上。

祭礼上的击杵舞，是男人强壮的象征。

舞蹈中，尽是雅美人生活的热力。

下水仪式上，男人们齐吼着将船扛上肩再抛向空中，
入海后神话之舟齐奴里库兰终于复生了。

兰屿

驾驶员把五人座的小客机转为自动，往后靠坐，然后给了我一瓶可口可乐。我们刚从台湾东海岸出发，亮蓝的太平洋伸展在我们脚下，似乎对人类的战争改变一副无动于衷的样子。波浪上粼光闪闪，海洋也自信地闪烁微笑着，就像它知道人世会不断变迁，而只有它才是永恒一样。

“我参加过四次战争。”驾驶员边喝可乐，边望我一眼。他圆圆的菲律宾脸被橘红色高领运动衫烘托得更为鲜明。“但是我已经不再干这种事了。以前每次一扔炸弹，就会想到可能害死很多无辜的人民，我真的寝食难安。现在我什么也不做，只这样来来回回地飞这条路线，有时候我会带食物和药品给雅美族人，有时候和小孩子去游泳。我喜欢这种日子。我喜欢飞行。”

驾驶员说话的时候，我的注意力转移到机上一个满脸皱纹泰然自若的老女人。她干瘦的脖子上挂着沉重的绿红色玛瑙。她的小嘴微微张开，口中开始唱起一支温柔复杂的曲调。她唱歌的神情仿佛十分遥远，就像下面的大海一样地漠不关心。这并不是我第一次看见她。

我在台湾的教堂里见过她，那栋教堂是供兰屿人学船的地方。贺神父曾经介绍一些雅美族人给我认识，她也是其中之一。可是那种景象并不使人愉悦。她坐在地上，她的先生站在旁边，还有一个年轻人和一个十几岁的男孩，这两个人可能是她的儿子。我朝那个男孩微笑，但是他立刻望向别处。每一个人的表情都是愤怒严肃。

“如果你们答应他到台湾医治的话，他就不会死了。现在一切都迟了。你的儿子已经过世。”翻译的人把贺神父的话转达给这对父母听。“明天早上有一班飞机回兰屿，我会付你们其中一个人的机票钱。剩下的人只有搭船回去了。”

“他们什么时候才会受到教训？”翻译者耸耸肩，返身对贺神父说，“他们太迷信了！那个小孩子只是跌断了手臂而已，如果及时送医，只是小事一桩。神父，你要告诉他们改掉这种观念。”

贺神父注视我说：“你知道你面临的将是些什么了吧？”

贺神父三十多岁，但是留了胡子，所以年龄看起来要大些。他本来想在岛上新建的学校里替我找个教书的工作，但是那时候并不需要老师。不过我还是决定到岛上度暑假，看看能不能等到个差事。

“既然他们没有驻任神父，”贺神父建议，“也许你可以在教堂里帮忙。这里的人对教会还没什么概念，他们太迷信了。也许这就是小男孩会死的原因。”

“岛上不是已经有一名志愿工作者吗？”我问。

“你是说伊莉莎白啊？但是她现在随时可能回国去。去年她教雅美族人改善纪念小船手艺的品质，她自己也雕得很不错哦。你过去以后，她会教你怎么使用教堂诊所的医药，也许她还能想出一些你可以帮忙的事。”贺神父笑了，他使我感觉到不管我做什么他都会感激的。但是我所担心的是，雅美族人对我的反应是什么？我能找到途径来帮助他们吗？

“我看我去当校工，或是扫厕所的什么好了。”我开玩笑地说。

“那你恐怕得先盖个厕所了。”贺神父回答。我们两个人都笑了，我觉得我笑得有点紧张。

“在那里！”驾驶员大叫着。不远处，一片孤寂的睡莲叶漂浮在广阔的海蓝中。那就是兰屿！四十七海里的距离，我们半小时多一点就飞到了。我们现在低飞在兰屿的上空，我可以看得到青翠的高山。波浪尽头，粗糙的岩石构成崎岖的海岸。驾驶员指着一个小村落，在偌大的原始环境中，这些棕色的小房子群聚在一起，就像是寻求庇护所一样。我们环绕了几圈，准备降落。

我们到达凹凸不平的短跑道后，我谢过驾驶员。过了几分钟，他又发动引擎走了。老女人缓慢地往路上走。其他的旅客——全是军人——站在树荫下等着。我也是。四处炎热寂静，就像沙漠一样。

一辆三轮货车打破了静默。机器轰隆轰隆地响着。司机是一个高瘦的台湾人，满额头都是皱纹。他大声命令车上的几个男孩赶快把飞机送来的盒子搬上去。所有的货都装好以后，我还愣在那里，我不知道他们会不会愿意让我搭便车。一个头发被太阳晒成金黄色的男孩对我微笑，然后说："上来吧。"

我们坐在三轮货车上一路颠簸。沿着海岸的路没有沙，全是岩石和小石。路旁是一大丛一大丛的绿色林投树，看起来很像是凤梨。路的另一边是田野，不像是台湾本岛一样种稻，而是种了更耐长的芋头。芋田连绵在整座山坡上，满眼尽是。我们路过时，田野中的女人都直起身来注视我们。

我们到了村落。这里分为新区和旧区。前面的旧区很古老很美丽，有阳台的茅屋，小孩子都坐在厚木板地上晃着脚。还有一些几乎要灭顶的房子，只露出一截屋顶在地面。满山坡上还有石头和木材盖的房子零星点缀着。白石墙和成群的紫花更衬出背景的山色青翠欲滴。这是村庄的旧区。

新区在后面，是一行行方形的水泥屋。房子都是阴暗的灰色，有很多窗子都破了，改用木板钉住。从开着的门中，我看到里面的人都坐在地上。

我们的车子开向监狱，在那时岛上有五百名犯人。三轮车忽然急转，不是转到监狱里，而是从旁边的路绕回来，停在一家小店门口。金黄色头发的男孩指着店铺旁边的建筑物说："客人可以住在里面。"我问他教堂在哪里，他往山上指。

我从车上拿下供给品和吉他。贺神父说这里很难取得补给品，所以这一趟我带了很多来，行李真重，我真有点后悔带太多来了。我走了一小段路，看到一群男孩坐在一栋阳台茅屋旁边。

"嗨！你好吗？"其中一个男孩在炫耀他的英文。他穿了一件破裤子和绿色的内衣。

“勾凯（音译）。”我回答。这是我所会讲的一句雅美族招呼话。我接着用“国语”说：“教堂在哪里？”

那个男孩没有回答，他指着我的袋子问：“这是吉他吗？”我点点头，他打开袋子，把吉他拿出来，大叫着“哇！”然后开始弹一首日本歌曲。

“算了，他根本不懂吉他。”另一个男孩要从第一个男孩手中接过吉他。他立刻用雅美族语嘟囔了几句又继续弹下去。他的一双眼睛很大很黑，但是他脸上最突出的部分还是眉毛，浓厚的粗眉使他的表情看起来显得十分严肃凶悍。他的脚搞得很黑，头发长而黏腻。他站起来的时候比别人矮上一截，但是身体非常结实。我听他弹了一会儿。他把吉他递还给我，我以为他要我弹一曲，所以我就唱起一首他们可能喜欢的美国歌。但是那一群男孩没有听我唱歌，反而提起我的行李往山上走。

粗眉大眼的男孩有点不耐烦地说：“你不是说你要到教堂去吗？”

我们到教堂的时候，那群男孩已经靠在墙上等了，他们的脸孔似乎很漠然的样子。一堆小孩子也围过来，好奇地注视我。教堂旁的房子里有一些男女抬头看我。阳台里也有一些人茫然地望向海洋。

教堂是水泥房子，镶着红色的边。两旁各有一个房间，我打开一个门，看到一些榻榻米床，木椅，一张桌子和一个小油炉。另外一个房间是小诊室。两个房间里都塞满了人。浓眉的男孩坐在诊室榻榻米床上，沉默地看着我解开行李。他的眼睛仍然带有凶光，但是我觉得他的内心一定不像外表那么严酷。

“你叫什么名字？”

“马浪。”他停了一下，然后问我，“你认识以前在这里工作的神父吗？”我告诉他说我听过以前的神父一年前车祸丧生了。

“他一直帮我们的忙，”马浪接着说，“士兵的牛践踏我们地瓜田的时候，他会骂他们。他什么也不怕。”坐在马浪身边的其他男孩也默然地点着头。

我走出教堂，俯视整个村庄。路边有一所学校，周围是老师宿舍。再过去是警察局、邮局、卫生所，和一些水泥建筑物。算一算大概有四十家雅美族的房子，但是这样算实在不太准。我正在观察村庄的时候，小孩子都张大眼睛看着我，可是我一开口说话，他们马上就害羞地跑开了。我的方法显然不太合适，于是我从行李中拿出一盒糖来。这回可管用了。小孩子们立刻聚过来，并且问了一大堆的问题。

“你的国家离这里多远？”一个小男孩问，“是不是就像从这里到港口那样？”

伊莉莎白

伊莉莎白下午来了。她是个高大的女人，留着浅棕色的长发。我看不出她的年纪，她说她二十五岁。她穿着牛仔裤以及雅美族女人的红衫。她看到我似乎很高兴，但是她明天早上就要离开兰屿了。我们没能说上几句话，因为诊室里已经挤满了人等着拿药。我注视伊莉莎白怎么样小心地替病人包扎伤口。她边做边向我讲解各种药的用途。

“如果灼伤的伤口没有裂开，就用黑色那种，”她说，“但是如果已经裂开了，就用这黄色的东西。如果过了几天还不管用，你就试试看用这些红管。如果有人肚子痛，先问他们最近有没有吃东西。有些人是肚子饿而已。这个是腹泻吃的，这个是便秘的药。别搞混了。如果你不知道该给什么，就给他一颗维他命好了。但是如果有人向你要阿司匹林，可不要随便给，因为阿司匹林很好吃，有些小孩会骗你说感冒吃着好玩。”

晚上我们在油炉上烧晚餐。有些小女孩拿来一把像菠菜的绿叶子。他们叫这是“野菜”，伊莉莎白烧了一会儿，然后倒了花生油和酱油炒了两下。我们煮了饭，也热了一罐我带来的猪肉。

我们准备吃饭时，天已经黑了，我点燃蜡烛。烛光照亮了房间，温柔地落在墙上，我这才看见墙边有一排小孩子沉默地注视我们。

“他们好像很饿的样子，”我对伊莉莎白说，“我们应该给他们一些东西吃吗？”

“你想的话你就给，”她微笑着，“但是你无法分给每一个孩子。你只要一给，明天就会有多一倍的孩子在那里等。”

我望着那些小孩，他们的肚子都鼓鼓的。小男孩都没穿衣服，小女孩的衣服很破旧，要不然就是在腰部缠一条带子。他们一句话也不说，只是一直看着我们。

“我想把剩下的肉给他们，”我说，“反正我不太饿，知道他们坐在那里，我实在也咽不下去。”

我站起来，把猪肉盘交给一个小男孩，告诉他传给大家吃。顷刻之间，就发生了一场争夺战。所有的小孩子都争先恐后地抢他们的一份。我惊讶地看着眼前的景象，然后走向伊莉莎白身边。烛光使她的脸孔发亮，使她的头发闪闪发光。她看起来很美，比下午的时候要年轻多了。我还有很多事情需要向她学习。

“我知道你会那样做的。”她说。

“你觉得我不应该给他们肉吃吗？”

“我知道小孩子比你精明，”伊莉莎白停顿一下，小心地选择字眼，“我可以看得出来你很天真，不现实，理想主义，而且很容易被人利用。”

“你怎么这么快就能了解我？”我耸耸肩。

“我觉得，”她接着说，“你很适合在这里工作。我觉得你有雅美族人所需要的东西。”

“什么？”

“爱他们的能力。”

“什么意思啊？”

“我是说，你不只是会帮助他们而已。”

“谢谢……”

“你还能够去爱他们。”

“我不懂。”

“有很多人到这里来‘帮助’他们，改进他们的生活。但是结果呢？只把他们引进不同的模式中。难得有人去接受他们的生活，或是去爱他们。爱不只是给他们东西而已。”

“就像我刚才给他们肉吃？”

伊莉莎白点头。

“但是，难道这些小孩不需要食物吗？”

“当然需要。他们有食物，只是没有你的好吃而已。我一个人住在这里的时候，就很少煮饭。我和他们一样都吃地瓜和芋头。”

“你就是用这种方式接受他们的吗？”

“这可以算是爱的一种表示。”

“但是，‘帮他们使他们能够自己帮助自己’，这件事不重要吗？”

“如果你和他们处得好，他们自然相信你是真心想帮助他们，你就知道该怎么办了。问题就是先要和他们打成一片。”

“我知道你的意思。我每次一和别人交上朋友，我就真的不愿意把他变成另外一个样子。我只是接受他。”

“所以我说你有能力爱他们——爱他们现在的样子。”

“但是我还有一个问题，就是我没有工作。除了爱和那些事以外，我希望有个服务性质的工作。”

“也许工作会自动找上门来，等你了解了这些人以后，你就会发现他们需要些什么帮助。也许会和你所想象的不一样。其实，我跟你说，如果你想和他们生活在一起分享他们的生活，这件事本身就是一个全天候的工作了。”

这是我最后一次和伊莉莎白谈话。第二天她就搭机回台湾，过不久，就要回家乡瑞士去了。但是她的话语中的智慧，仍然留存在我的记忆中。伊莉莎白指明了分享他们的生活就是一种服务的方式。我已经准备开始这个工作了。

礼物

一个二十五岁年龄和我相近的男人带着一艘精雕的小船来找我。他穿着丁字裤，露出的臀部长了一块块的癣。一个赤裸的小男孩跟着他，他简直就是他爸爸的小缩影，父子两个一模一样。男人笑了，我记起来，昨天晚上我和伊莉莎白边聊天边看月光下的海洋时，他就坐在我们身旁。

“这个给你。”男人把船拿到我的面前。小船看起来就和沙滩上的渔船差不多。船身是白色，还间有红色和黑色的图样。

我很感激地收下礼物，我希望也能回送他什么。我摸摸口袋，掏出一条口香糖。

“那是什么？”他问。

“口香糖。”

“跟这个一样吗？”男人从嘴里拉出一堆红色的草叶。

“那是什么？”我问。

“槟榔。我们叫做曼麻麻（音译）。你要试试看吗？”我还没回答，他就打开挂在腰布上的槟榔袋，取出一个黄绿色的槟榔，敲开来，然后拿了一块叶子，用刀子割下一小块，夹在两半槟榔中。他抓紧槟榔，又从塑胶罐中洒了一点白粉到上面。他捏着槟榔递给我。

我深呼吸一口，小心地把槟榔放在嘴里细嚼。我的口中立刻充满了液体。

“不要吞下去，”男人说，“把汁液呸出来。”我吐出一长串红汁，看到那种颜色使我吃了一惊，不知道是我咬破了嘴唇还是什么的。我又多嚼了几下，发觉自己开始流汗，感觉虚弱，并且神志不清。最后，我只好把全部的东西都吐了出来。

“你还不习惯。”男人开心地笑着。他停了几分钟等我恢复，然后他指着臀部上的癣向我要点药擦。我用了棕色的那管。

男人名叫雅由，小孩叫小雅由。他们的名字相同不是因为孩子以父亲的名字命名，而是倒过来，父亲以孩子的名字改名。雅由向我解释雅美族有个风俗，一对夫妻生了头一胎后，父亲就要把名字改成孩子的名字。小男孩正坐在地板上，翻阅我带来的图画书。

“他看来很聪明，”我告诉“大”雅由说。

“他不听话，”他回答，“我像他这年纪的时候比他聪明多了。我在学校时是班上第一名，老师想送我去台湾读书。但是我父亲过世了，因为我是独子，我母亲又不让我走。”

“那时候兰屿还是日本人管理的吗？”我问。

“我出生时，他们正在撤离。老一辈的人说日本人待我们像奴隶一样。每天都要我们工作，如果少做三天，他们就会惩罚我们，有时候还关我们禁闭。”雅由厌恶地皱皱眉头。

“然后大陆人来了。他们看我们贫穷不幸，就要帮助我们。我们穿的很少，他们就给我们衣服。我们只吃地瓜和鱼，他们就带米、面粉和美国肉罐头来。这样延续了相当一段时间。我们有了衣食之后，就不到山上去耕作了。我们到教堂去领取救济品。他们停止供应后，大部分的人都不再上教堂。

“救济品中断以后，大家又开始工作，但是情况已经不如前了。以前田野和树木都是我们的，我们养了很多山羊。现在，这里盖了监狱，犯人砍我们的树当柴烧，士兵的牛群在我们的地瓜田上乱踩，他们的狗咬死了我们的羊。现在别人给我们衣服食物，我们仍然接受。但是他们的礼物并没有使我们高兴。”

小雅由拉着我的腿，指指他小脚上的伤。我一面替他上药，一面想起了伊莉莎白说过的话：“难得有人去爱他们。”于是我朝小雅由笑笑，然后注视着他父亲送我的小船。我们开始分享了。

海底世界

马浪手上拿着一大片折起来的叶子，上面还用芦草绑着。我打开叶子,里面装的是三个长形紫色的芋头,还是热的。马浪笑了，我第一次看到他的牙齿全是黑的。他正在嚼槟榔，回头往门上吐出一团血红色的液体。我谢谢马浪，开始吃芋头，吃起来有点像黏洋芋，但是没什么特别的味道。

“配鱼吃会比较好。”马浪说。他迟疑了一会儿，然后说：“你想去抓鱼吗？”没多久我们就出发前往马浪的家，他家就在海滩边上。

他家总共有两栋，一栋是很古老的石屋——可能是日本士兵遗留下来的碉堡。有两个房间，一间是厨房，另一间是卧房。卧房比地面稍微高一点，地板是吃睡两用。乌黑的墙上排着很多渔具，有网，有鱼竿，有桨。马浪拿下一支鱼标，拨弄着铁丝箭。

“这是我自己做的，”他骄傲地说，“但是有点弯。”马浪拿石头开始把铁线敲平。鱼标的手把和扳机是木头做的。箭头和手把之间有一根粗厚的橡皮筋相连，扣上扳机，箭可以飞个几呎都不成问题。他把箭弄直以后，我跟他走进另一栋比较小的房子。这栋的门小得我必须趴着挤进去，屋顶很低，连站都站不起来。马浪扔了一个小网袋和一副水底镜给我，然后说：“我们走吧。”

海底世界广大美丽。马浪游在前面，像只金鱼般地穿梭在水晶似的波浪中。我们游过海边戏水的孩童，游过在岩石边撒网的男人，游过珊瑚礁，沉入深沉无涯的海洋中。

马浪蹲在珊瑚柱后，他的下面，在珊瑚花和跳跃的光亮之中，是一大群一大群的鱼，有瘦小发光的黄鱼窜来窜去，有大的灰鱼张着口懒洋洋地游着，也有橘红色的鱼忙碌地往来奔波。马浪的手有力地抓住突出的岩石，更深入于鱼群中，然后他轻轻漂离岩石，摆着坐姿，瞄准好，立刻往水中放射一枪。

鱼群立刻觉察到有人侵入了。海底顿时产生了一片混乱，橘红色、灰色的鱼全部迅速逃逸。一条寂寞的黄鱼，身上中了马浪一枪，四平八稳地浮向水面，从它的伤口中冒出一团光亮的鲜血。

只过了一会儿，其他的鱼又健忘地回来了。蓝色的海水中，充满了橘红色灰色黄色的色彩。但是这回鱼的动作似乎比刚才机灵敏捷多了。海洋不断孕育着新生命的诞生，它有更广阔的心胸来包容人类的愚蠢与自大。

“把这绑在你的腰上。”马浪丢了鱼和小布条给我。他又潜下去了。我把鱼系紧，从上面观看他。马浪用一条毛巾绑住长头发，免得头发掉进眼睛里挡住视线。他的腰上挂了一个网袋和一把短刀——他说是用来宰鲨鱼的。他在海洋的世界里观察、瞄准、射鱼，到处漫游。我腰上的小布条越来越重了。最后他愤怒的眉宇豁然开朗，他转身对我说："够了。"我们一起游回岸边。

我们在海滩附近的溪流中洗尽皮肤上的咸水，我跟马浪走到他家，我们开始洗鱼。他用大拇指挖出鱼眼睛，对我微笑一下，然后把眼珠放进他的嘴里。"嗯，"他说，"这是最好吃的部分。"他把鱼剖为两半，用芦草穿过眼窝，挂在房子外的竿子上。他另外抓了两条给我说："我们上你那边去煮鱼。这些是'男的鱼'。"

"男的鱼？"我问，"你怎么分得出来？"

"我们就是知道。我说男的鱼并不是说鱼是'男'的，而是说这种鱼只有男人可以吃。女人吃男的鱼不好，而且，女人也有女人的鱼。"

"如果女人吃男的鱼会怎么样？"我问。

"女人会生病，有时候会流产，甚至死亡。我们抓鱼的时候，一定也要抓一些女人的鱼。"

"那小孩和老人呢？"

"小孩也是一样。老人也有他们自己的鱼，但是老人什么鱼都能吃。不过反正老人的鱼味道不好，也没有其他人想去吃。"

马浪在烧鱼的时候，我就到下面路边的小杂货店买一些糖果，因为我的昨天已经给那些小孩了。店里有一些军人在买东西，他们正高谈阔论。墙边的木椅旁围着一堆昨天看我们吃饭的儿童。他们茫然地注视军人买日用品。有一些老人坐在地上。我一走进店里，老人就主动伸手向我要香烟。柜台里坐的是那个满脸皱纹的台湾人，他满怀希望地等我购买，可是当我只买了糖和火柴后，他显得非常失望。

“他火柴怎么卖你？”我回去后马浪问我。

“一盒一块，怎么了？”

“老马很会精打细算，一块钱应该有两盒才对。”

我们开始吃鱼，马浪用姜片煎过，味道很棒。

“监狱里有家店，”马浪说，“那家就比较公道一些，今天晚上我们到监狱里练习舞蹈。你干脆和我们一道去好了！”

自由之歌

那晚月光友善地洒在海洋上。马浪和我从教堂走向监狱，我们一面走，就有一些少年加入。没有人说话，耳边只有波浪声和拖鞋声。人越来越多，大概有十几个了。马浪深呼吸一口，低低地开始唱起歌来，他的曲调似乎是对远方的海洋发出的一声呼唤以及挑战。

“尼——士——雅登——摩——凡凡古——诺——雅……（音译）”其他人也跟着唱和。他们高昂深沉的歌声从灵魂中发出，一切都尽在不言中了。他们的歌声传过村庄、警察局、老马杂货店，飞上小山，穿越客房、邮局和卫生所，所到之处，无不尽意。但是到了监狱门口，歌声停止了。

男孩在监狱的店里停留一会儿。柜台的三个雅美族少女都穿得十分美丽。有一些男孩和她们开起玩笑，但是她们都不加理睬。士兵和囚犯在店里进进出出，也和她们开玩笑，她们却假正经地低头微笑。过不久，男孩自知没趣地走了。

我们走到表演台前，没有人检查我们。室外的舞台前充满了谈天走动的犯人。有一个穿白色制服的乐队在舞台上演奏，一个女孩正在唱一首流行“国语”歌曲。

“她是我们最好的歌手之一。”马浪注视着女孩说。

“这些观众都是犯人吗？”我指着三五成群的人说，“没有人看管他们？”

“他们也离不开这个岛屿。军队会看管他们。犯人白天工作，现在是休闲时间。你想见见他们吗？”

“勾凯！”乐队指挥热忱地招呼马浪，“我们等了你们很久了。你有朋友吗？”

马浪介绍我和乐队的成员认识。他们替我拿了把椅子。我坐在舞台旁，边喝茶边看表演，心里想着这真是个奇怪的监狱。

歌手唱完以后，舞台的一边有一些女孩等着，另一边则是一些男孩。女孩先上场，她们的手臂优美地摆舞着海浪的姿势，很迷人。她们表演过后，换男孩上场，他们一上来就是惊天动地。先是手卷成像蛇一样，声音低柔，脚步狂野复杂。在舞台上激烈地活动着。他们是扑击岩石的巨浪，是奋力和海洋拼斗的健儿，是开天辟地的铁铲。他们就像节奏一样，时而是粗野的奔腾，时而是稳定休憩的步调。

看着他们的舞蹈，我就能体会他们的生活方式。音乐从他们的灵魂中涌出，一切都反映在舞蹈中。马浪卷曲的手臂拉着其他人，他浓厚的眉毛闪露出征服者的神情，舞曲中的意义十分明显：和逆境搏斗的雅美族人努力奋斗，终于占了优势，他们是打不倒的，是大地和海洋的主宰。在这个监狱中，在一个夏天的月夜里，他们是完全自由的灵魂。

岩石

我住的村落叫依穆路村，我站在教堂前俯视村落全景。马浪的家远远在前，像是前哨站一样。路旁有很多密集的房子，猪窝到处可见。在一大片绿色的芋叶当中，黑色和棕色的房子成了干净的拼花。

教堂后有一条小路通到山的另一边去，那里有另一个叫依洛奴米路的村庄，听说那里有一块突出的半岛岩石很出名呢。今天星期六，我想到那里过夜，参加明天早上的祈祷会。

山寂静得美丽。一片片的紫色牵牛花散布在青翠的坡路上。远远的山顶那边有一栋老旧的水泥屋，我走近了以后，才发觉屋子以前被火烧过。我心想，这也许是一个堡垒，但是后来我才知道那只是个牛舍。

在开始下坡路的地方，我可以清楚地看到岛屿的两边，两半海洋。整个下午太阳都在和山上的阴影玩捉迷藏的游戏。我走了更下去以后，有一个地方风简直大得要命。也许是因为地形迂回影响气流的关系。我觉得只要我张开双臂，就可以飞扬了。过了风口，一切又归于静止，新一半的海洋展现在眼前，不远处，一个壮观的半岛中伸延出的就是闻名的岩石。

山坡上有人喊我，我转身看见一个少年拿着一个长木头微笑地向我跑来。他的头发有一层红色的色彩，乱七八糟地像杂草堆一样，他的皮肤被太阳晒得很厉害。

“你要去依洛奴米路村吗？”他问。

“对，”我回答，“那些就是大家都在谈论的岩石吗？”

“哦，那你可能听说过战时的事了，”他笑了，“美国人还把它当作是日本潜水艇轰炸呢。”

“这里的人不怕炸弹吗？”

“不怕。因为那时候飞机彼此对打，我们不知道他们在打什么，也不关心，只知道日本人打输以后，他们就离开兰屿，中国军人就过来接管。”

我们刚下山，一到平地，遥远的岩石看起来完全变了样。太阳已经溜过山峰，村里的路暗了下来。波浪懒散地在沙滩上轻击着。

男孩叫做卡吐西。他到过台湾三次，干过几次活。他喜欢台湾，“因为在那里可以赚钱。”

“在这里需要很多的钱吗？”我问。

“以前是毫不需要，到前几年仍然如此。但是现在大家都说我们必须去赚钱，才能发展，有了钱以后，才能去买衣服和用品，就像台湾一样。”

我们一步一步走近村落，平静的海湾闪点着几艘彩色木舟。

有一些赤裸的小孩在海中游泳，一些男人拿着鱼标，满载而归地从水中走出来。女人也从海滩回来，她们手中拿着黑色的圆形浮筒。

“里面装的是海水，”卡吐西解释道，“我们煮鱼是用一半海水一半淡水，汤很鲜美呢。浮筒是从海里找来的。你知道，海里真有很多宝贝，有一次我们还捞到一架电视机，只可惜我们的村里没有电，不能使用，最后只好送交警察局了。”

太阳闪耀在岩石上，不久半岛已变成一片阴暗。现在是薄暮时分。卡吐西带我走进村里。一群群的小黑猪散得各处都是。我们到了教堂。

教堂是一栋石屋，旁边有一间榻榻米的小房间。卡吐西走了，他立刻又拿了一支蜡烛回来。他看着我解行李。

“那是圣经吗？”他问。

“嗯，你看得懂吗？”

“我看得懂字。”卡吐西接过圣经，大声地用中文朗读——“但是我不懂是什么意思。我初中没读完。”卡吐西停顿一下说，“你是神父吗？”

“我正在学习成为神父。”

“要花很久的时间？”

我凝视卡吐西那张淳朴的脸孔。我该告诉他做个神父需要十几年的时间吗？

“十年以上。我们必须研读神学。”

“神学是什么？”

“圣经和这类的事物。”

“你愿意教我吗？如果我搬到你的村庄去，你愿意教我吗？”

我答应了他，然后他微笑地回家了。我一个人坐在榻榻米的小房间里，这是第一个让别人分享我信仰的好机会。

忽然间门口出现了一个人，在幽暗的烛光下看起来真有三分恐怖。在毫无心理准备的情况下，我吓得跳了起来。进门的是一个老人，她的脸瘦宽，布满了几百条皱纹。她的嘴像是在笑，萎缩的眼睛好奇地打量着我。她全身只有腰间绑着一条破布，脖子上挂着一条贝壳项链而已，她的胸部下垂。她拿出一碗热腾腾的饭给我。

我松了口气，感激地收下礼物，她走了。因为我没吃晚饭，所以三下两下就把整碗吞光了。我一吃完，老女人又无声无息地出现在眼前，我吓了第二跳，她接过我的空碗。我谢谢她，心里虽然是惊魂未定，但这真是个好礼物，尤其在这种米饭稀少的地方更显得珍贵。

“那老女人是谁？”第二天早上我问卡吐西，“她怎么会知道我肚子饿？”

“她是村子里的女先知，”卡吐西回答，“她能通灵。”

星期天早上，教堂传教士欢迎我的到来。

“你先吃这些地瓜，”他打开叶子里的三条热地瓜，“然后我再召集大家来祈祷。”我正在吃的时候，他拿起一根铁片走出去敲石头。

衣衫褴褛的小孩先跑来，他们看到我后，就竞相指着他们的擦伤和皮肤病给我看。我打开医药箱展开工作。这些小孩还很喜欢我把“红药水”涂在他们脚上呢。其他的村民陆续地进入教堂。他们抱着孩子坐在矮板凳上，相互聊着天。

仪式开始时，大家站起来虔诚地唱着《我们的天父》和《万福玛利亚》。教堂传教士开始布道，村民坐下来又继续谈起天来。传教士的声音根本压不住里面的噪音。这还不算，一只狗也逛到祭台前凑热闹。传教士忍耐不住，往狗肚子上猛踹一脚，狗夹着尾巴哀鸣逃走了。他又大声咒骂着狗，忽然整间屋子都安静下来。到布道结束以前，他们都没再敢吭声。

卡吐西和我爬回山去的时候，太阳正在向那个被误炸过的岩石道早安呢。

龙眼

马浪和他的朋友边抽烟边嚼槟榔，在依穆路村的教堂里等我们。

“我们要到山上摘龙眼。”马浪说。

“龙眼是什么？”

“是一种水果，比台湾的龙眼要大多了。我们每一年夏天都去摘，午饭都不必吃，光吃龙眼就够你饱的，但是我们就算吃了几百个，肚子也不会痛。”

有这么奇妙的水果，我倒是很想瞧瞧。我们沿着海岸出发，往崎岖的海边走下去。路上有一些像凤梨的植物，中间杂着一些羞涩的紫牵牛花。牵牛花似乎整个岛上都有，没有价值，大家懒得去理睬，但是岛上的兰花，可就身份高贵，岛民还竞相采撷卖给商人呢。

“你愿意教我唱美国歌吗？”马浪问。

“我教你唱一首《圣人行进的时候》(*When the Saints Go Marching In*)。”

马浪的发音不准，其他的男孩都被逗笑了，但马浪仍然不断练习，一直练到唱对为止。

我们经过一个叫“三条沟”的地方,这里确实有三条很深的沟。马浪指着远处的高山顶说，“那就是开始的地方。”

“什么开始的地方？”我问。

“第一个雅美族降落的地方。”

“他是从哪里来的？”

“从天上。来，我把故事说给你听。”我们穿过第三条沟，青葱的山峰安详地俯瞰下面不定的水流。马浪坐下来，打开袋子弄槟榔，其他人也一样。他咬了几口，嘴角边就流出一道红汁，他要讲故事了。

“起初只有这块静止的土地。然后道多陀——就是天上的神——看到我们的岛屿很好，就从天空落下一块石头，停在山顶上。石头裂开，一个人爬了出来。他就是第一个雅美族人。

“那个人从山上往海边走。同时，海边的土里冒出一根竹子，另一个人诞生了。两个人在田野上相会，称他们自己为‘人’。然后他们分开。竹子人越过山顶开辟一个村庄，石头人就沿着海岸建了另一个村庄。”马浪吐出渣汁，站起来说，“我们走吧。”

“那女人是从哪里来的？”我问，“他们的妻子呢？”我们走进了森林区。

“老一辈的人才知道这个故事。他们说两个男人的膝盖肿大，并且发痒。竹子人的右膝生了一个男人，左膝生出一个女人。石头人的情况也是一样。竹子人的儿女结了婚，但是他们的孩子眼睛失明，他们这才知道同胞兄妹不能结婚。于是石头人的儿女和竹子人的儿女交互婚配。从此以后他们生的孩子就健康活泼了。”

一个男孩指着附近的一座山。“那座山曾经生过一个孩子，”他说，“是半人半鱼。”

“后来呢？”

“那个孩子滑到水里游走了！”其他的男孩都笑了。

马浪指着眼前一个谜样的小岛，我看明明是近在咫尺，可是那些男孩说划木舟还要四个小时呢。

“有一天有一些人到那个岛上捕鱼，”马浪告诉我，“他们找到一个巨蛋，蛋大得几乎抱不回船上。他们划船回家的半途中，忽然一只巨鸟追赶过来，他们知道那一定是母鸟。所以他们拼命往前划。”

“那时候的人很强壮高大，甚至比美国人还要魁梧，真不是盖的，你拳头举起来可能只到他的鼻孔呢。我们以前真是巨人，不过现在却缩得很小了。话再说回来，那些人及时赶到海边，把蛋放进他们的地下房子里，然后他们在茅草屋顶上插了很长的矛，母鸟想要冲进去时，矛刺中了它的翅膀，最后它愤怒地飞走了。”

“龙眼在那里！”男孩指着高大的树说。阳光透过黄绿色的树叶，斑驳在他们的脸上。马浪拉下一根竹子，蹲在地上，用刀子把竹子头切成两半，然后中间插进一个木头，好让两半分开。不到几分钟他就做好工具，开始展开行动了。他把竹竿扔给我，自己爬到树上，我再把竿子丢给他。

马浪的妈妈和弟弟都坐在地上，大吃特吃龙眼。我走过去和他们打招呼。马浪的妈妈特别拣了一颗又大又多水的龙眼给我，同时还拿一把塞进我的手中。他弟弟教我怎么个吃法，先剥外壳，然后把白色的果肉放在嘴里，再吐出籽来，味道真好。

“这些树是我的祖父种的呢。”马浪的弟弟骄傲地说。他也不甘示弱地爬上树去，马浪的妈妈就在树下拼命捡。我也脚痒爬上去，在微风中随心所欲地吃着。马浪说的不错，你爱吃多少就吃多少，肚子还不会痛呢，而且这样张口就吃，比烧午饭要方便多了。我们回家时，少说每一个人都吃了一百颗之多。

临走前，一些男孩还到附近的地方砍木头，然后把柴绑好，挂在背后。马浪把妈妈的竹篮里装满了龙眼，再在额头上放了一片像象耳的大树叶，然后把竹篮的绳子绑在上面。这样一来，是额头在扛东西而不是肩膀了，但是他却说这样要比较舒服些。

回家的路上，我们唱着那首《圣人行进的时候》。

拜拜

“来我们家吃晚饭，”马浪说，“我爸爸宰了头羊。”

“今天是什么节日吗？”

“不是，但是我爸爸病了，拜拜是为他做的。我们这里如果有人生病了，就要拜拜，这样天上的神道多陀才会医好他的病。”我们走去他家时，马浪说：“以前我们有很多羊的，满山都是。但是士兵和囚犯的狗咬死了我们的羊，真糟。你知道，我最喜欢吃羊肉了。”

筵席是设在马浪的工作房中。我又四肢着地地爬了进去。马浪的妈妈和其他女人坐在地上一边。她们的头发都盘起来，系着红丝带，脖子上挂了很重的玛瑙项链。“这些饰物都是日本时代留下来的。”马浪说。女人们都穿短裙，身上披着蓝色和白色的披肩，脚踝上还挂了铃铛，走起路来叮叮当当地响着。马浪的妈妈笑得很开心，她的牙齿和她儿子的一样黑，她光滑的脸在射进的阳光中闪亮着。

马浪的哥哥和其他男人坐在对边的地上。他们穿着蓝白毛的短背心和丁字裤。手腕上挂着银手镯，有一个男人的耳朵上还穿了一个金耳环。

大家看着马浪的父亲分羊肉。地上放了很多大“象耳”叶，马浪的爸爸分好肉后搁在叶子上。然后他又拿了另一盘新鲜的煮鱼进来，也同样地分配。

“这是我昨天晚上抓的。”马浪指着鱼说。

“你昨天捡龙眼还不够累啊？”我问。

“习惯了。”马浪回答。又有人端出了一盘鱼干。“这是我最爱吃的。”马浪说。

我们每一个人拿了自己面前的“叶盘”，上面有羊肉、鱼肉和鱼干。地中间还有一个大的金属容器，上面有叶子罩着。马浪像艺术家揭幕一样地移开叶片。“哇！”每个人都惊叹地叫着，里面装的是地瓜和芋头。马浪用一个尖棍子，戳了一大块白芋头给我。“这是山上野生的芋头，”他说，“我们最好的呢。”他哥哥又端了四个沉重的碗放在金属容器旁。“两碗是鱼汤，两碗是山羊汤，”他说，“赶快吃！”

吃饭比赛开始！马浪大口大口吃着地瓜和芋头，真想不到他的胃口这么惊人。他用双手握住大碗，猛灌几口，然后递给我。我尝了羊肉汤，很腥很鲜的味道。白芋头像是烤洋芋一样，感觉很纯。地瓜挺撑人的，我吃两个就饱了。“你只吃这样？”马浪惊讶地望着我，他自己已经吃七个了。“喝汤吧。”他拿鱼汤给我。我吞了一口，真是难以下咽，就像在喝海水。马浪发觉我的表情有异，他笑着说：“你迟早要习惯喝的。”

我想我们吃的速度足可以打破世界纪录。马浪拿叶子盖到容器上，端到角落里。他虽然身材矮小，但是就连他在低屋顶下，都得弯着腰。“洗手吧。”马浪走到门口，把盛水的浮筒拿斜一点洗手，然后他替我倒水让我洗。

马浪的妈妈从架子上拉出一篮槟榔。里面有两条刚折下的枝条，上面都是绿黄色的槟榔。他们洒在中间的白粉，竟然是“把贝壳压碎燃烧”的东西。

“曼麻麻。”马浪的弟弟边拿槟榔边说。

“曼麻麻。”我重复道。

“意思就是‘槟榔’，这是我们雅美族的香烟。”他疑惑地看着我问，“有香烟吗？”我拿出一包，一个人传着拿一支。“谢谢！天主保佑你。”他们说。马浪的妈妈甚至还高兴地拍着我的手臂，就像拍她心爱的狗一样。“哎哟咿！”她说，然后大笑着。她的黑牙上面都是干槟榔。接着她对儿子严肃地说了几句话，马浪翻译给我听。

“我妈说你以后要是没饭吃的话，就上我们家好了。”

又有一些男孩爬进马浪的工作房。我们一直乱弹着吉他，夏日的午后和刚才的大餐让我们昏昏欲睡。马浪的妈妈拿出两张草席铺在地上，她和她先生两个人躺下睡觉，马浪也睡了。

马浪瞎眼的老祖母蹲在门口，位置就在我们下面一点。她原来滔滔不绝地和马浪的父母说话，后来似乎觉察到他们都睡了，才静了下来。然后，她慢慢地滑到我们现在坐的地下头。我简直看呆了。那么小的缝，她怎么钻得进去？我往下一看，一阵臭味冲鼻而来。她竟然滑到了房子底下黑暗的石土之中。

“她在做什么啊？”我问坐在我旁边的男孩，他正在拨弄琴弦，温柔地唱着歌。

“她要睡了。”

“她不能和别人一样睡在这上面吗？”

“没办法，”男孩漠然地回答，“她又老又瞎，她喜欢睡在那里，”他注视着我补充道，“她真可怜，不是吗？”说完了，他又继续唱他的歌。

约玛姑妈

一个肥胖的老女人带着哀哀叫的小女儿冲了进来。她用日语大声叫着，说了半天，我只听懂一个字——“以努”——就是狗的意思，我这才了解原来她的女儿被狗咬了。我帮她女儿擦药后，她妈妈把手捂在肚子上，然后痛苦地转动眼珠。

“她病了吗？”我问卡吐西。

“不是，她饿了，她想吃饭。”

女人指向小女孩，我知道她是要替她女儿讨碗饭吃。

“她真需要饭吗？”我转向卡吐西。他没回答。“你要不要一些维他命？”我指着旁边的罐子，她的神情顿时焕发起来。她有一张圆圆乐观的脸孔，上面布满了细致的皱纹，好像是铅笔一条一条画上去的一样。她的额头上包了一块红围巾，看起来简直和我的约玛姑妈一个样子。我倒了几粒维他命给她。她不满意地皱皱眉头，指着整瓶的维他命。“不行，”我说，“我总共只有这么多！”

约玛姑妈的眼睛立刻在房间里打转，她看中了一罐刮胡液，走过去迷惑地看着。我挤了一点出来。她闻了一下，似乎很高兴的样子,她要那个罐子。我解释说这是刮脸用的,她也不需要刮脸。然后她瞄到了挂在墙上贺神父的衬衫，两眼又亮了起来。我说那不是我的，所以我不能送她。

她看到我的旧网球鞋，她悲哀地指着自己的光脚丫。不行，我只有这么一双。她还不甘心，走到房子对边，找到一条快用光的发油。她拿了起来，撒娇地对我微笑，我想她年轻的时候，一定很诱人，只是她现在已经五十好几了。我挤了一点油给她，她用力地抹在头发上，然后向我要整条。我直截了当地拒绝她。她抓着维他命，气呼呼地把跛着脚的女儿给抱走了。我对她说:“天主保佑你。”她发出了不满意的怨声。

卡吐西

早上马浪常到教堂来，和我、卡吐西两个人吃饭。有一天，卡吐西在外面洗盘子，马浪就问我卡吐西为什么待在教堂。我说卡吐西叫我教他圣经。马浪皱着眉，摇摇头说:“他不该留在这里。他难道没有家务事要做吗？”

我问卡吐西家里有没有事做。“没有，”他回答，“我想研读圣经。”他打开圣经，很好学地看着。但是，我知道，我教卡吐西实在没什么成果，我每天教他一段，但是他第二天就忘得精光。虽然我不是个好老师，但是至少也不会糟到那种地步。我想让他分享我的信仰，但是到头来什么也没有。

更糟的是，卡吐西不满意我们的伙食。我到岛上的第一天，小孩子那样地看着我吃饭，所以我决定以后尽可能吃得简单，尽可能吃得和村民一样，意思就是说，每一餐吃的是饭、地瓜、野菜、鲔鱼罐头，有时候是别人送我的鱼。卡吐西老是问我们什么时候可以吃肉。

从开始我就做了选择，我可以如村民期望地做个有钱的外国人，我也可以像身边的人一样过着贫困的生活。我选择了后者。我有的如果比别人多，我怎能和他们分享呢？

卡吐西留在我这里，会是因为他渴望得到我所摒弃的事物吗？我们是背道而驰吗？

有一天，卡吐西说下午要回他的村庄，向我借旅行袋。袋底有一个照相机，我忘了拿出来。傍晚他回来时，我发觉里面的彩色胶卷照完了。我很生气，卡吐西没有征求我的同意就擅自拍照。但是后来我又很懊恼自己的介意。我有照相机却不能和别人分享，那有了又有什么用呢？这件事使我了解到我口口声声地说要分享，其实是多么地表面化啊。如果我真要分享，那我就必须和其他人一样穷，至少我也该和别人共享我所拥有的。

那天晚上，我向卡吐西解释，他要用东西前，必须先得到别人的同意。我问他是不是真想和我学圣经。他没说话。我问他说家里需不需要他帮忙。他没回答。

早上我看见卡吐西默默地走回他的村庄。一阵挫折感从我的心中涌了上来。在这个奇特美丽的岛屿中有太多我不知道的事情，有太多有关人类、大自然和我自己的问题需要我去学习。

我来兰屿已经有三个礼拜了。我在不断地学习人民的生活方式。我交了几个朋友，看了几个人的伤。我的心逐渐融入身边的美好当中，我真迫不及待地深入这一个世界。但是我的思绪却说："目标呢？你不是要服务吗？你必须计划。你必须帮忙，必须做事。"然后我的心回答："你会的。继续深入，你会学习，会分享，会爱的。"

台风

马浪在盖一间水泥屋。政府为了改进雅美族人的生活，特地支助年轻人建造他们自己需要的房子。新房子离旧区有一段距离，这样年轻人才会逐渐脱离老一代的生活习惯和迷信风俗，他们才比较容易接受新时代的文化。

有一天早饭的时候，马浪和我一起喝咖啡吃燕麦片粥。

“等我的新水泥屋盖好以后，你可以睡在我那里。”他说。

“我喜欢你现在的房子，”我回答，“那种用岩石、木头搭起来的房子，感觉上很美。”

“我们的旧房子不好，观光客都说奇怪，士兵也一直嘲笑。我讨厌住在里面。等我的新房子完工后，我们可以在里面喝咖啡，还有吃燕麦片粥。”

马浪的朋友进来说台风要来了，“甚至还会有海啸呢。”

“不会有海啸的，”马浪喝完咖啡时说，“怎么会有？我们这里没有坏人，除了犯人外我们没有歹徒，我们不偷不抢不杀。呃……我们偷，但是都偷得很少，不像其他地方的那些大坏蛋。就是有海啸，只会扑击台湾，不会是我们这里的。”

“收音机上说台风下午会来。”一个男孩说。

“要不然你去问老一辈的人，”马浪说，“他们知道。”他把烟蒂扔到地上，用脚尖熄灭。“我们去看海浪。”他说。

我们走了出去，马浪“去问长者”时，我注视着高涨的波涛。从远方的海洋上卷起一阵阵的蓝波。小孩子在海滩上跳来跳去地玩耍，在高起的风中大喊，有些家长赶紧叫他们回家。

大海里就像有一只巨大的手把颜色扭转成阴暗的灰黑一样。我转身看山，山顶有一团像雾的乌云。风忽然大了起来，妈妈抓着孩子的手往地底下的大房子跑。灰色的潮水开始汹涌，水花凶猛地四处溅起。我们匆忙走回教堂，一路上有很多少年在听收音机的台风消息。男人都在茅草屋顶上钉竹子和粗藤。收音机的杂音、敲击声、海浪的怒吼和大风声混合成一首新的组曲。在所有的声音和等待中，台风就要来了。

下午的时候，台风夹带着千军万马之力到达。茅草顶部被吹掀了。有些人在风雨中奋力抢修房屋，我从教堂的窗户里，看到海浪击在近处岩石上。大浪冲上石头，然后缓慢地破碎。雨水从教堂的裂缝中漏出，风又吹得满间都是。马浪、小雅由、雅由的爸爸都留在教堂里，最处变不惊的是雅由，他还有工夫雕小船呢。没人愿意在狂风暴雨中回家，所以他们都在教堂里过夜。

第二天出了太阳，风平浪静。教堂的房间里挤满了人。有些老人趁闲编竹篮，雅由仍在专心雕他的小船。两个女孩弹着风琴。马浪小心翼翼地打开一盒湿香烟，把烟草煮一煮，再拿去给他爸爸。我心想，既然天气好转为什么还没有人要回去工作呢。

“台风还没过，”马浪说，“等吹了南风，一切才会结束。”

那天下午果真又大风大雨起来，好像台风意犹未尽的样子，整个岛上备受肆虐，但是风雨伤害不了躲在地底房子里的人。南风终于来临，台风远离了，岛上又恢复了原有的生气。

金项链

山那头过来一小群人，他们聚在教堂附近的地上，他们头上戴着重木做的头盔，身上穿着椰子纤维做的背心，手中抓着尖锐的长矛。他们激动地争吵着，声音越来越大。好奇的观众渐渐围聚过来，把整个教堂前的小广场都塞得水泄不通。

“他们在说什么？”我问马浪。我们正坐在桌子旁吃晒干的飞鱼。雅由坐在榻榻米上雕他未完成的小船。

“为什么？”

“为一个女人。”

“谁？”

“一个人的妻子。”

“怎么回事？”我被马浪搞得有点不耐烦。我想知道争论的全部内容，但是马浪太专心听他们讲话，没空翻译给我听。

雅由暂时放下他的船，然后把事情经过告诉我：

“很多年前，椰油村有一个人结婚生了四个孩子，过得幸福美满。但是他太太生病死了。那男人很伤心，又翻过山辛苦地找到了一个太太，把她带回家来。但是她并不贤淑，他们一直处不好。

“那个男人有一个朋友住在山那边，有一天他去看他的朋友，但是朋友不在，只有朋友的太太在，他们独处了一会儿。

“这么多年来，没有人知道这件事，他的太太后来不知道是怎么晓得的，可能是在山那边的亲戚告诉了她。但是她一直没向人提起，直到上个礼拜，他们大吵一架，那个做太太的，就大声奔走告诉左邻右舍。

“坏事传千里，山那边那男人的朋友也听到了这件事。他要求那男人用他脖子上的金项链作为补偿的代价。金链是雅美人最珍惜的物品。那男人不答应对方的要求。”

雅由停了一会儿，又继续刻小船。

“外面的那些人是谁？”我指着门口那些武装的人问道。

“今天一大早，”雅由接着说，“有很多人翻山到椰油村去，想讨到那条金链，但是没有成功。现在他们又要再去一次。如果那个男人还是拒绝交出金链的话，他们说只有动武了。”

“那么要去山上的人就不安全了，”马浪插嘴说，“他们会乱杀。”

“他们真的会打吗？”我问。

“也许不会，”雅由回答，“但是他们会继续争吵。”

“在很久以前发生过几次战役，”马浪补充道，“真的，我爸爸告诉我的。”

“那时候有很多人被杀吗？”

“我爸爸有一次说，二三十年前就有一个人死了。据说我们

当时还是野蛮民族。”雅由点点头

“但是我们现在只动口不动手了，真是没什么趣味。”

海夜

约玛姑妈又来了，嘴里嘟嘟囔囔地说着日文，她在破衣领下抓抓痒，然后指着小孩，于是我给了她女儿一点乳液。她皱皱脸，咳嗽了一声，唾沫横飞，我又给了她几颗维他命。她看上看下的，好像我在夏季大拍卖一样。她瞄到我的游泳裤，她看看我，我摇了摇头，不行。然后她看到一块旧的抹布，眼睛就对我瞟呀瞟的。我告诉她那是一块旧抹布，她又继续恳求，我想，就给她吧，我点了点头答应了。她高兴地叫了，亲热地抱了我一下，然后欢天喜地地带着她的乳液、维他命和抹布离去。

我在诊室里坐了一会儿。今晚有一艘补给船要回台湾，我打算一起走。有一个雅美族青年要动心脏手术，我想随行帮忙，其实，我也不知道自己还会不会再回来。

天气很热，蚊子很多。我边想边搔痒，隔壁的一个老头探进头来问："有香烟吗？"我拿了一支，机械化地交给他，他礼貌地点个头说："天主保佑。"

小雅由在诊室里乱逛，他从垃圾桶中捞出一块脏兮兮的纱布，我立刻抓过来，叫他出去。他打了站在门口的弟弟，他的弟弟就坐在泥堆里哭了起来。我出去给了他一块糖，但是他把糖用脚踢开了。我走到雅由的地下房子门口，对他们大叫说我今天晚上要走了。

“你还有剩米吗？”雅由的妻子往上喊道，“给我们！”然后我听到雅由大骂她的声音。他走出来，抱歉地微笑，说他愿意帮我提行李。他的大眼睛盯着我看。

“你不会回来了吧？”他缓慢地说，“小雅由会想念你。他很顽皮，不听话，但是他喜欢你。”

我看着雅由。他的脸乌漆抹黑的，他微笑了，露出一排烂牙。

“他是个可爱的小男孩。”我说，我把剩米给了他们。

那天傍晚，马浪、雅由和一些十几岁的男孩陪我到监狱，我和一些士兵搭上一辆吉普前往港口。道别十分简短，没一会儿我就上了补给船，步上了回台湾的路程。

我想到约玛姑妈在我的房子里搜寻物品，想到把我当成贩卖香烟机器的老人，想到我对卡吐西的教育失败，想到雅由的太太贪婪地看着我的剩米。

我的思绪谴责着自己：“你看，你根本没有帮助这些人，不论精神上或物质上，你都徒劳无功，他们占你的便宜，他们只希望能从你身上捞到一些好处。你怎么能这样地和他们生活？你为什么不做一些有用的事呢？”

这回我的心没有回答半句话。

黑色的太平洋，永恒地展伸在我的眼前。即使在夜里，水仍然信心十足，冷眼旁观地看着这个世界，似乎它比谁都要了解。

在沉静中，我仿佛看到一个女人坐在阳台上梳着她长长的黑发，她的头微倾，口里低柔地哼着一首可爱的歌曲。

还有马浪坐在烛光下说话，他的脸上反映着黄色和红色的光彩……雅由聪智和善的双眼，还有他儿子那双很小的手……我会回去的。

里帕沙的心愿

我的朋友里帕沙心脏里有两片瓣膜不正常。他一直希望能开刀，虽然没有钱没办法，但是他还是不断期望。他今年二十五岁，经常生病。他不能工作、钓鱼，或是结婚，要是不动手术，他的未来等于一片空白。

里帕沙头一回请我帮忙的时候，我耸了耸肩，心脏手术要花很多钱，可是他家一贫如洗。但是我常向别人提起他的事，有些人很感兴趣愿意帮忙。

台大医院愿意免费开刀，但是我们要买人工瓣膜和供给血液。里帕沙很快乐，他终于有希望了。他远在兰屿的父母，看到儿子能健康起来，一定会很欣慰的。

开刀前一晚，我坐在里帕沙和他的小弟身旁。一位神父替他洗礼，里帕沙领了圣体。

“我很害怕，”里帕沙说，“要是手术失败，我父母会怪我的小弟，他的责任就太重了。”

“别担心，”我告诉我的朋友，“他们要怪就该怪我，因为是我让你动手术的。”

一群辅仁大学的女生来捐血，里帕沙的情绪高昂起来，我用肘推推他说：“你看她们多关心你。”我的朋友害羞地笑了。

第二天早上，他们把他抬到担架上时，护士长拥着里帕沙。我看到这个热诚的中国女人眼里闪着泪水。我们推里帕沙到走廊上时，其他的护士都走在我们身边。

“你看起来像国王一样。”我告诉我的朋友。

“现在不是开玩笑的时候！”他驳斥道。但是他嘴角露出了微笑：“也许，是病人之王吧？”他看来很高兴，比生平任何时候都要来得高兴。

我坐在手术室外等着。里帕沙的小弟和我开始祈祷。

那时候我心里忽然有一种不祥的感觉，我越祈祷，这感觉就越强烈。我从来没想到手术有失败的可能，这些日子来，我只忙着收钱和找捐血的人，我根本没想到他要动的是一项极为危险的手术。

但是现在，我祈祷，我知道里帕沙会死，是我让他去送死的。

然而他的小兄弟和我还是不断祈求。有好一些学生进来，想要帮上什么忙，即使他们连他的面都没见过，但是他们的诚心很明显地表露出来。

我们在手术房外等了十多个小时。最后医生出来了，他只简单地吐了一句：“情况非常糟，机会十分渺茫。”

我想找神父来，但是现在是尖峰时刻，交通太拥挤了……

过了一会儿，我站在里帕沙身旁，看到他的心脏连着一个机器，那个机器已经维持了他两个小时的心跳。

“还有多久？”我问医生。

“几乎没望了。”医生带着同情的口吻说，但是他的眼里只有疲惫的神情。

我胡乱地谢谢医生。他关上机器，用一块旧的白床单罩住了我朋友的身体。

他的小弟和我两人把他的尸体推出去，一个男护士带我们到医院后面的大房屋里，里面很黑，充满了香味。护士抬起沉重的尸体，放到小房间的台子上。尸体落到冷水泥上时，发出了沉重的声音。

他的小弟似乎到这时才了解到死亡的意义，他害怕地大叫着：“大哥！”然后投进我的怀里哭嚎。

过了好一会儿，我才接受里帕沙死亡的事实。我反复再三地问着：“为什么？”但是回答我的只有一片虚无。

手术没有成功，失败的感觉啃噬着我的内心，我被天主抛弃了，就像是被出卖了一样。

然后我想到里帕沙快乐的脸孔，天主没有听见他的祈祷吗？难道里帕沙不希望开刀吗？也许死亡一直是他的心愿，现在病人之王接受了他的王冠。

我想到那些热心的学生涌入医院捐血，还有许多封的信件。这么多的关心。

里帕沙的小弟因为这次的事件成长了许多。后来，我看到他的家人也接受了事实。我的悲哀和痛苦也逐渐地被心中的景象替代：

我看见里帕沙在天堂里，他唱着感激的歌，他希望我能听见。

“这是我的心愿，”里帕沙唱着，“你帮助我完成了，有一天我们还会见面！”

但是，这是过了多久的时间，天主的慈悲才允许我听到了这首歌。

晨光中的儿童

拥挤的货船在港口中颠簸着，就像水牛在泥中打滚一样，因为这艘船很少去兰屿，所以凡有空间，都被塞满了东西，什么宝贝都有，有植物、动物、各式各样的补给品和大大小小的人。我在一个鸭笼和凤梨树中间找到了一个小空地。

七小时的旅程开始时，大家有说有笑。很多年轻人是到台湾工作过后，回兰屿老家去。他们耳边放着收音机，嘴里唱着流行歌。有些老人还在货船后面搭线，急着利用时间钓鱼呢。我的头靠在凤梨树上，脚搁在鸭笼上，坐得倒也安逸舒适。全船最焦虑不安的大概是那些鸭子了。

船东晃西晃的，海水哼着摇篮曲，大家各自蜷曲在自己的座位，打起瞌睡来。收音机的嗡嗡声和海潮声，使我很快地就睡着了。

过了一个小时，忽然一阵咸水袭上甲板，惊醒了大家，把我们的衣服都打湿了。我们事先毫无心理准备，就好像有人当头泼了我们一盆冷水一样。我们不管它，又安详地继续睡觉，但是海水似乎看不惯我们的自得其乐，又安排了一道大水墙挡我们的去路。船颠得很厉害，船上的东西都七歪八竖横冲直撞。这回每一个人都清醒了，纷纷抓住支持物，我脚下的鸭子也凑热闹地叽哩呱啦起来。海水冲上甲板好几次，大家都安静地等待这一段艰苦的时间过去。

我在地上铺了一小块塑胶布，从脚包到头以挡住海水的袭击。船身非常不稳，很多人都呻吟、呕吐、畏缩着找寻掩护。我身体很虚，连移动的力气都没有，我紧紧地抓着塑胶布，但是风太大了，从我的手里把布吹开，但是布的另一半还压在我的臀部下，我没力把它拉回来。冰凉的咸水又一次扑来，我像鸭子一样地颤抖着。

虽然眼里都是盐，但是我恍惚看到一个身影痛苦地往我这里爬过来。他一点一点地前进，那个人是卡吐西。一个可爱坚强的少年，头发有一层红色的光彩，乱糟糟的像杂草堆。他到我眼前时，他迅速地拉住我的防水布，用有力的双手罩在我的身上，然后整个人崩溃地倒在我的胸前，我感觉到他沉重的鼻息声。

海洋的愤怒，来得快去得也快。船上的雅美族人开始唱歌，家乡已在望了，他们高兴地大笑起来。一个人还骄傲地展示刚才惊心动魄的时刻里他所钓到的一条鱼呢！

在港口欢迎的亲友都穿着他们最好的服装。男人全副武装，穿着椰树皮的背心，头戴藤盔，手执长矛。女人身上穿金戴玛瑙，也是金光闪闪。船到的时候也是值得庆祝的大节日。

我疲倦地下了船，卡吐西把我的行李递给我。他注视了我一会儿，他嘴角淡淡的微笑已经说明了一切，他往他的村子出发了。

马浪在码头接我，他是我刚抵达兰屿一见如故的青年，矮壮，浓眉大眼，看来他的皮肤比上个月更红更黑。他告诉我村子里发生的很多事，谁过世了，谁生了孩子等等。我回教堂的时候，情况和第一次来时大不相同，小孩子兴奋地围在我身边说话，他们都不害羞了。夏天过了，一阵和风从草丛牵牛花中拂面吹来。

有一些小女孩带了芋头和地瓜给我。小雅由的父母拿了一碗蛤蜊，马浪的母亲送我一条鱼。

夏天给他们照的相片洗出来了，我拿出来让他们传阅照片里的自己。那晚我睡得很沉，第二天一大早，耳边就响起了小雅由和一些小孩叫我的声音。

小雅由

早上，我一开门，小雅由就溜了进来，我们一起吃早饭。他的眼睛有些下垂，肚子空空的。其实他在自己家里可以吃得更有营养些，但是我们两个喜欢在一起。早饭过后，小雅由替我扫地，然后抢先抓了碗盘，拿到外面的喷泉去洗。当然，他洗了和没洗都一样，碗盘还是不干净，但是我不能告诉他伤他的心。

小雅由的祖母很老，走路走不稳。她主要是帮忙照顾孙子孙女。白天她都坐在教堂屋檐下的阴凉处，看着小孩在喷泉那边玩。小雅由和他的弟弟妹妹就是她生命的全部。

小雅由一家人晚上的时候都在村子另一头新的水泥房里。他们马上就要搬家了。但是小雅由的祖母说她不要离开老房子，因为旧房子里充满了回忆，还有房子后面有一块“屋神”的木板。晚上的时候，她都靠在那块木板上，怀念死去的丈夫，温柔地哼着老歌。有时候她也会对“屋神”说话。

晚上我出去拿水时，看到了那位老祖母。她拄着拐杖，一步一步地走着。她走到山崖边，凝视着海洋一会儿，又转身蹒跚地踱回有“屋神”的房子。

小雅由的祖母参加教堂的晚祷。传教士唱着《万福玛利亚》和《我们的天父》，一些小孩和老女人自然地回答着。音乐飘过教堂，下了村庄，上了高山，飞升到天空。尽管这些老人小孩不知道自己在唱些什么，但是我相信他们说的“道多陀”会听到乐声，对他们微笑的。

晚祷后，我带小雅由和小孩去监狱看囚犯，为下一次戏做的排演。我们走进去。我听到一声尖叫，一些犯人朝我跑来。

“你会唱美国歌吗？过来参加！”

他们簇拥我上台，吉他和鼓伴奏，我唱了《圣人行进的时候》。小雅由耐心地坐在舞台边，一堆兵士拍手唱和。犯人开始舞蹈起来。乐队越奏越大声，越来越吵，一个囚犯用英语喊道：“别唱了。”台上的人都哄了下去。

“警卫，”一个囚犯跑过我身边时说，“该是圣人行‘出’的时候了！”

我们到了后台，身兼监狱厨师的乐队指挥拿了一大桶面给我。我尽可能地吃着，小雅由甚至把整个头都埋进桶子里，他狼吞虎咽地吃，厨师在旁边看着他说：“他看起来好像几百年没吃过东西了。”

“也许他有个没有底的肚子吧。”我补充道。

“他今天整个早上都在说昨天晚上吃的大桶面呢。”小雅由的妈妈告诉我。小雅由笑得很开怀，整口烂牙齿都露出来了，他看着母亲扛着藤篮去芋头田。然后他拿起扫把开始扫地。

小雅由的爸爸请我到他家吃晚饭，食物都摆在阳台外。他最小的孩子，是一个一岁左右的女孩，她的黑眼睛很大，大得简直全身只看到一对眼睛一样。她的手脚细得像竹竿，肚子有点膨胀。

“她病了吗？”我问她妈妈。

“她有虫，发冷发热，”她缓缓地回答，“我想你可以说她病了。”

小女孩只是瞪着我，她转向她的母亲，抓着乳头塞进嘴里。她又偏过头，向我伸出手臂来——那只手臂真瘦。

夕阳漠然地落在她的眼睛手臂和她的母亲身后。

田螺与小米

我的两个小厨师简直棒透了。他们每天下午都准备了野菜、地瓜、田螺、炸芋头和鱼，然后和我一起吃饭，他们喜欢这样，因为他们爱吃多少饭就能吃多少，而且我们的菜都是加花生油炒的呢。岛上大部分的居民都买不起油，所以都用清炒，而我在这方面还允许自己奢侈一点。

我觉得什么都好吃，唯独泥田里抓来的田螺叫我消受不了。他们抓了田螺后先煮一煮，用花生油炒两下，再加点酱油和胡椒，闻起来真香，只可惜我没口福，学了好久才学会吃的诀窍，起先还以为自己的嘴有毛病呢。坐在一旁看别人吃得津津有味真不是滋味。

现在吃饭时旁边有小孩看，已经不像刚来时那样让我心烦了。这里随时都有十几个小孩的，他们没事就来这里翻翻图画书，到我们晚饭时间，他们就让开桌子拿到木椅上看。他们知道我吃的和他们吃的相差无几，这样对我们双方都好过些。

饭后，我会讲故事或是自己看书。那些孩子念书都有朗读的习惯，就是有十几个小孩，每人各念各的，他们似乎都习以为常，毫不在乎的样子。

有时候，也有安静的夜晚，我会和邻居聊天，学雅美族话，每天不到九点就上床睡觉。

早上六点到七点学校没上课前，诊所的事常使我忙得手忙脚乱，一下黄药、黑药，一下听病人诉苦。我有两个常客，一个是个拄拐杖的老头，他每隔一天来一次，他一看到我就微笑，然后关节炎痛又畏缩一会儿，他和我握握手，就小心地走到椅子上坐，叹口气，指指他的腿。我替他擦药，看其他的小伤。事后，老头会从丁字裤上拉出一个塑胶袋递给我。“米？”他问。我常给他几碗。另一个常客是个老妇，大家都说她的神经有点不正常。她来的时候，老头就不会来，她直截了当地把塑胶袋交给我，满脸饥饿可怜的神情，我也常给她几碗。差不多过了三个月，我才发觉他们两个竟然是夫妇。

有一天早上，一个叫卡让的男孩到诊所来。他通常都很愉快，那天他却低垂着头，说他心里很难过。

“今天早上我爸爸肚子流血，”他说，“都是血。我带他到卫生所，他们给了他一些药。不过我们还是要替他打小米烧小米，这样道多陀才会高兴。”

卡让和他的兄弟带了一大把带茎的小米来。他们拿到教堂这边进行，是因为这里有屋檐可以挡雨，免得把小米淋湿。他们先在浅篮子里打谷，让谷子和小米分开，再拿出一个木头，大家轮流用杵击打。他们的身上全是黄壳。下午他们把小米烧了，拿给父亲吃。

道多陀一定很开心，因为第二天卡让的爸爸就痊愈了。

学校

李家兄弟相当不同。大李高大内向，有点聪明，但是他对教三年级的工作并不热心，他觉得大材小用。相反地，短小结实的小李很爱教书，和他五年级的学生打成一片。新学期开始，他们从台湾来的时候，我就认识了他们。他们和叔父，也就是学校的校长，三个人住得离教堂不远，我们共用一个水泉。

有一天，我在水泉淋浴回来后，发现小李坐在我的榻榻米上，翻阅旧的时代杂志。小雅由和他的小朋友坐在榻榻米的另一边看图画书。

“你喜欢这些小孩，是不是？”小李问我。

“当然啰。你不喜欢吗？”

“喜欢，但是孩子太多了。”

“什么意思？”

“我们学校有两百个左右的学生，但是只有三位老师。”小李放下杂志，耸耸肩说，“我叔父想在台湾找一些老师，但是没人要来。我们人手不足，管不了这么多儿童，所以大部分的小孩只是整天在教室里玩。”

“如果需要我帮忙的话……”

小李立刻从榻榻米上跳起来，他张嘴大笑，拍拍我的肩膀。“我就知道你会同意！”他说，“你可以讲故事，画画，唱歌，你爱做什么都可以。小孩都会唱歌，但是他们看不懂音符，你可以教他们‘哆瑞咪’。”

“但是……”

“别担心，你会是个好老师的！”小李跑出门去，高兴地把湿毛巾抛在空中。“明天见！”他从远处叫道。

我很想告诉小李我根本不懂音乐。那天我一直用教堂的风琴研究课程。第二天小李向学生介绍我是外国“音乐专家”。我弹着风琴，开始教班上唱相当简单的音谱。

不久，我发觉了一个使我不至于太过尴尬的教书诀窍。每首歌都有很多中国字，我根本不知道该发什么音。所以我先叫小孩子念一遍字。他们念的时候，我很快地写下字的发音。然后我再和孩子一起唱，一副我很了解的样子。如果我来不及记下发音，我就要求孩子把歌词再念一遍。

我的方法一直没出纰漏，直到有一次穿帮了，我们碰到了一个全班都不认识的字，我只得不好意思地跑去请教小李。

小孩子很爱画图。我喜欢看他们画，但是我一称赞他们的画，他们都好像没听见一样。我重复了好几次赞美后，他们才稍有反应，他们会笑，然后谦虚地否认。小孩子现在画完画，都争着拿来给我看。他们终于能够大方地接受称赞了。我想，也许这样能让小孩子不断地从中学习到自爱与自重。

我喜欢学校的校长陈先生，我老在想他为什么会到兰屿来，我想他说不定对我也有同样的疑问。我的结论是，陈校长之所以会来，是因为他是个斗士。他很爱建造事物，而这个岛正符合他的需要。他是个魁梧、英俊的台湾人，下巴方正，眼睛锐利。他大概五十左右，但是精力实在充沛。我看他一天到晚忙来忙去的，一会儿漆教室墙壁，一下子在校园种花生，有时又和几个小孩盖新墙。

陈校长想把墙盖好，他希望学校四面都有墙，这样才不会有什么山羊、猪或闲杂人等出入。他一直鼓吹学生家长帮忙用石头建墙，但是他越声明是“大家”的学校,大家越觉得是“他”一个人的学校，所以没有家长愿意帮忙。陈校长毫不气馁，他自己带着小孩搬石头砌墙。那些小孩当然唯命是从了。

远足

学生最爱出去郊游了，在集合前两个小时就到学校等候。每一个学期学校都有一次远足。对村子里较小的孩子而言，他们很喜欢到山那边的依洛奴米路村去，因为去的机会太少了，虽然只有一小时的路程，但是有很多人都没去过呢。

我们从教堂后面的路往上爬。路上有一些老人，还有二十几个家长随行，男人拿着长矛全副武装，说是为了保护小孩，不受鬼怪骚扰。

“我真希望他们留在家里！”大李走过老人的时候说。我们两个并肩走着，陈校长在我们前面一点。

“你为什么不希望老人来？”我问大李。

“因为他们的老习俗和迷信摧毁了一切。”

“我喜欢他们的文化。”我不知道自己无意间引发了一场争执。

“文化？”大李惊讶地瞪着我，“这些人没有文化。你看他们吃的，地瓜和芋头，没有蔬菜，他们不用筷子。我们再教都不管用，他们就是不愿意改变，吃饭前也从来不洗手，你称这个叫‘文化’？”

“我是说他们生活的方式，简单朴实，在传统方面丰富充实，和我们比较起来更是如此。为什么要改变这一切呢？”

“那你是很满意他们停在悲苦的现状了。我想你也许还想把这个地方保留做人类学家的研究地方，或是供做观光客欣赏的动物园吧！”

我没想到他会这么说。我记起伊莉莎白那天对我说过的话，于是我说：“很多人到这里来，根本没去发掘雅美族的好处，也没真正帮上什么忙就走了。”

“哦，那也有像你这样的人，一来就说这里什么都好，兰屿是天堂，岛民都是圣人。他们不会做错事，他们什么也不需要。这就是你所谓的帮忙吗？”

大李的反驳刺伤了我的心，一方面是因为我没有戒备，另一方面是因为他说的有三分道理。我打算去爱，难道只是浪漫者的追求吗？我再三强调要分享，这有什么真正的价值吗？我真的无视于人民的要求？我想回答大李，但是我找不到恰当的字眼来表明我的感受。一阵难过的沉默。陈校长打破僵局，为我们两个打了个圆场。

“钟鼎山林，各有天性，有人爱教书，有人喜欢绘画唱歌。我喜欢建造事物。所有的方式都是对的。如果我们所有的人都要改变雅美族人，他们会讨厌，如果我们所有的人都要接受他们现在的生活，他们也会讨厌。适合每一个人自己的路就是正确的路。”

我们到了依洛奴米路村，大李带小孩去看一个像多福圈一样的怪岩石。但是老人家猛摇着手臂反对。大李嘟囔着："迷信！禁忌！"他叫小孩跟着他。我们走过去，老人严肃地跟在后面。

"他们说这里有很多鬼。"一个小男孩对我耳语。

小孩爬上岩石，老人指着岩石和水中间的一个洞高声地说话，小孩子围过去，他们张大眼睛听着。

"这里有一些死人骨，"老人说，"这些人原来住在较小的岛上，后来洪水把他们冲到这里来。这是很久以前的事，但是他们的骨头还在这洞里。"小孩子敬畏地看着多福圈形的岩石。

"老是迷信！"大李摇摇头说，"这些老人为什么不留在家里？"他爬回原路上，微笑地对我大叫："你最好快点回来，不然鬼会把你抓走了！"我们都笑了，出人意料之外地连小孩子也笑了。

被鬼抓到了

陈校长请我到他家吃午饭，他家就在教堂附近，李家兄弟也在。吃田螺的时候，我吃半天都吃不到，他们都笑得稀哩哗啦。我猛吸几口，肉还是没出来，我真恨不得连壳一起吞进去。

我们正吃到一半，小雅由跑进来说，他的妹妹被鬼抓到了。

“先吃再说，”大李摇摇头说，“鬼会等你的。老是迷信！”

我尽快吃完，也尽可能不冒犯到陈校长和李家兄弟。然后我跟着小雅由到他家。一路上都有竹竿相连，一直排到小雅由家。我知道这是用来驱邪的。

我到他家时，看到两个老男人全副武装，蹲在门口。他们没有和我打招呼。小雅由三岁的弟弟手中抓了一把重匕首，面有惧色地坐在他们中间。

房里，小雅由的妈妈手里挥舞着刀子，她悲伤地唱着歌，老祖母在她旁边敲锡盆。小雅由的爸爸痛心地倒在角落。

小雅由的小妹已经死了，但是更使人吃惊的是，她才刚死就被埋葬，这是雅美族人的习俗。我简直不敢想象，那个大眼睛的小女孩竟然已经入土了。我想起她曾看着我，向我伸出她的小手来。

外面的一个老人站起来，对里面大叫大吼。雅由很快地起身，穿上椰树皮背心，肩上挂着一把匕首。他拿了头盔长矛，冲出房门，和另两个男人走到山下。

我看到他们到了村边的一块空地上。他们的面前，有一堆绿草和干麻。那是小女孩的墓。他们先谨慎地靠近，然后奔向墓前，用长矛猛刺绿草。他们像被人追赶似的撤退，又卷土重新攻击，嘴里拼命大叫。攻击三次后，他们排成单列走回家。

小雅由的妈妈立刻把孩子叫过来，窝在角落里，她手里紧抓着刀子。三个男人在房里滚进滚出，用长矛猛刺空气。我悲哀无助地坐在门边，心里一点主意也没有。

过了一会儿，男人卸下装备，坐在地上，沉默地嚼槟榔。小雅由坐在弟弟旁边。没有任何人抬起眼来。

我沿着竹竿走回教堂。马浪在他的家门口叫我。我走过去，他问我在做什么。

“只是走路而已。”

“你有皮肤药吗？”

“在袋子里。”我打开医药箱。但是马浪抓住了我的手。

马浪望进我的眼里问道：“你刚才去哪里？”

“我去看小雅由的父母。他的小妹死了。”

马浪的态度忽然转变。

“改天吧，”他说，“天快黑了。你最好早点回家。”他匆忙说了再见，温和地把我往教堂的方向推。要是别的时候，他一定会邀请我到他家吃地瓜的。

生活点滴

我在老马杂货店买了一罐鲔鱼、一罐凤梨和两块圆饼干。老马好心地替我打开罐头，我往海滩走去。

三个小孩跟在我后头，指着我手中的食物。我迅速地走过他们，但是鲔鱼的汁不小心溅到凤梨罐里去了。等我坐下吃的时候，那味道使我恶心透了。我把两个罐头都给了小孩，他们高兴地跑开了。我闷闷不乐地啃着饼干，注视着海洋。

真静，大海沉寂空旷。

“主啊，你在哪里？”我祈祷着。

我注视着海洋良久，和风缓缓吹起。远处，波浪在岩石前碎成千万朵星光。黄昏降临，带来了她亦喜亦忧的歌。

傍晚的岛很美，彩霞满天。但是天黑时，夜晚的昆虫都醒了，出来觅食。婴儿边吃边哼，做父亲的抚摸着肿胀的伤口，低声地说些安慰的话。

有个小女孩又咳又哭，她母亲一直想使孩子停止哭闹，她做了芋泥叫女儿吃，但是她哭得更大声，把食物推开，好像窒息了一样。小女孩一直要呕吐，她母亲抓稳她的头，一长条黑色的虫从孩子嘴中滑出来，掉在地下，蠕动了一会儿，那母亲光着脚把虫踩扁。

一个婴儿的脚趾被石头割伤了，绑绷带时，他痛得叫起来。他干哭着，伸手抓妈妈的乳房。地上有一只饥饿的小鸡跳起来，猛啄了一下绷带，血又流了出来，小婴儿悲鸣着，他爸爸用手背敲着小鸡的头，鸡子愤怒地飞离。

女人大清早就到田里去，带着大竹篮和铲子去工作，腰际挂着一个小锡罐，里面装了烟蒂、火柴、几张报纸和槟榔。女人在田里检查地瓜的情况，赶走羊群，拔野草，挖一些较大的地瓜回去当晚餐。她们的手指甲里都是泥土。太阳当空照着。汗珠大颗大颗地滚下，全身都湿了。

有时候一些老女人边挖边脱衣，让微风吹拂她们长坠的乳房。风再吹起时，她们会哼起很久以前的歌，回忆与缅怀使她们又充满了生命力。

黎明时男人已经扛着桨在海滩碰头。他们把桨牢牢地捆在木舟旁边，有两人、六人和十人的三种。他们把沉重的黑网和一两枝槟榔放上船，然后坐在岩石上抽烟聊天看海，心里想着大海今天会给他们些什么。

他们用力地推舟入海，木头刮到利石时发出的摩擦声划破了寂静。在田里干活的女人都会回头，看能不能认出哪一个是自己的丈夫。

男人合力迅速地划船，嘴中一致喊着："嘿，嘿，呵伊哼哆嘿！"他们又开始了讨海的生活。

道多陀看到了雅美族的岛，祂慈悲地伸出手来，让大海给予他们无尽的财富。他们拉起了满网的收获，兴高采烈地笑着，因为他们知道祂是钟爱他们的。

依凡瑞奴之夜

每个星期五放学后，我就收拾了药和香烟，爬过山到依凡瑞奴村去。有时我早点出发，就可以躺在山顶上，柔嫩的草坪像地毯一样舒适。整个礼拜被孩子吵得不得安宁后，这真是个难得的享受。

有一天，马浪说要和我一起去。他故意走得很慢，因为他希望我们到依凡瑞奴村时已经天黑了。

“都是老人家的关系，”他说，“他们一看到我就开始说东说西，依凡瑞奴的男孩都会嫉妒我，所以我去那里看女孩的时候，一定要晚上去，在天亮前回来，这样才比较安全一点。”

我们到达的时候，太阳已经下山了，我们到马浪朋友家的路上还尽挑暗处走。他朋友叫塔马能，他的小工作房里有一堆少年，他们显然都认识马浪，我看不出来他们有任何嫉妒他的意思。塔马能和马浪年纪差不多，也还在找太太，因为他的上个女朋友把他抛弃另结新欢去了。

房子和一间帐篷大小相同，不过麻雀虽小，五脏俱全，工作房里的玩意儿倒还不少。墙上都刻着一排排的鱼，还漆上白色红色。“这是我爸爸捕到的第一条鱼，”塔马能指着墙上说，“我们对这条鱼有一种特别的敬意。”

塔马能在地上铺草席，放上厚棉被，房里只有一支蜡烛，烛光在墙缝的风中摇晃着。火熄了以后，塔马能摸黑捞出火柴把火又点上。塔马能把收音机转到最小，我们就躺在草席上睡觉。马浪一直用雅美语说话，其中夹杂着“国语”，我只听得懂一点。

“……他一定是吃药了。”我听到他说。塔马能转过头秘密地问我是不是有吃药。

“什么药？”

“就是那种吃了就不会想女孩的药。你能给我几颗吗？”

他们说到半夜，忽然一阵骚动，男孩全站了起来。

“是不是去抓鱼？”我问。

“不是，”他们说，“去找女孩。”

过了一小时，他们回来了。

“运气好吗？”我问。

“找到三个，但是她们溜了。”马浪笑着说。

过了几小时，他们又毛躁地爬起来，大叫：“天亮了！”

“现在是弹吉他的好时刻。”塔马能说。我到处找马浪，但是他们说他已经回去了。其他的男孩冲了出去，跑到山上的溪流里洗个干净。我听到吉他的声音，就像是等待着山头的曙光相互配合一样。

猎猪记

依凡瑞奴村的罗慕朗骂我说怎么不先到他家吃饭。“以后你到我的村庄，一定得先上我这里，”他说，“然后你才准到别人家去。”罗慕朗是依凡瑞奴村的教会传教士，也是村里最受敬重的人，身份地位就像是酋长一样，但是雅美族没有酋长，他们有的是极受敬重、心地仁慈的勇士。罗慕朗就是这样的人，他一看到同胞有困难，立刻毫不迟疑地前去帮忙。

我们正在吃饭，一个满脸皱纹的老人蹒跚地走到门口。他坐在罗慕朗家的地上吃槟榔，他们谈了一会儿，罗慕朗就问我说：“你想去猎猪吗？”他解释说老人一年前丢了一只大猪，大猪逃到山里去，变成野猪了。最近，有几个人看到了那只猪。罗慕朗组成了一队人，想替老人找回猪来，同时，几条小猪也不见了，可以一并捉回。

罗慕朗在额头上绑上一条毛巾，把头发固定，腰上系了一把刀和网袋。他站了起来。他的身材高瘦，但是非常结实，身上都是肌肉。“走吧。”他抓了一卷绳子。

在村庄不远处的地方，人越聚越多，差不多有三十个左右。他们坐在一块陡壁上俯视下面的丛林区。罗慕朗突然起身，大家也跟着站起。他的头骄傲地仰高着，看起来比别人都高出一截，他嘴角的一丝笑意扩大为一种自信的微笑，他轻快地走下山，越走越迅速，其他人陆续地跟在后面。罗慕朗高呼一声，大家大叫着地围了上去。顿时人叫声、猪叫声混成一团，分也分不清楚。四个人立刻冲过去抓住了四只小猪，猪仔在他们的手里拼命挣扎好像到了喂奶时间的婴儿一样。

再下来的搜寻工作就没有那么成功了，大家分散各处，爬到黑暗的地方和任何一条小道上，但是仍然不见猪迹。有人爬到高树上查看，也不见那条猪的影子。我手中紧紧握着一根木棍，准备野猪随时会向我冲来，幻想着到时我给它当头一棒，或是绊它一脚，这样我就会变成村子里的新英雄了。在我上面区域的那个人还真有闲情逸致，他带了两个凑热闹的孩子一直在抓彩色的昆虫，一方面虫卖了可以赚钱，另一方面打发时间好玩。

没有人找到猪，倒是队里的每一个人都“满载而归”，凡是容器什么香烟罐里，都塞了为数可观的彩色昆虫。捕大野猪的事没有成功，但是大家似乎都不太在意——大概是除了那位老人以外吧。

星期天晚上，罗慕朗要到别村去主持祈祷，他叫我代替他进行依凡瑞奴村的祈祷会。我从来没有这种经验，也不知该怎么做。“没关系，”罗慕朗说，“反正是天主在领导。”

我就开始了。我们坐在教堂旁边的房间里练习圣歌。来参加的多半是少年。

“我们要继续唱吗？”我问坐在身旁的男孩说。

“我们先进去祈祷好了，”他说，“你可以带我们祈祷。”

大家都点了头，于是我们走进教堂。我想了半天不知道该怎么开始才好，“国语”的《万福玛利亚》我怎么想也想不起来。我小声地对那个男孩说：“你可以，呃……念《万福玛利亚》吗？”

男孩吟诵着，结束后，教堂又归于寂静。

“主啊，我们爱你赞美你，”我祈祷着：“我们需要你的爱，一切都依靠你。我们知道你不论白天夜晚都与我们在一起。我们想和你交朋友。”

我停了：“有没有人想做补充……”没有声响。我们唱了一首圣歌。我身旁的男孩开口了。

“请替我生病的叔父祈祷。”

“还有我的祖母。”一个小女孩祈祷着。

“希望我们到山里去的时候，不会有蛇咬我们。”

“谢谢你给我们食物。”

“和衣服……”有一些人格格地笑了，我们唱了《我要把爱心播在这世界》终结。

离开教堂时，我看似乎每一个人的脸上都有笑容，我的心里才放下了一块大石头。我真不该担心的，罗慕朗说得对：是天主在领导仪式。

第一艘船

富乃做他的船做了整整十个月，完完全全是他自己一个人造的。开始时，他到山上小心地选择木头，用他的手斧头砍树，切割成二十四种不同尺寸的厚板。他先做船脊骨，然后补上船头船尾的部分，再用好几百颗木钉把旁边的木板固定，板和板之间，他还塞了棉花状的东西防止漏水。船组合完成以后，他又用凿子将粗糙的地方磨平，直到船身和他古铜色的皮肤一样地光亮为止。

富乃这个人和别人不太一样，就是他的独立性和果断力特别强。有一天晚上，我们坐在他的阳台里，欣赏着他刚漆好的船时，他告诉了我他的故事。

“大多数人造船的时候，多半有父亲指导，而我没有，所以我必须自己摸索。我爸爸在我很小的时候就过世了。我妈妈——我有时恨她，有时又爱她，我不知道……在我五岁那年，日本军撤离，父亲刚死，母亲怀孕生孩子，但是孩子生下后，活不到一个礼拜就死了，母亲那年十七岁，生产后，身体非常不好，连站都站不起来。

“我那时候太小，根本不懂什么事。我知道婴儿死了，可是我不知道该怎么办，母亲又没力气，更别提埋婴儿了。她叫我去找祖母。但是祖母害怕小婴儿的鬼魂，不愿意来。我就去请别人来帮忙，但是没有人敢踏进我们家门。他们都怕鬼。

“过了几天，死婴儿还在房子里，我虽然才五岁，但是我也知道这样下去不行，所以我跑去找警察，终于说动了一个警员到我们家来，把小孩给埋了。

“从那时起，我就变成和其他小孩不同。我心里怨恨母亲。我从此紧抿着嘴，很少讲话。我知道这不是她的错，但是我仍然无法忘怀她所加诸在我们身上的一切。

“我在学校毕业以后，老师希望送我去台湾读书，但是我母亲不答应，她说太危险了。我们那时还有一块地，在村子南边有一块芋田。但是那块地说要盖新监狱。他们当然有付我们钱，但是钱哪有什么用？后来一些官员问谁想建水泥屋，那时候村子里没有水泥屋。因为我有卖地的钱，所以我自告奋勇去盖。

“那年我二十岁。我盖房子需要有人帮忙。但是没有人愿意。所以我只好日复一日地自己一个人搬沙堆石头。房子盖了很久才盖完。然后我想结婚。我和一个女孩很好，她决定嫁给另外一个到台湾读过书的男孩。她说她真的是比较爱我，但是我没田又没受过教育，所以她不能嫁我。因为我很爱那个女孩，所以我过了很长一段时间都没娶。后来我遇见一个女孩，我们结婚了。她们两个完全不同。我太太的皮肤黑，生下的孩子都是黑皮肤，我以前女朋友的皮肤却像沙子一样白。”

富乃钟爱地注视他的船。白色的油漆在薄暮中反映出浅蓝色的光彩。

“明天我要让它下水，看看是不是艘好船。”他说。他沉静的眼神就像夜晚的大海闪亮默然。

道多陀的世界

我到的时候，纳钦的那栋大房屋里，已经拥满了人。天花板上的一盏小灯散发出柔和的光亮。纳钦坐在第二层地上。他长得和一般人一样，身体矮小，有点肥胖，脸孔十分友善。从外表上看起来，没有人猜到纳钦会是一个先知。

没有人知道他为什么是个先知，但是大家都知道他是什么时候开始变成先知的。

“是从他小儿子死的时候，”独力造船的富乃告诉我，“他的三个儿子都死了，也许是道多陀可怜他，给了他这种特别的能力。”

纳钦坐在上面，往下看着我们，他伸出手臂，有节奏地说话，全间只有他一个人的声音。虽然我听不懂他的话，但是我知道不止他一个人在说话，还有别的什么。

“他是以道多陀之名讲话，”富乃对我低语，“他的灵魂和道多陀在一起。他说道多陀那里遍地都是黄金，还有数不尽的牛羊猪。”

先知大概说了半小时左右，他说完后，大家低下头，开始唱歌。

“祂在指示我们，”富乃接着说，“祂叫我们要辛勤耕作，不要偷懒，这样才会有食物吃。明天，纳钦要宰条猪祭祀，所以道多陀很高兴，挑选了这个时间对我们说话。祂还告诉我们就这样过活，努力工作，不靠外界的帮助，不要改变我们的生活方式。”

先知在低声告诫的时候，富乃说了更多关于先知的事给我听。

“每一个村子都有这样的人，”他说，“他们就像神父一样。我们村子最伟大的先知曾是士灵易。他出生的地方离‘开始’的地方很近，就是天上石头掉下来那个地方附近。士灵易就像耶稣一样。他经常听到道多陀的声音，道多陀会教他怎么样造船怎么样抓飞鱼。

“我们相信世界上有两个‘耶稣’，一个是你们的耶稣，就是留胡须的那个外国人。祂很聪明会写字，祂照顾外国人。另一个耶稣就是像士灵易那样的先知，只看管我们雅美人。他没有那么聪明，但是很肯干，他造起船和抓鱼时更有一手。

“先知各方面都帮助我们。例如，有人的地瓜被偷了，他就要向先知报告。如果有人偷了别人的东西，也要向先知承认他的罪行，否则他一定会得到惩罚，遭到天谴。”

纳钦缓慢地说话，字句温和地传到远方的夜里。他讲完以后，斜倒在地上。附在他肩上的神灵离开他了。他的灵魂刚从道多陀那里回来。

一大清早，月亮还苍白地挂在天空时，纳钦热切地宰着一条大肥猪。他先用长刀割破猪的喉咙，把猪搁在一堆草上。他们又在猪身上撒了几把草，开始点火，把毛发全烧掉，只剩一个又硬又黑的东西。纳钦把猪洗一洗，就开始肢解。

他从脸部一直切到背部，然后割掉脑袋，他把猪翻过身，从中间剖一刀，用血淋淋的手拉开肉。他小心翼翼地取出内脏，交给旁边的儿子，那小孩拿去喷泉清洗干净。他把肠子切开，让里头的脏东西掉出来。纳钦把肉分配好，每一个人都有得到自己的一份。

纳钦抬起头来对我笑着。他拿着滴滴答答的猪心，问我要不要。我接受了礼物，但是后来我转送给陈校长，因为我真的不知道该怎么煮这玩意儿。

纳钦自己拿了一些上好的肉，放在竹篮里。他太太把一些热腾腾的芋头、地瓜和小米团一起放进去。祭祀牺牲的节日快到了，亲戚也送了他们一些羊肉。

祭祀节日到的时候，男男女女站在沙滩上的悬崖边，较老的男人头上都戴着银盔，听说这些盔是得来不易，是用日本铜币和以前人从外岛带回来的银子熔铸的。他们的缠腰布和背心都下过水洗过，每一件都是难得的干净。女人们也穿着最美丽的衣衫，胸前挂着很多串项链，在岩石上摆首弄姿，看起来都挺时髦的。

男人严肃地走到海滩，他们一手夹着满是供品的竹篮，面对波浪排成几排，然后安静地坐着看海。先知吟诵一段，其他人开始唱歌。一个穿长衣的老人，拿着匕首站起来，大声告诉其他人，接着先知和其他几个长老都各自发表简短的演讲。训话结束后，男人又唱起歌来，然后迅速地走开了。仪式完毕。

他们一离开海滩，年轻人就匆忙地冲到供品前。“别担心，”我们走开时，富乃告诉我，“他们不会吃的。供品是给道多陀享用，请祂保佑我们农畜丰收。现在只有猪能吃这些东西，这些青年人只是监工而已。”

傍晚的时候，村民又回到海滩，他们在月光下唱歌欢笑讲故事。然后该跳舞了。那晚唱了很多，跳了很多，但是我最记得的是最后那个永恒的时刻。

每一个人手挽着手排成一长列，跳舞的人越多，队伍就越长，我们这条“人蛇”在月光下海水旁扭曲摇摆。一个穿红衬衫的男孩有力地稳住队伍，他跳我们就跳，我们的脚一致地起落在沙地上，他叫我们向前推，我们就向前推。

交错的手臂传来了阵阵和谐的波浪，舞蹈的节奏抓住了我们的心。这一切都太美，像一场梦般地不真实，在舞蹈的高潮处，我真的觉得我们和大地、海水、星光已经完全合而为一，融成了一体，也许我们真的置身在道多陀的国度里。我很想找个人问问眼前的一切是否为真实，我往外看去，但是除了舞者外，外面都没有人了。而身在其中的人怎么会知道这究竟是不是真的呢？

快乐的节日

十五岁的贝娃是个苗条、可爱的女孩，刚好是不大不小的年龄。她的头发很长，像黑纱一样地披在肩膀上。贝娃个性害羞内向，使得她更可人了。她去过台湾，在山上砍草工作，也学到了阿美族的舞蹈。她教小孩子跳舞已经一个月了，每天晚上都在教堂练习，准备耶诞节表演。对这些孩子而言，跳舞是家常便饭，跟一般人走路没两样，所以贝娃教起舞来没什么困难。

耶诞节前两天，我装了一袋香烟和糖果去最偏僻的依拉拉来村。

依拉拉来的气氛很浓。我每次去，都会有一种美丽与不安的感觉。美是美在这里很真，很淳朴，丝毫没有被外在世界感染，但是不安是在于这里很封闭。只要你身在依拉拉来，你就无法不沉浸其中。他们没兴趣改变，他们对目前的生活十分满意，也过得相当快乐。

我有时候会觉得那地方很无聊，太乌托邦了。但是也许因为我是局外人，无法感受里面的乐趣与奥妙的关系吧。每次我来，心里就有一种想投身而入的渴望，到时候却又忽然却步。

巴卡尼是村里教堂的传教士。他受到全村村民的敬重，因为他不但有卓越的领导才能、钓鱼和建筑技术，为人幽默，同时是他建议村民开办第一个合作社的。依拉拉来村没有店，所以巴卡尼找了二十个人，每个人每个月交一点钱出来，大家分红，这样村民就能够买到他们需要的肥皂、速食面、糖果、火柴和糖了。

我给了巴卡尼一些耶诞卡。他怀孕的太太害羞地拿起一张卡片说："我先生知道这个故事。"她每拿起一张卡片，就说她先生知道里面的故事。她似乎对有这么一个博学能干的丈夫感到非常骄傲。

那晚的祈祷仪式中，巴卡尼轻柔权威性地说着，群众都敬畏地聆听。他一面布道，他两岁的女儿就跑到祭坛前面舞蹈玩耍，也许她觉得大家会像注意她父亲一样地注意她吧。有一下，她滑倒了，她母亲急忙跑上去把女儿拉回座位。

祈祷仪式过后，依拉拉来的村民就欢欣鼓舞地大跳起来，其实离耶诞还有两天，时候还早呢。他们是特别为我而表演的，我心里很感激，也拿了糖果和香烟和大家一起分享，这样我们就扯平了。

第二天我经由依洛奴米路村到依凡瑞奴村去。罗慕朗已经准备好了耶诞大典。他的布道加上赞美诗整整延续了两个钟头。虽然大部分的时间我都在打瞌睡，不过我想他讲的一定是声色俱佳。

然后，还有一出圣经故事戏，由当地的少年演出。他们用竹子和麻草建了一个大马槽，草中间放了一个黄发的小娃娃。演玛利亚和约瑟的男孩女孩绕了教堂五圈以后，到了"伯利恒"，他们挤进马槽里，拿出里面的小娃娃。在演戏的高潮处，希律王派士兵去寻找新出生的国王，二十多个少年围聚在一起，大喊“杀！”幸好这时候戏就结束了。

马浪和两个朋友也到了依凡瑞奴来在窗口看戏。戏演完时已经快午夜了。我和他们一起越山走回依穆路。满天星斗，天气这么好，明天一定会有船来。

已经一个多月没有船到兰屿了，飞机也停开了。杂货店没有香烟，对整个岛而言，实在是悲剧，就连我们走的时候，他们三个有时还不自觉地在草堆里寻找烟蒂，剩下的烟草还可以卷成新烟呢。

到了山顶，眼前一片美丽的景象，整个村子散布着点点小光，等走近一些以后，可以看得很清楚那是蜡烛光，小孩子们都出去报佳音了。依穆路村是一片祥和的气氛。

凌晨一点半左右，我们到了依穆路，我干了一件鲜事。台东的教会修女送了我几盒东西，包括速成布丁、果冻等，我全吃了，不过我当然是很聪明地选择教堂没人或是人少的时候动口解决的。虽然我知道这违反我的原则，但是实在嘴馋没办法。

不过我还有一箱没开，那是一盒从国外来的做蛋糕的材料，我光看到盒子上印的蓬松的蛋糕，就不禁流口水，可是我还是强忍着，去吞我的炸芋头和田螺。

我准备将蛋糕留到特殊的场合才做了吃，一方面是因为我没有烤炉，一方面我以前从来没做过蛋糕，所以就暂时搁着。

今晚是耶诞夜，我实在忍无可忍，趁马浪和另两个男孩熟睡之际，偷偷地把混合材料拿出来，加上牛奶和水搅拌，照着简单的食谱去做。

我辛苦地搞到四点钟，然后退后几步，像艺术家一样地欣赏自己的创作，油炉上是三块巨大柔软的饼干，每一块都和锅子一样大小。真辜负了发明蛋糕混合物人的美意。

我把这三个杰出的“蛋糕”搁在桌上后就上床睡觉。等我一觉醒来时，马浪和他的朋友已经走了，我的三块超大饼干也飞了。整桌只剩下面包屑而已。真是耶诞快乐!

那晚贝娃带孩子跳舞，一堆老女人也穿着传统服饰来表演头发舞，把长发甩上甩下的。马浪看着老女人时，厌恶地摇着头说：“我们年轻人跳得比她们要好。”老女人跳完后，马浪带他那一群上台跳蛇舞。

“以前只有女人跳舞，”贾坎告诉我，“但是我们到台湾以后，从阿美族那里学了不少，带回来再加上自己的样式变换。现在，我们的舞要比阿美族跳得强多了。”

这次耶诞节我只差一个村没去，那就是靠近港口的椰油村。因为我的糖果和香烟都分光了，所以我去那里实在不好意思，两手都空空的。

好在耶诞节来了一艘船，据说有两包要给我的东西放在椰油村。我去了一看，正好就是我缺少的糖果和香烟，是贺神父和台东的修女寄来的。不过有一些速成燕麦粥和几罐食物上面写着：“不要给雅美族人，这些是专门给你的！”

有了这些及时宝贝，椰油村可以开个庆祝会热闹了。

肥皂

两个月前有五个美国人意外地造访，他们来看看岛上是不是需要福利品，我请他们到山上教堂，喝了我最后剩下的一点咖啡，然后带他们参观几个村落。其中有一个牧师问我岛上的人需要什么，我想到每次村民都给我看各种皮肤病，于是我回答说医药和肥皂。牧师似乎有些不耐烦，耸耸肩说他们“会送来够洗整个岛的肥皂来”。事隔两个月，我不知道他们是真想帮忙，还是礼貌说说而已。

结果事实证明一切。有一天一个美国军人出现在教堂门口——还有一千五百块各种牌子的肥皂，他问我要放在哪里。驾驶员多伦载了三趟才把一行若干人（包括一位犹太医生和他太太和一名肥胖的红十字会人员）以及供给品、礼物统统载完。

犹太医生是特别来教我如何用药的。在他们走以前，那个好心的胖红十字人员往我口袋里猛塞了一些小礼物，什么童子军刀、鲔鱼罐头倒还不少。他还一直对我说：“小子，你做得不错，在这里做得不错，真不错。”另一个军人给了我一个足球。

贺神父定一天为“肥皂日”，每一家领两块肥皂。美国人倒是没说假话，真的送“够洗整个岛的肥皂”来了。

巴阳

中国新年。三十个囚犯奋力地耍着一条红色的长龙穿过大街小巷。我观赏了一会儿，就前往椰油村，那里的犯人邀请我参加他们新年聚会。

我在台上唱歌的时候，忽然发现巴阳和几个雅美族人坐在最后一排。我记得他。那天晚上跳舞时，他就是那个穿红衬衫领导我们的人。我一边唱，一边对他微笑，尽管我们距离老远，但是我几乎敢说他知道我是在对他笑，因为他也回笑了。

节目完了以后，每一个人都彼此恭喜，乐队的人请我留下吃晚饭，在大家的笑声之后，我看见巴阳站在空地后面盯着我看。我走到他面前，他说了一句："你吃饱饭过来，我会在村子里等你。"说完他就转身走了。

饭后，犯人和警卫在那里大干米酒，我偷偷地溜开，跑到村子里去。太阳已经快要下山。巴阳在那里等我，他抓住我的手臂，就往港口跑。

"我们到哪里去？"我问。

“去看电视。”

“电视？”

“嗯，赶快，要不然来不及看《沙漠之鼠》了。”

全兰屿只有三架电视，但是依穆路村的那台接收不到，依拉拉来村没有电，只有椰油村警察局的这台可以看。警察欢迎大家去看，他们知道这是改变文化的一个重大因素。

警察局前面的光景就和户外电影差不多，小孩子拼命挤到前面，把老人丢在后头。巴阳说看电视可以让小孩子学到很多事。

“他们会唱广告歌，”他说，“而且也会玩打仗的游戏。”

警察局的发电机只开到九点半，我们走回巴阳的家里去。

巴阳的表情转变得很快，一会儿还天真开心地笑着，过一会儿又变得忧郁起来。他二十四岁，好心而且敏感。烛光照亮了他一半的脸孔，他的脸另一半是深棕色。我谈我自己的生活，巴阳很感兴趣，接着他开始讲起了他的故事。

“失去父亲很难过，但是至少还能适应过去，”他说，“但是失去母亲简直是令人无法忍受。我还在上学的时候，母亲就过世了，从此没有人替我们到山上捡拾食物。有时候我弟弟会去挖芋头，有时候我去，我小妹长大了一点后，也会帮忙。

“三年前，我小妹到台湾去工作，到现在还没有回来。我们这里需要她，因为家里没有女人，当然我有个嫂嫂，但是她很自私很懒惰，常常只挖她先生和她两个孩子的份，有时她还禁止我父亲和他们一起吃饭，害我父亲必须自己亲自上山挖芋头。

“我想结婚，但是这年头找个好妻子可是不简单。我曾经和山那头的一个女孩订过亲，但是她父母不准。她说她如果不能嫁给我，她就要嫁个老士兵。我叫她不要，但是两个礼拜后，她真嫁了。女孩子就是那样。才十七八岁，她们就这么会变心，她们只知道钱和享受。

“我小弟长得很英俊，是个好渔夫。我记得我第一次带他到台湾，他那时才刚毕业，我带他去看电影，耍了他一招，我没告诉他看电影要先买票。我就这样让他走到戏院里。他被逮到时，简直是羞透了，但是后来他对我开的玩笑也是一笑置之。

“我不知道他生了什么病。那年他才十七岁，已经和我好朋友的妹妹订了婚。他的腿开始痛，过了几天连路都不能走了。我写信叫小妹回来，但是她没有回来——我永远不能原谅她这点。她再也没有回来。

“他只病了一个礼拜。他躺在那里的时候问我，‘巴阳，我会好吗？我们还能再去看电影吗？’

“他死了，我哭得非常伤心。每一个人都哭了，尤其是跟他订亲的女孩最痛苦，因为我们都很爱他。我真的永远都不能原谅我妹妹，他死的时候竟然不在他身旁。”

巴阳缄默了，他点了根烟，靠在墙壁上望着黑暗的天花板。

“我父亲问我找到了妻子没有。他一直很急，因为还是没有人替我们挖食物。我告诉他，我不想娶漂亮的女孩，因为她们都太懒了，而且老是心花花地看着那些士兵和犯人。我想娶个肯苦干的女孩，这样她才会到山上去挖芋头。我父亲同意了，后来我就娶了一个太太。

“我盖了这间小工作房。我们的家在隔壁。我父亲和她父亲是好朋友。现在我抓鱼，并且帮我太太的父亲工作。她母亲煮我的鱼，我和他们一起吃芋头。因为她家有七个小孩，我每次一吃多就会觉得很不好意思，但是她对我很好。

“我盖了这栋房子后,我太太就到台湾去工作。我叫她不要去，但是她说她需要钱买衣服。她说她劝我别抽烟少吃槟榔时，我不听，那我劝她不要去台湾，她也不要听。

“不久我也要到台湾去。我太太和我要在山里面做事。我们在那里可以赚钱在这里是没办法的。”

我注视着巴阳，心中忽然有一股冲动想跟他一起去山里。

“我想和你们一起到山里工作。”我说。

巴阳只是对我微笑。

巴阳的房子好小，我的头靠在前面，脚已经伸到后面外边去了。早上我们吃过了饭，巴阳拿水桶去打水，因为他听说美国人喜欢配水吃饭。他在角落的一个大罐子里乱找乱翻，把各种东西、衣服、捕鱼工具，全部捞了出来，最后他拿出一个小硬纸盒。他小心地打开，拨开包装纸，虔敬地拿出一个全新的玻璃杯。他很仔细地清洗，还特地到阳光下检查，最后把滚水倒在里面。我用双手握住了他给我的杯子，心里真有说不出的感激。

“明天，”巴阳告诉我，“我们要叫唤飞鱼，飞鱼从菲律宾来，会听到我们的呼唤。每一年这时候是飞鱼季节，我们努力工作，都可以吃得很饱。我们会有一个仪式，表示季节开始。明天同时也是新船下水的好日子。”

那天晚上，我们看完电视后，很早就睡了。半夜两点半，巴阳叫醒我，问我几点，因为仪式要一大早举行。四点、五点他又各问我一次，到最后天亮的时候，他反而累得几乎起不来了。外面大家都很兴奋，每一个人都走向海边。

船朝着海洋一列列地排着。男人又戴起了珍贵的银盔、手镯和项链，他们爬到船上，大声地唱着："哦，你们四面八方的鱼，到我们的渔区这边来吧！"

唱完后，每艘船旁边要宰一只鸡，男人和男孩围过去，用指尖沾血，跑到水中，把血涂在湿石头上，有些人把血涂在竹筒上，事后竹筒还会被带回家，当作避邪的物品呢。这个仪式的目的主要是吸引飞鱼到海边来。

过了一会儿，十个人抓住一艘新建好的轻舟，使力推下海中。他们歌声一致，船一进海，他们就跃入船里，有规律地划着桨。划了一阵，船手就站在木舟上，齐声呼唤飞鱼。无尽的海洋伸展在他们的面前，在星光下的寂静中回答他们。

烦恼

在这个人间天堂里倒也有不少烦恼。首先就是食物，不是没有，就是不够。上次的台风侵蚀山坡，留下了很多盐分，地瓜长不起来，冬天的植物也泡汤了。这几个月来，大家只有芋头可以吃，因为芋叶的生命力强，台风奈何不了它。但是光吃芋头也不是办法。岛上没有地方买米，老马杂货店也只卖少量的面粉而已，根本不敷所需。所以人们都找上教堂来了。

我写信给贺神父。他隔一段时间都会寄一些米麦来，我就拿来卖掉。但是供不应求，不管寄多少来，还是不够。再加上每次米送到的时候都是时候不对，老是碰到下雨，搬运和卖米简直是吃大苦。而且总是有人没分到，就算有钱也买不到，更别提那些没钱的人了，他们只能啃着越变越小的芋头充饥。

每天都有人到教堂来问我有没有米，米什么时候会到以及我能不能卖他们一点点。有个一只手臂萎缩的老人，因为他不能工作，所以常到教堂来讨钱，我会给他几块，然后他会把钱还给我，表示他想买一点米，我摇头说不行，因为我没米了。有时候，会有一个中年妇人来抱怨她的肚子痛。我给了她一点药，但是我知道她真正需要的是食物。

我的第二个烦恼，说实在只是我一个人的烦恼，那就是我的牙齿。我补过的牙有一次嚼硬槟榔时掉了。蛀洞变成空的，我每次一吃东西就痛得半死，我就换另一边吃，结果另一边也蛀了，所以我只好用两个门牙了，像兔宝宝一样地啃着食物。但是情况越来越糟，我听说在空军基地那边有一个牙医，所以就赶紧跑去求救了。

牙医回台湾了，只有他的助手在。助手是一个十八岁的男孩，他连自己是哪一族的人也忘了。在军营的一个角落里，有一张桌子，上面有几罐药，还有灰尘和蜘蛛丝。男孩叫我坐在发霉的桌子前，用吊着的钻子开始展开工作。钻子是用脚踏板控制，就像缝衣机一样。我屏住呼吸，准备挨宰。他替我的一颗牙齿钻了个洞，说是“放出里面的气”。他做完后，在新钻的洞里，塞了一点棉花，在我原来的蛀洞里，也塞了一点。他叫我明天再回去看看情形。

现在比较不痛了，只是吃甜东西的时候才会痛。往后的一个礼拜我每一天都回去检查，每一次那个男孩就塞一块沾药的新棉花进去。“我希望牙医能赶快回来，”他说，“因为他只教我到这一步，剩下的我还没学会呢。”

我决定到台湾看医生。学校放寒假了。也许我去台湾的时候，可以和巴阳一起到山上工作。我买了第二天早上九点的飞机票。这里新旅馆的事业逐渐起步，班机也比以前多。第二天，教堂又像往常一样涌进要米和药的人，我试着收拾行李。手臂萎缩的老人跟我要钱，肚子痛的女人也在那里问我拿药。

我到处找我的吉他，我想带回台湾修理。有人说山那边的一个男孩昨天晚上借走，拿到他的村子去了。现在七点，离飞机起飞还有两个钟头，差不多刚好够我跑去山那边拿吉他再跑回来。

但是，我得先找东西吃，否则一定没力气爬山，不过我这里没有东西吃，我跑到下面老马的店里买饼干，但是还没有货，我匆忙跑回教堂，找到一些干的燕麦粥，我加了点冷开水搅开。因为我没有糖，所以我就拌了一些果酱进去，囫囵吞了下去。然后我又冲出门去，留下那个手臂萎缩的老人和肚子痛的女人在那里呻吟。

我喘着气从教堂后面往上跑，奔到一半，我的牙齿忽然大痛特痛。果酱——对了，刚才我为什么在麦片里加了果酱？牙痛使我受不了，再也走不动了。我跌跌撞撞地从山上走回教堂。

“哇！你回来了！”手臂萎缩的老人贪婪地笑着，肚子痛的女人说不知道我去哪里。我瞪着他们两个，一句话也不说，就乱找一些棉花，倒了药性很强的药上去，胡乱地把棉花塞进牙洞里，感觉像火烧一样。

“啊！”我痛苦地呻吟着。手臂萎缩的老人和肚子痛的女人迷惑地望着我，好像我不该会有痛苦一样，我沉默地又瞄他们一眼，出门拼命往山上跑。

借我吉他的男孩去钓鱼了，他妹妹说他昨天晚上回来的时候没有带吉他。我简直疲倦灰心透了，我又唏哩呼噜地回头，到村里的时候，已经快九点了。

我浑身又脏又痛又湿，拎了行李就到旅馆前面，拼命往天上找飞机。我停在门口喘气，这时我从汗蒙蒙的眼镜片中看到负责替旅馆订位的那位小姐。她微笑地走向我，肩上正挂着我费尽千辛万苦都没找到的吉他。

“谢谢你的吉他，”她愉快地说，“昨天晚上我问那个男孩可不可以借我。我知道你不会介意的。哦，今天飞机不会来，也许明天会吧。拜拜。”

我接过吉他，就当时那种情况，尽可能礼貌地谢谢她，然后一歪就跌坐在地上，等着那个手臂萎缩的男人和肚子痛的女人来找我了。

打工

一年之中总有好几个月是兰屿的雅美族人到台湾打工的季节。他们找工作的理由很多，不过大致说来不外乎是为了钱。在这座岛上除了抓抓青蛙卖钱或是向观光客推销一些手工艺品之外，其他工作机会是极少的，到台湾找些零工打不但可以赚一笔不算少的钱，还可以观光一番或买些新衣服。当然，最重要的是台湾还有电影可看。

较年轻的雅美族人时常在工厂找到工作或是随着大货车奔波于各大都市之间，然而到山地打工的却仍占大多数。雅美人似乎特别适合于山地的工作，我想这也许是台湾的山野和他们的岛一样美丽的缘故。在台湾一九七一年的冬末，我有幸与一批越洋打工的雅美人共度了一个星期。

我是在台东的海边跟他们碰面的，当时他们正在决定该何去何从。他们可选的有三条路：中央山脉的中段、屏东一带的深山和台东以北至知本以南的山区。这三项选择各有其利与弊。南投山区的工资最高，但路途遥远，气候寒冷。屏东打工可以享受很丰盛的伙食，可是据说那儿的工头不诚实。知本距兰屿最近，交通最方便，可是伙食差，工作量也多。最后，这群雅美族的青年平均地分散在三条路上。

我也想找份工作，可是我得先考虑到几点。第一，我很可能找不到工作，因为在台湾我从没有听过有外国人做这种粗活的。第二，我也许无法胜任。雅美人跟其他山地人一样能适应粗重的工作，可是我知道我绝不是这块料。第三，我怕受伤。我似乎已经想见自己在上工的头一天就从山坡上滚下去，当天下午，我已经躺在医院里了。然而，我还是把这些忧虑交给天主，挺着胸脯加入他们的行列。

台湾的山地永远缺乏工人，因为愿意做这类工作的人实在很少。无论何时雅美人到台湾找工作，那些工头都会很快地成全他们的愿望。当知本的工头到台东来募工的时候，我刚好和雅美人在一起。我告诉他我想在山区里找份工作。我猜想他并没有听错，因为他回答说："当然，你一定会喜欢这儿的风景，欢迎，我想你会玩得很愉快的。"

"我不只是来玩的，我想找份工作。"

工头愣愣地看看我。他似乎有点尴尬。"你为什么要找工作？为什么不来度个假呢？"

"我需要钱。此外，我想体验在山里工作的生活。"

那位工头显然从我的话中听出了一些逻辑，因为他说："哦，你是想体验生活？"可是从他脸上的笑容看来，他并不十分相信我。

同伙的雅美人也不相信我。“你不能工作！” 一个男孩对我说。

当我问他为什么的时候，他回答说：“因为你是外国人。”

“外国人就不能工作吗？”

那个男孩摇摇头。“我们的工作很累。”他说，“而且，他们只给我们白饭吃。”旁边的几位男孩笑了，可是他们再看我的时候眼光跟先前有些不同了，我确信那是我从没见过的眼光。

第二天我们就要在知本等卡车上山，因此当晚雅美人陪我买了一些必需品：雨鞋、手套、斗笠、便当盒及毛巾。此外，我还带了一件厚夹克。黎明是漫长的，我睁着眼等了好久才看见第一束阳光。与我同行的有七位雅美人，而其他的三十位已在前一天先上山了。

到了知本后，我们沿着山路走了一程才看见一辆卡车停在一栋旧农舍前面。远处的山峰是紫色的，轮廓也是淡淡的。我们静静地坐在路边等候几位台湾人把上山所需的物资搬上卡车。那天的天空是深蓝色的，脚边的绿叶上都滚动着晶莹的晨露。我听到山谷里传出鸟儿清脆的叫声——除此之外，四下完全一片寂静。

九点半左右，卡车总算要上路了。我们爬上车厢，开始沿着愈来愈陡险的窄路颠簸而上。我发现一旦上了这种路就没有回头的余地，因此胃壁也不禁收缩起来。一个小时之后，我们在一个检查哨前停了下来。雅美人说这儿要查入山证。一位警官打开一本登记簿查看了一会儿，然后问我打算在山里待多久。

“一个礼拜。”

“一个礼拜?！你上山打算干什么？”

“做工。”

“做工?！你一个人来的吗？”

“不，不……卡车上的都是我的朋友。”

“叫他们下来。”警官说。现在我开始担心了。我听说台湾的山地管制很严，不过我不知道这是基于治安理由还是怕入山者在深山里遭到危险。

雅美族青年们和警官交谈了一阵子，他们点点头又回到卡车上。上车的时候，一位男孩很有礼貌地扶了我一把。那位警官很满意地看着我们的车子离去。检查哨被抛在视界之外后，雅美青年问我需要什么，我没有回答，他们说警官要他们多照顾一下这位外国朋友，大家笑成一团。

我们又摇晃了一个半钟头才到山路的终点。这儿的蓝天已为云雾所霸占，空气也变得清冷多了。路的尽头是一座木头搭的工寮。同伙的人告诉我说工寮里通常都存着白米，好让工人们路过时食用。可是今天没人知道我们要来，因此里面是空的。我们还得走五个小时的山路才能到营地，所以必须赶紧动身，否则天黑以前是无法赶到的。

窄小的山径跨过了四条溪流后，便贴着山坡陡然而上。我们一行人在浓密的林叶之间向上慢慢爬。深林中的某处不时传来野雉的叫声和山猴的长啸。

途中我们碰到了几名登山者刚从山上下来。我很奇怪这世界上怎会有人为了乐趣，而到这种被人们弃绝的荒野中来。至少，我确信雅美人不会。事实上，一些伙伴已经在抱怨了：“我们该到屏东去的。在那儿，你根本不必走路。”此外，我们的肚子早已开始呼唤。从早到现在，大伙儿几乎没有吃一点东西。不过在中途休息的时候，一个男孩骄傲地从背包里拿出一大块年糕。他按照人数将年糕平均地切开来分给大家。这位男孩的确能干。稍后，当大伙儿都口渴的时候，他又找到了一种可以从根部挤出水分的植物。

我们这一伙人中过去唯一曾经在这一带打过工的是个名叫亚宁的男孩。很自然地，他成了我们的向导，跨着大步走在最前头。走到最艰辛的路段时，他不是吹口哨就是大声唱着最流行的“国语”热门歌曲。他的歌声像一条麻绳似的拴住每个人的心，将大伙儿一鼓作气拉上坡顶。亚宁是个无忧虑而又自信的人。快到营地的时候，他甩动着及肩的长发，对我说：“我们还有几分钟就到了，不过我要唬他们说还要走一个多钟头。”说完，他开心地笑了。

在迷茫的暮色和雾气中，我们终于看到了营地。那是两栋木屋，一栋较长，另一栋较短。亚宁大声吹了吹口哨，屋里立刻传出人声。接着，头一批抵达的三十位雅美人蜂拥地从木屋中冲出来迎接我们。令我吃惊的是巴阳和他太太也在人群中。他用更吃惊的眼光盯着我：“你该不是也要来这儿做工的吧？”我笑着回答：“我想，我不会是为了好玩而爬五个钟头的山路，你会吗？”

屋里的情况跟我想象的迥然不同：里面至少同时有三架收录

音机在播放，吉他更是到处可见。靠墙的一角正进行着牌局，屋里每个人都穿得干净又整齐……老天，这简直像是舞会。看看我这一身泥泞的狼狈相倒真像个化外之民。他们把我推进有热水的浴室。浴后，大伙一起进餐。

我们边吃边聆听头一批的雅美人七嘴八舌地介绍这儿的工作情形和待遇。总括而言，工作的类型可以分成三种：砍草——这项工作为的是清出一片可以种树的区域；挖土——整理可种树的土壤；种树。雅美人说这儿的工头和老板都很和善，可是他们只管白饭。有时候，他们或许会买些鱼罐头、黑糖和蔬菜加加油水，可是大部分的时候，工人都不愿把钱花在食物上。"忍耐"是我在席间一再听到的字眼。工资是每天八十块台币，但要扣除当天的米钱八块，女人的工资是每天七十五块，饭钱是五块。显然他们认为女人的工作量较低，消耗量也较少。工作时间是从清晨六点到下午三点半，中午有半个小时可以吃午饭。

这栋长屋内的布局很像军营。狭长的走道两侧是高出地面一呎的木板台。这两道一直通到长屋尽头的木板台就是我们的床。事实上，只要你脱了鞋子，床上也是吃饭和游乐的好地方。走道的两端各有一个大铁炉，铁炉外堆满了干柴并晾满了工人们的衣服。所有的工人全都睡在两列地板上。他们并没有为女孩们另开一间卧室。稍后，我才得知这些女孩和自己的族人睡在一起是为了避免受到外来工人的欺侮。（屋里有十位左右是台湾本地的工人。）

营区里备有大张的白棉被。一般说来每两个人才能分到一床，可是这回工人不多，所以有些人可以独享一床——我就是其中之一。雅美人把靠炉火的床位留给我，所以我觉得很暖和。大约八点左右，屋里最后一根蜡烛熄灭了，不久，所有的音乐及谈话声都褪成呼呼的鼾声。

黑糖

清晨五点不到屋里就有人叫道："起床！起床！"可是没有一个人有动静。四周还是静悄悄的。几分钟以后，同样的声音又回响在屋子里。"起床！起床！"——仍然没有动静。不过我猜大伙都已经全给吵醒了。渐渐地，我听到有人掀起被子和在地板上爬动的声音。有人把蜡烛点亮，接着，又有人打开收录音机——那是时下最流行的"国语"歌《我的爱从哪里来》。这一天开始了。

漱洗完后，每个人都去用自己的早餐。我们的早餐其实只是白米饭。巴阳叫我和他们夫妇一块儿吃。饭后，巴阳的太太还说要帮我盛便当。她在我的饭盒里装满白饭，然后再帮我把便当盒用毛巾扎好系在腰上。这的确是很聪明的方法，便当盒挂在屁股上面完全不会妨碍工作。我们穿上雨鞋，戴上手套和斗笠就出发了。我们新来的一批负责种树的工作，其他人则分成若干区域进行砍草与整地。

我们把一捆捆的树苗用布袋扎好吊在锄头上，然后再扛起锄头，顶着微明的天色踏上通往工作地点的小径。

懒惰的太阳过了好半天才钻出远处的山头。晨间的雾气在我们一行人的脚尖盘踞着，金色的阳光穿过叶缝照进阴暗的树林间。走了一段路后，我们七个人被带往种树的工作地。工头是一位年轻的台湾人，他穿着黄夹克，满脸严肃的表情。我们的工作地分布在一面陡坡上。工头把山坡分成若干“行”，然后再划分每个人的工作区域。我们得检查在自己的树苗行里有没有死去的树苗或该种而没有种的空位置。如果有的话，我们就得把新的树苗填进去。大致说来，树苗的间隔是三至四呎一株。

这听起来倒容易，可是我感到最困难的是我根本弄不清什么叫做一行。因为这些树苗原先种得并不直，行列间又长了很多野树，所以我只得爬上爬下地先弄清我的工作范围。

种了几株树苗后，工头走过来查看我工作的情形。我把树根塞进挖好的洞里，再把泥土填下去。他弯下腰，一把就把树苗拔了出来。“这样种不对。”他说完，还示范给我看。我想他才是真正的行家。我又试了一次，可是这回又轻而易举地被拔了出来。“还是不对，”他说，“慢慢来，把树苗插深一点，种好以后要拔不动才算及格。”

我的进度总是落人一截，自然，我背后的树苗也比别人多而重。我工作了很长的一段时间之后，勇敢地看了手表一眼。我估计差不多该到了吃午饭的时候，可是手表上才指着八点。我继续低头苦干。每当工头向我这儿走过来的时候，我就挖得深一点埋得结实一点并抬头向他冷静地笑笑。

可爱的十一点终于来临了，我松了一口气与其他的工人并次席地而坐，然后打开便当。洁白的饭粒在阳光下闪闪发亮。我扒了一大口饭，希望能顺利地吞下去。可是大团的饭粒哽在喉底——我多么需要一点点的素菜，或其他任何可以吃的东西来佐饭。这时候，哪怕是一碗清汤也好。亚宁看我无法下咽，掰了一小块黑糖给我。我感激地把糖压碎和着白饭一块吃了下去。对我来说，能有黑糖拌饭已是人间珍品了。不过当我便当盒里的白饭还剩三分之一的时候，黑糖已经吃光了。

“如果实在吃不下去，干脆倒了吧！”亚宁对我说，“可是别乱倒，最好是埋起来，因为工头看到了会骂人的。”我又扒了几口饭并喝了一大口水把饭团从喉咙送进胃里。

“对，这样吃才对，”亚宁笑着说，“你得适应这种伙食。别忘了这才是头一天呢。”

饭后再工作的时候，大家聊天的频率比早上要多得多了。他们谈到在屏东打工的经历。那儿不但气候温暖，老板们还给他们配菜吃，甚至于还有吃肉的例子。屏东在他们的谈话中成了“快乐之土”，可是没有人提到那儿的工头时常扣工资或白榨他们的劳力。

我猜想他们不断地述说屏东的好处只是想暂时逃避眼前的不满，而我所能做的却是集中心思肯定我自己工作的意义。它是尊严而神圣的。种树是生产的头一步，十年、百年后，人们会有更多的木材可使用。这些都是清高的想法。可是不一会儿，我那崇高的思绪竟跳到橘子汁、巧克力圣代和火鸡大餐上面。我开始回想过去经历过的安逸片段：静坐在咖啡馆里听音乐；在家里的炉火旁边轻弹吉他，要不就是在客厅的地毯上与朋友聊天……我发现我的意志成功地逃离了眼前枯燥、单调的工作。

三点半的时候，我们准时收工走回营地。我们先在营地附近的小溪里洗净雨鞋才进到屋里，而其他的工人已经洗过澡换上干净的衣服在那儿吃晚饭了。发现自己忘了多带一条换洗的长裤，当我提到这件事时，两条长裤立刻朝我的床位飞过来。这是个充满温情的小世界。我把夹克脱下来挂在火炉旁边。

虽然大伙儿是共处在一间大屋子里，可是相邻的两三个人总喜欢聚在他们的床位那儿。我想他们的心中都有一道无形的墙，因此每当我离开自己的床位进入他人的领域时，我几乎觉得该先敲一下门或什么的。

我听到有人叫道："糟糕！那是谁的夹克？"我猛然回过头，发现我的夹克正在冒烟。我忘了那是尼龙做的，很容易就着火。结果尔后的一个礼拜里，我只得穿着一件胸前有两个大窟窿的夹克工作。不过这也倒好，这种装扮非常适合户外工作——不冷不热，通风良好。

那天晚饭后（白饭和淡如清水的汤），我回到自己的床位上弹吉他。巴阳的太太端了一碗热腾腾的黑糖水给我。"我听说你很喜欢黑糖。"她笑说。此刻一碗黑糖汤不啻是最上品的法国葡萄酒。我慷慨地把糖水传给大家喝，然后与身旁的几位孩子唱将起来。黑糖水具有恢复体力的奇效，我们三四人的歌声也因此而淹没了收录音机里的音乐。

稍后，总监工到我的"地盘"来递给我一包黑糖（消息传得真快）和一本无聊时可以消遣的中国小说。他是位表情略带忧郁的台湾人。说话的当儿，他总喜欢用手捂着嘴，以免满口的米酒味外泄。他姓林，今年三十七岁，但还没有结婚，理由是山上才是他的一切。我问他："是不是常有外国人来这儿打工？"

"不，很少，即使来的话也是爬山，几乎没有外国人来这儿做工。"他迟疑了一会。

"事实上……你是头一个。"他告诉我他有多喜欢雅美族青年和他如何把他们当自己的孩子一样看待。他还补充说明他以认识这么一位肯吃苦的美国人为荣。

"他是想跟你交个朋友。"亚宁在总监工离去以后对我说，"中国人交朋友就是这样。分手的时候别忘了跟他要地址，将来你们可以继续通信。"亚宁似乎以这件事为荣，我仿佛意识到和总监工交上朋友对我的雅美朋友来说是极"有面子"的事。因为我在某些方面代表着他们。

"下回你再来的时候，他可能要你当工头呢。"巴阳打趣说。

"不，不，我不是这块料，"我说，"我连自己的'行'都认不出来呢。"

八点前后，音乐声和交谈声又随着蜡烛熄灭而消逝。我闭上眼，觉得疲倦万分，可是黑暗中不时传来嘀嘀咕咕的交谈声使我无法入眠。一位年轻的台湾工人悄悄爬到亚宁身边和他聊天。他们说的是"国语"，所以我每一个字都听得懂。以后的每天晚上，他都爬过来和亚宁大谈从前的冒险事迹。一个礼拜之后，我也知道了他们对某一货车司机的印象如何或某一家木材工厂老板的为人如何，以及东部旅馆里的服务小姐长相如何了。

第二天所有的工人都一起种树，而其刺激与混乱自然是可以想见的。我们种的是类似耶诞树的小柏树。这天雾很重，视界非常有限，所以工作时的心理压力很大，因为一不小心滚落坡底的话很难再找到上去的路径。磨练了一整天，我已经能够适应这种工作了。这一上午大伙都像前一天一样默默地工作，可是过了午后，说话声、歌声都冒出来了。到了三点半歌声已经上扬到了最高潮，我知道那是疲惫的工人们等待解脱的诚挚呼唤。

收工的时候，亚宁问我："你打算做神父吗？" 我点点头。他又接着说："那真好。传教能赚很多钱，我也想当神父。"我正在想该怎么回答，他却又开腔了："神父可以结婚吗？"

这一点我很肯定。"不能。"我回答说。

"那……他们能有女朋友吗？"

"不，不能有女人。"

"那……现在你还不是神父，你能打炮吗？"

"不，我也不能打炮。"

"难道你不会想吗？我是说……你身体难道不想女人？"

"唉！天主帮助我吧！"

亚宁并没有再开口，可是过了一会儿，他又对另一位工人悄悄地说："他一定吃了药。"

那晚，总监工又来找我。这回，他送给我一锅蒸猪脚和两罐鲑鱼罐头。临去的时候，他还强调光让我吃白米饭实在太委屈了我。

“下次千万记得问他地址。”亚宁提醒我。他低头盼望地看看猪脚——我想这也许就是他乐于看到我交朋友的原因。当然，我立刻把猪脚捐出来给大伙享用。稍后，我把剩下的猪脚和鱼罐头拿给巴阳。他的太太惊恐地捧着那口锅，好像担心别人会在瞬间将它抢去似的。巴阳的太太在我眼里一向是个温文有礼的女人，可是我躺回床位的时候瞥见她捧着那口锅，贪婪地吸着里面仅存的一点肉汁。我很高兴我们还有两个罐头，我猜想明天中午打开饭盒的时候，里面除了黑糖之外还会多了一块鲑鱼肉。

木屋

早晨醒来时，外面下着雨，可是我们还是照样出工。工作场地一片泥泞，冰凉的雨水顺着衣领口流进背脊，看来这将是真正漫长难熬的一天。可是吃过午饭后，工头下令收工回营。在半小时的回家路程上，大伙儿不时地跌跌撞撞，可是随之而来的却是轻松的笑声——那无拘无束的笑声征服了敌视我们的大自然。

下午太阳稍许露了些脸，我借着这段空闲拍了几张照片。当伙伴们知道我要为他们照相的时候，每一个人都像要觐见总统似的，赶紧冲回屋里换上最干净的衣服。他们有些还挤在镜子前面摸摸头又练习摆摆姿势，脸上露出害羞而又兴奋的笑容。队伍在空地上集结好的时候我有点失望，因为他们的模样呆板而不自在。不过想想这些照片是为他们拍的，我只好摒弃要捕捉瞬间自然镜头的原则。那天一整个下午我都在忙着写下他们的地址，因为将来我得把照片一一寄给他们。

我发现工人们比一般人更讲究穿着。我想那是因为他们更重视自尊，他们不愿在非工作时间还穿着脏兮兮的工作服。尽管营地隔日才供应热水，可是他们每天都要洗澡。单调、辛劳的工作并没有使他们剩余的光阴流于虚白。枯燥的生活方式也并没有迟缓他们对机会的反应。于是，我也试着隔日刮脸和每日梳头以保整洁——虽然，这些习性是违背我本性的。

后面的几天里，生活完全是一致的步调：漫长的上午，期待的下午，然后回到营区度过轻松愉快的晚上。我们的营地是个孤独的小世界，一旦进了木屋里以后，除了洗澡之外，很少有人再走出去。有人整个晚上都在听收录音机；有人静静地弹着吉他；有人唱歌；有人聊天或听别人聊天；有人聚在一起打牌；有人看书；也有人和女孩子谈情说爱。

有天下午，总监工林先生到工作场视察我们工作的情况。他要我多休息，少工作，然后还接过我手中的锄头帮我种了几棵。我顺口问了他这些都是什么树。

“有两种，”他回答，“一种是木材质地较差的柏树，可以用来做电线杆。另一种是很贵重的树。在台湾较少有人用这么好的木头做家具。事实上，这些木材都外销……”

那晚回到木屋里的时候，气氛非常不对。收录音机不再播唱了，每个人交谈的时候也都是用气音。亚宁盖着被子静静地躺在地板上。他和几位伙伴伐木的时候，给一根尖韧的树枝绊倒，结果小腿裂了一道深可见骨的伤口。现在他的村民已经给他上了纱布，可是鲜血还是汩汩渗出。

“真糟！”林监工说，“这种事真是最糟糕的了。明天我们要把他送下山，老板答应要付医药费。你要陪他一块下山吗？”

我点点头。为了明早好动身，我赶紧在睡前先收拾自己的行李。我和林监工交换了地址，然后一一和其他工人道别。其中一位台湾工人送我一个木制纪念品，其他人也一致邀请我将来再回来看他们。接着，我又和巴阳夫妇及雅美族人聚谈了片刻。我发现我开始对这间木屋感到依依不舍。那些工人们看着我的时候眼光又是我前所未见的。那是兄弟般的眼神。

那晚我一直睡不着。屋外下着大雨，我知道下山将是一段艰辛的旅程。山径窄得只能容得下一人通过，所以我们一定得背着亚宁下山，而他在所有工人中体重又是相当惊人的。我想到未来那一程滑溜溜的山路；想到工人们那一张张面孔；也想到这将令人难以忘怀的木屋……

早晨要下山的时候，巴阳走过来紧紧地抓住我的胳膊，要我千万小心。他的太太塞了一小包黑糖给我，然后很快地跑回木屋里。

与亚宁同行的还有三位他的亲戚。他们轮流背他下山，每隔十来分钟就换一次班。亚宁的小腿不断滴出鲜血，我们所经之处的水洼和稀泥里也掺着冲淡的血水。

下山的路段似乎是没有止境的。亚宁的堂哥脱掉沾满泥巴的球鞋，打着赤脚领在前面赶路。这一路上他们都是连溜带滑地往下冲，中途，我们只停下来休息一次，不过那次也是为了看一群可爱的小猴子。

我们在中午前后才赶到有车可乘的地方。那儿有一间木板搭的工寮，里面住了三个老头。我们把亚宁搁在床板上的时候，他的脸色苍白得像张纸。我为他盖上厚棉被，然后握住他的手。我问三位老先生什么时候会有卡车来，可是他们却向我抱怨山里的气候，最后，他们才附带地说工头已经打电话叫过车了，但谁也不晓得什么时候会来。我们只好等。

有一位面色比亚宁更苍白的老人倒了一杯冷茶，那只杯子油腻得像沾了一层雾气，杯口上还有一只死蚊子。他捧着茶杯走过来说："来，喝杯茶！"我们都很渴，也很感激他，可是没人碰那个杯子。

我走到屋外的小溪旁，用巴阳太太给我的黑糖调了一碗黑糖汤。我把汤端到亚宁的面前，他柔弱地笑笑，慢慢把汤喝下去。

下午二点多，卡车终于来了。路过检查哨的时候，那位警官问我："这几天你在上面都干些什么？"

"做工。"

"下回有空再来度假。"看来，他还是不相信我。

我们先把亚宁送到老板家再转送到医院。一个礼拜后，亚宁出院时，老板共付了四千五百块。康复后的亚宁又跟从前一样无忧无虑而自信，没两天，他又开始计划到屏东去打工了。

我很想留下那件前胸有窟窿的夹克做纪念，但是最后还是忍痛把它扔了。领了工资以后，我和亚宁一块儿去看电影。那是一部中国功夫片，我两眼虽盯着银幕，心里却想到那些还留在山上的朋友：巴阳和他的太太；仁慈而寂寞的林监工；还有其他热情可爱的工人们……他们的脸孔像晨雾般地隐隐浮在我记忆中的某处，却永远永远不会被抹去。

几天以后我和一位神父坐车路过知本。我顺便向他提及曾经到远处的某一座深山里做过工。

“传福音？”神父问我。

“不，是去种树。”

“到教堂的人应该很多吧？”我猜他压根儿就没听到我说的。

“我说我是去种树，”我重复了一遍，“工资是八十块一天。”

那位神父没有吭声，过了一会儿，他向我介绍下一个乡镇的名字。

我耸耸肩靠回椅背上看着远处的山峰。我不应该寄望他会了解我的话——就连我自己都很难肯定这次上山的意义。不过我相信雅美人已经接受了我，这一点已经足够了。虽然我永远也不可能像他们一样，可是他们知道我曾尽力试着去分享他们的生活方式。那扰人清梦的声音：“起床！起床！”……想到这里，我禁不住笑了出来。

迷人的村落

我们从台湾出航时还是阳光普照，晴空万里，可是到了兰屿，头顶上正挂着一大片黑云。船上载了六十袋米和花生，这些都是政府捐给岛上居民的。前一阵子岛上的地瓜骤然减产，这六十袋粮食是为了应急而来的。

船进港的时候，老马和他的三轮摩托板车已经在那儿等着我们了。老马蹙着眉头，一副急着想多拉几块钱的样子。就在我们开始把粮食搬上板车的当儿，头顶的黑云终于忍不住洒下了大粒的雨滴。我们急忙把油布铺在粮袋外面，老马也发动引擎朝他的村庄驶去。这一天老马顶着风和雨一共跑了五趟才把货拉完，不过这么一来，他也的确赚了不少的服务费。最后一趟的时候，我们把老马店里的杂货搬上车然后跟着爬上去。

现在天已经暗下来了。车子在颠簸的石子路上跳着，老马也不时咒骂天气。在半途中，车子的前轮突然脱出了车轴，车身猛一倾斜，因此老马那一箱箱的“陈年老皮蛋”全都撒在泥地里。

老马边骂我们贪心，害他的车子超载，边走向飞机场好找人帮忙。我和其他几个帮忙搬粮食的孩子坐在地上，把摔碎的蛋拾起来，小心拨开沾满泥浆的蛋壳，然后边聊边吃将起来。雨把我们淋湿了，但我们都开心地笑了出来。能再回来真是好！

依拉拉来村是岛上最遥远的村落。它跟其他的村落不同。因为它具有永恒的美。战争或时代的改变都像是与这座村庄里的人无关似的。依拉拉来村的人永远满足自己所拥有的。这座村落在我的眼中充满着无限的魅力与神奇，我不晓得这是否由于我是另外一个世界的访客的缘故，总之，每次到了那儿我就禁不住想将自己的一切奉献给它。

第二学期开课了，我打算再回到依拉拉来村继续教书。

可是我村里的孩子们却坚决反对。我知道我走了就没人教他们画画，然而新校长已经另请了一位老师，于是我告诉新来的老师孩子们是多么地喜爱艺术，他也答应要继续教他们画画。

雅由坐着看我整理行李。“你要离开兰屿了？”

“没有啊，”我回答，“我只是搬到别的村子去。”

雅由低下头，嘴巴不好意思地噘起来。“可是……我们爱你啊。”

依拉拉来村的教堂边还有一间小房屋，这就是我的新家。也是村里的福利社。屋子里有一半的空间都是木板铺成的平台，紧邻着平台边上是一个木架，木架上摆着漱洗用具和其他杂物。我到那儿的时候，村子里的老老少少都挤在门口好奇地打量着这位新邻居。很少有访客到依拉拉来村，会在这儿住下来的更是少之又少了。

我如何忘得了在依拉拉来村的头一天？

离岸不远的地方有个很深的珊瑚洞，洞口很宽，而且还有石阶可以通往洞里。这儿有一条地下小溪聚成的小潭，潭里的水就是全村的水源。

早晨天亮以后，村民就立刻展开取水活动。他们带着盛水的容器和漱洗用具到潭边又洗又盛。头一天早晨，我站在及膝的潭里，四周的水面全部浮着一层肥皂泡沫。我刷好牙想吐掉口里的泡沫，却担心会吐到别人的头上，因为我的前后左右都挤满了人。

在早晨尖峰时间里进出洞穴的人就像水流一样地长绵不绝。我发觉这座村庄里的人很懂得秩序观念，他们虽然都挤在一块儿，却一点也不会乱。

当然，再好的秩序偶尔也会有例外的时候。那天，我也亲眼看见了两次混乱。头一次是发生在早晨。我看见许多人围在教堂附近一家人的门口，一个女人和她的小女儿躺在地板上哭。村民说有人在山边走路的时候不小心踢下来一个石块，打中居住在地下的这对母女。那位妇人哭着说她已经怀孕了，这么一来，她将会失去她的小孩，而另一位老婆婆只是坐在她旁边，一面用猪油揉擦她和她女儿受伤的部位，一面哼着歌儿。

那天下午，一个面色如土，上气不接下气的孩子出现在我的门口。他说他跌了一跤，把手腕摔伤了。我问他骨头有没有断，他只说了一声“没有”,就倒在我怀里。我正在为他上绷带的时候,他的堂哥进来告诉我说他是被鬼追得跌倒的。

在这遥远的地方要想翻到山那边去请一位医生得花很多时间,而要想说服他,叫他到村里来治病就得花更多的时间。

晚间的依拉拉来村布满了恐怖的气氛。雪白的明月把山峦的轮廓隐隐地印在天边,靠海的一面是一池无际的黑水,可是在嶙峋的礁岩前面,在透白的沙滩上,我看到二十几个白色的身影。他们像石像一样地跪在那儿。我慢慢走向珊瑚洞的当儿,他们还是没有动静。

我顺着石阶步入洞里,可是就在洞外的白色身影还是僵直地跪在原地,好像担心一点点的骚动都会破坏这依拉拉来之夜。依拉拉来的羊正邀请我参加夜的膜拜呢。

飞鱼

村里的人都对我很友善，可是我意识得出他们和我在一起的时候，似乎不晓得该说些什么才好。他们一定觉得我很奇怪。许多家长背着他们的孩子到我屋里来。他们只是悄悄坐在地板上看着我。几个年纪较小的孩子爬到我的床上，好奇地看着我的衣服和药。他们闻闻我的发油，然后问我可不可以给他们也抹一点。

“我们要来陪你，”他们说，“因为我们怕你会寂寞。”

我的房间里全是一张张沉静的脸孔。不久，在我身旁的男人开始唱着动人的赞美歌，其他的人也纷纷跟上。他们歌颂的是现在正大批涌向兰屿的飞鱼。飞鱼早已经听到了他们的呼唤，而就在今晚，它们要游过依拉拉来村的海岸。村里的男人即将点燃火把，将飞鱼群引近小船，然后用长柄勺网将它们捞起来。

唱完赞美歌后，那个男人转过来对我说：“我要向你解释刚才那条歌的内容。”于是，村里的长老巴卡尼告诉我飞鱼的故事。

有一次，一个青年梦到一条会飞的鱼。

“明天早上到山边的海滩上来找我，”飞鱼说，“我会告诉你一些事。”

青年醒来后一直在想他的梦到底是不是真的。不过，他还是试着到海边去找那条飞鱼，他果然在礁石上看见一条黑尾巴的大飞鱼。

那条飞鱼说，“我要教你如何捕捉我们。”

于是飞鱼告诉他如何用芦苇做灯芯的火把来引鱼群。它还告诉那青年在三至六月的时候捕飞鱼，到了十月就可以享用晒干了的鱼。他警告青年一定要尊敬鱼群，绝对不可以咒骂它们。

飞鱼说完了，来了另一条白尾巴的鱼告诉这个人说：“我们虽然没有像飞鱼那么了不起，不过我们也不赖，因为每次鱼季开始都是我们打头阵。你抓到我们以后，一定要身穿盛服，穿金戴玉地来庆祝。”

后来一条花尾巴的鱼开了口：“很抱歉我们的身体太小了，不过你可以在小孩哭的时候，把我们拿去哄他们，让他们开心。”

最后一条非常小的鱼说了：“我们是最没用的鱼，拿去给老人家吃，这样我们也心满意足了。”

回到村子里后，青年开始照着飞鱼的方法去捕鱼——这个方法一直沿传至今。

“飞鱼是我们的朋友，”巴卡尼骄傲地对我说，“它们要我们捉它们，所以自动游到船边跳舞。我们像朋友一样地尊敬飞鱼，但从不和它们交谈。如果有人用粗话咒骂鱼群——或者甚至只是在心里这么想，那鱼群就会转身离去。”

这时候，其他的男人也来到我门口说是该出发了。我跟随他们走到海边。他们把一捆捆的马尼拉麻扛上船，然后悄悄地划进水里。在这寂静的晚上，你所能听到的除了轻轻的海浪之外就是摇桨的声音。我看着船上的身影渐渐消失在漆黑而宁静的海面上。

捕鱼

拖网捕鱼术可说是一种运动而不是工作。清晨的时候，六十多位依拉拉来村的壮丁拖着三十米长的鱼网走到海边。他们先把鱼网放进一艘六人的独木舟里，再把别的捕具放进另一条船里。这些捕具包括：绑成粗串的鱼线、形状怪异的白色仙人掌茎和铁块。两艘独木舟出发以后，其余的人就沿海岸步行到今天的捕鱼场去。我也紧跟着他们。

走到海边的村路上时，我发现两旁有几棵结满了八角形水果的树。我从地上拾了一个干枯的果子，问我前面的人那是什么东西。那人面带恶心的表情向后退了几步并要我立刻扔掉。我把果子扔得远远的，然后跟着人群继续前进。

我们排成一列静悄悄地走了几分钟——我不晓得大伙儿为什么都突然沉默起来，可是我也学着他们不敢吭声。几分钟后，气氛突然又松弛下来，交谈声也再度出现在三五成群的村民里。我问长老巴卡尼这到底是怎么回事。

“你拾起来的水果叫土巴（Toba），那是邪恶的象征，如果你碰了它，手脚就会变成土巴那种丑陋的形状。后来我们排成一列是因为我们正在通过坟区，如果幽灵听到我们走过去的话，我们今天的捕鱼就会失败。”

我们走了一个小时才来到两块酷似狮子的岩石下。

“你真要和我们一块儿下海捕鱼？”一位村民问我。

“是啊。”我回答。

“你该留在岸上休息的。”

“为什么？”

“因为你将会很累。而且下海也很危险。”我不晓得他们是顾虑我的安全，还是怕我碍事。

我们戴上蛙镜，纵身潜入清澈透光的水里。离岸很远的地方有一大块礁岩，在二次大战期间美机曾误以为那是艘军舰而大肆轰炸。我们爬上军舰岩旁的一块礁石休息。六十个人同时趴在岩石上，如果道多陀看到了，一定会觉得那像一块活的岩石。不一会儿，两艘小船由海路缓缓驶来。岩石上的伙伴纷纷以优雅的弧度跳进水里。

船上的人把网撒进海里，水里的人则拉住网边潜入海中并将它固定在海床的珊瑚礁上。

接着，我们又游向另一条船，从船上的人手里接过一捆捆绑着仙人掌和铁块的绳子。我接过绳子的时候不小心漏了手，于是缚着铁块的绳圈就笔直沉入海底。我抱歉地看看巴卡尼。

“我的沉下去了。”我说。

“下次不要再犯了。”巴卡尼说完吸足了一口气潜下去帮我把绳圈取了回来。

现在，水中的六十个人呈扇形排列在鱼网的后面。接着好戏正式开始了。我觉得这根本是足球赛。无论何人，只要一看到鱼群，他就大叫一声。然后所有的人就不约而同地甩动自己手中的绳子。鱼儿看见水里扭动的绳子以为是海鳗，于是四处游窜。这时，六十个人会围拢上来，边甩绳子边发出刺耳的尖叫声，直到鱼群被逼得自投罗网为止。鱼儿进网后，他们立刻收网，于是这一大群原本自由自在的鱼儿瞬间已经被倒进船上的空箱子里了。头一回合结束后，我们就游到军舰岩上休息。

这是一趟漫长的路程。我游到那儿时，他们都休息了好一会儿了。我爬上岸，但觉四肢无力，两眼发昏。

巴卡尼走过来对我说："刚刚你漏掉手中的绳子时，我必须责骂你，这是我们的习俗。如果我们不责备犯错的人，他们下次就不会注意。不过责骂并不代表生气。好好休息吧，待会儿我们还要再来一次呢。"

我看见他们起身再度潜入水里。我很想跟着一起下去，可是我实在太累了，再说，躺在岩石上是那么地舒服。

兰屿附近有一道深蓝的海流，那儿的水花清凉柔细得像水晶般的雪片。我觉得自己正在水流中漂浮，一股力量正把我冲向某处。我没有力量抵抗，也不想去抵抗，毕竟水是无害的。我觉得我已经和海流结成了一体。

海面下的世界异常地寂静，那是个绝对和平安详的领域。

我觉得我的身子在渐渐加长，有点像长了条尾巴。我的四周全是长得跟我一样的鱼。我们排成一列在海流中游乐。这儿除了头顶上透进的阳光之外，一切都是蓝色的。

水里的鱼在跟我笑，它们的笑容把海底世界点缀得更有趣味。这是个无忧愁的世界，一切都那么美丽、友善——除了远处那一条条白色的东西之外。

管它是什么呢，反正它还远得很。可是，它们在向这儿接近。我回过头看看鱼伙伴，发现它们脸上都露出惊恐之色。就连海水也被那些包围过来的怪东西给吓得漩出了泡沫。鱼伙伴们开始向四周逃窜，可是我却没有那么灵巧的身手。

那些白色的怪物在发出尖叫，海洋世界顿时变成了疯人院，因为逃窜的鱼伙伴撞成了一团。

我该怎么办？四周全是尖叫着的条形怪物，它们正在用细长的手臂触摸我……我完全给困住了。怪物把我推进一个可怕的八角形容器里，然后开始责骂我。

“你为什么捡土巴果，”他们尖叫着说，“现在，你就要像土巴一样，土巴！土巴！”

我发觉自己真的变成了土巴。我赶紧把手中的土巴果扔掉，并看着它笔直地沉入海底。

“下次不可以再漏手了！”巴卡尼凶恶地说，“不可以再犯错！”

“我很抱歉！”

“把那个果子吃掉。”巴卡尼命令我。

“吃那个果子？”

“对，吃掉它！”

巴卡尼伸出手抓住我的肩，我睁开眼看见他站在前面。

“你睡着了？”他问我。

我看看四周，第二回合都已经结束了。我赶紧又看看自己的手和脚，还好，我并没有变成土巴果。

“是啊，”我回答，“我睡着了。”

那天一直到下午回到村庄里，我们都还没吃饭。人们把鱼抬上岸清洗干净以后，再平均分给每一户人家。

村里的女人和小孩纷纷拿了木盘赶到分发处。妇女们先把女的鱼清点一遍，然后捧着她们分到的部分跑回家里——这样做是为了在男人们分男的鱼的时候，妇女们可以先开始炊煮。

男人们分鱼非常精确。大的鱼被切成若干等份，每个人一块，小的鱼则按数目平均分发。至于鱼的眼睛和内脏则扔给围在旁边的狗和猪。

我也分到我的那一份。我感到很不好意思，因为我根本没有出什么力。

“没关系，”巴卡尼说，“只要参加的人都有份，而且每个人分到的都一样多——除了划船的人之外，他们较辛苦，应该多拿一点。”

生命之歌

没有参与捕鱼的村民都回到屋里继续唱他们的赞美歌。我正沉醉在那优柔的歌声中时，一个瘦高的男人拿着一个铜板走到我屋里。我的屋子也是村里的福利社，所以下了班以后，我就成了福利社的负责人。

“我要买颗糖给我的小孩，”那个人说，“我们的粮食不够吃，只好买些糖果给孩子吃。他们吃不饱就不肯睡。”

我看看他的小孩——他的嘴肿得好大。“他的嘴怎么啦？”我问。

“昨晚下雨，”那人回答，“我们家漏雨。我的孩子听到水声爬起来看，可是屋里一片漆黑，害得他摔了一跤，跌断了牙根。”

接着，他又谈到他的家人。“我太太生完最后一个孩子就死了，我只好又娶了一个带着三个孩子的女人。现在我一共有七个孩子了。想想看，我家的食物怎么会够吃？”他的口气是理所当然的。“我的孩子累了，晚安。”

我想到刚才唱歌的那些人。他们不是为了自由而唱，因为他们的生命一直就像风和海一样无羁；他们也不是为了爱而唱，因为他们四周都是爱——搂在怀里的儿子和陪侍在侧的妻子。

他们是为了食物。他们祈求过境的飞鱼能常环绕在海岸。那是渔人之歌。

我带着睡袋走出去。我祈求那正在以一万只眼睛审视世界的道多陀永远不要离开我们。

我相信天上的祂一定听到了他们的歌声。祂的爱像海一样浩瀚……可是台风毁了他们的地瓜田，因而他们必须靠唱歌来忘记饥饿。有些孩子饿得吃草根，然而，他们还是在等待。那渔人之歌也正是生命之歌。

最后的战争

巴卡尼的脸上有一道很长的疤。吃晚饭的时候，他告诉我那道疤是依拉拉来村最后一场战争里的纪念。

“我们极少争斗，”巴卡尼说，“杀人绝不是我们的本意。”

“三年前，我们和亚琼村的人发生了冲突。他们的人很气愤我们村里的人常到他们的海岸去捕鱼，我们也气愤他们的人到这儿来偷羊。我们找他们理论，可是亚琼村的人坚决否认偷羊的事，于是双方就准备战斗了……

“那天一大清早，我们村里所有的男人都聚集在通往亚琼村的隧道口。我们戴了头盔，手持长矛和木制的盾牌。女人们则拿了食物在后面跟着。

“我们在隧道口等待，可是另一端完全没有动静，于是我们穿过隧道。谁知道亚琼人早已埋伏在出口两侧的山坡上。他们趁我们没有防备的时候用石块攻击我们。

“如果敌人近在咫尺，我们一定会竭力厮杀，可是他们高高在上，长矛根本派不上用场。打了几个小时以后，警察闻讯赶到我们村子。村里的小孩告诉他们大人们全都出去了。等警察找到现场时，战况已不可收拾。他们无法阻止，只好回去向军队求援。等军队来的时候，我们已经疲倦得无力再战了，亚琼村的人打赢了这一仗。

“全村人之中，我受伤最重。一位军医帮我把脸上的伤缝好——那天他忙了一个上午。事后，我们发现亚琼村的人并没有偷羊，因为迷失的羊又走回来了。

“打仗是很蠢的，有那么多的精力，何不用来捕鱼或划船呢？”

老颜

老颜是大家的好朋友。我从不晓得他的职业到底是什么，不过我猜想他大概是守卫或什么的。他住在离依拉拉来村一哩的地方。一天晚上，他踏着轻快的脚步到村里来邀请年轻人到他家里去玩。孩子们吵着要我也一道去，因为“老颜是个大好人”。

那是个寂静、美丽的夜晚。我们沿着海岸走的时候，老颜拿出电晶体收音机边走边听平剧。收音机里发出的高频率叫声打破了大自然的音乐。

老颜住的是间小茅屋，墙上挂了很多画。他口里边说没什么好招待我们的，而边为我们摆了一桌的糖果和饼干，另外，他还特地替我冲了一大杯牛奶。他把烟和酒递给正在欣赏画的大孩子。

“我喜欢年轻人，”老颜说，“我这儿热闹得很，所有的人都知道我。我是年轻人的朋友，大伙儿也都喜欢到我这儿来。”

“真的。”一个孩子伸手抓第二支香烟的时候对我说，“我们敢说老颜是‘全依拉拉来的朋友’。”老颜一高兴，又替孩子们倒酒。我们聊了好一阵子，老颜才又陪着大家走回村子。

“我是年轻人的好朋友，”他叫道，“他们都爱我。我的屋子就是他们的小天地。”

孩子们在海边唱了起来。他们的歌声掺杂了浓厚的酒味，他们的肺活量比海还要大。

“他们都喜欢我，每个人都喜欢我。”老颜用如雷的歌声唱着。孩子们唱得更大声，可是我还听得到老颜的歌声。“我喜欢年轻人，他们爱到我家里来。”

来到村里的时候，他们才安静下来。老颜走了，我们看着他的身影消失在黑夜中。我旁边孩子闭上眼对我说：“老颜……”他的口里全是酒味。“真好……他给我们一切。”

岁月人生

我正要吃早饭时，一个骨瘦如柴的老头到屋里来找我。他直接爬上我的床。虽然他已经够轻了，但我还是担心那两根细得像铅笔一样的腿是否撑得住他的重量。

老人向我要火柴，我却给他一根烟，他严肃地拒绝我。我坚称我实在很穷，香烟也没几根了。老头耸耸肩又眨眨眼，然后把香烟接过去。

老人吸了几口烟，跷着腿，安详地靠在墙上。他不停地说话，可是我一句也听不懂——一半是因为他讲的是雅美话；一半是因为他口里一颗牙也没有。他讲了老半天然后把身子凑过来，用最标准的“国语”说：“馒头？”说完，他的眼皮还眨了几下。

他走的时候是满载而归的：所有剩下的馒头、花生酱、果冻、巧克力奶……当然，这些都是他尽力婉拒失败后才收下的。

一个两岁的小女孩独自站在门口用杏眼瞪着我。她走到我床前挥挥手要我抱她上去。在床上坐定了以后，那对杏眼又打量着我。她憋了好一阵子才把手伸向我的眼镜。她把眼镜挂在自己的脸上，可是手一松，眼镜就溜到脖子上去了。这一场输了之后，她又看上我的十字架项链。于是我把项链脱给她。

不一会儿，我屋里的所有东西都引不起她的兴趣了，维他命瓶和花生酱空瓶再也不能满足她。

最后，她钉上我的枕头。我让她坐在上面，没想到这样东西竟是她所钟爱的。她的嘴角快乐地噘起，小手掌也禁不住拍了起来。她这么快乐是因为她在我的枕头上撒了一泡尿。

我班上的八十位依拉拉来村的小孩都很乖。上课铃还没响他们就会乖乖地坐好，上课的时候，每个孩子都很专心，课后也很用功。

可是我发觉他们缺乏表达和创造的能力。不管我教他们画什么，女孩子们每天都是画房屋和花草，男孩则画同样的渔船——尽管有些人已经开始试着画飞机了。

我想这八十位学生也算是依拉拉来村自然环境的一部分。毕竟乌托邦本来就是缺乏创造和变化的。孩子们只知道一个世界——他们自己的美丽世界。我愈了解这个世界，也就愈同意他们一成不变的画法。

最后孩子们没变，但我变了。我也开始画一样的房子和花草；我画的船要比他们画的大，而最重要的是我也开始学画飞机了。

在依拉拉来村里的时间好像过得特别慢——慢得就像我对这座村落由好奇至认同一样。

我特别欣赏男人们满扛着渔获唱着歌儿回村的画面。孩子们听到那歌声就会冲到海边帮忙他们的父兄拿捕具。当天色褪成粉红的时分，田野里的蛙叫声开始施展它催眠的魔力。

春天是田蛙的季节。温暖的南风向出海捕飞鱼的小舟呼唤，而蛙叫声也在向吃过晚饭的孩子们挥手。凡是拥有手电筒的孩子在春天的时节里一定是每天都睡眼惺忪地到学校上课，因为整个夜晚他们都像突击队员似的，在芋田里埋伏或突袭蛙群。

“抓它们最好的时机就是它们两只压在一起的时候。”有一次，一个小男生对我说。这对青蛙来说的确有些不公平，可是一个晚上下来，孩子们也可以发笔小财。他们以廉价把青蛙卖给老马再由老马转售到台湾。在春天的夜晚，捕飞鱼是大人的事，而捕青蛙则是孩子们的事。

“每天早晨，我的芋田都乱七八糟。”一个瘦高的男人向我抱怨，“只要不捕鱼，我一定亲自看守我的田，可是我不能守着一夜不睡。昨天晚上，我老婆出去赶他们，可是那些小鬼竟然装着是士兵，反把我老婆给吓走。说到破坏芋田的能力，孩子们和牛是一样厉害的。”

耕耘与收获

学校六月就放假了，于是我离开依拉拉来村，到依穆路村参加我从前的学生的毕业典礼。陈校长讲完话以后，全班同学都在擦眼泪。即使是平常固执又没有同情心的大李也流了一两滴泪。我走过这座我来了一年的村庄。

过去这一年来，依穆路村受到观光客很大的影响。天气好的时候，大批的台湾游客到兰屿来度假，这一点最令老马高兴了。他向雅美人订购手刻的小木船，然后以两倍的价钱卖给观光客。有些游客是来这儿欣赏风景的，也有些是来看雅美人的。

当两位观光客从她家前走过的时候，马浪的母亲并没有抬头。她和她的先生正坐在阳台的台阶前削地瓜。她的婴孩在旁边裸着身子吃花生。马浪则刚出去捕鱼。

“瞧，他们多可怜！”一位观光客对另一位说。他们是下午才搭船来的。“看他们的食物多肮脏啊。我一辈子也不会吃这种东西。再瞧瞧那个小孩，连吃的都没有。天哪，这世界上真该有人帮助他们。”

马浪的母亲看着地上，很不好意思地笑笑，装着好像没有完全听懂那人的话。

两位观光客挽着手继续参观附近的几间阳台。马浪的母亲问我吃饭没有。我说："还没。"于是，她递给我一个削了皮的地瓜和一条鱼干。我实在饿极了。

两位观光客又走回来的时候，我们正蹲在门口吃东西。

"你也吃他们的食物？"一位观光客问我，"我们永远也不会吃这种东西。"

我说："不错，我也吃这种食物。"可是，我禁不住还要加上一句话——我试着尽量客气一点。"这种食物很好吃，我想，不会比你们的差。"

两位观光客显然吃了一惊。马浪的母亲头一次把头抬起来。她向后一仰，咯咯地笑了起来。"是啊，这种食物好吃得很呢！"马浪的父亲也笑了，那神态无拘无束得像一阵风。天上的道多陀看到了，我猜祂也会笑的。

沙滩上聚集了一群人。四十条独木舟停放在沙滩上等待它们的主人推下海去捕鱼。独木舟捕鱼的季节又来临了。

我看到马浪走到他的船边。我真希望能和他一起划进神奇的水域里，可是官方不准许我这么做。

"到那块石头上等我们，"马浪对我说，"否则我们出航的时候，你会给挤死。"

我爬上岩石，看见一位老者大吼一声，然后，每一个人都拖着他们的小船冲向海里。顿时海岸上传出轰隆隆的摩擦声，四十条船同时冲击着浪花滑进水里。转眼间，平静的海面上只剩下一纹纹的水波。

那天晚上我到雅由家去。他请我吃螃蟹炖芋头，这是一顿动人的大餐，我吃得超出了自己的食量。

“小雅由很高兴你回来了。”雅由笑着看看我。那一口朽烂的黄牙一点也没有变。

“他真是个伶俐的孩子。”我说。

我准备用雅美语讲道理，并且自己画了一些图片。我用当地的风俗习惯讲解了“农夫撒种子”的寓言。我把撒种子换成种芋头，把鸟来吃种子改成牛践踏植物（因为雅美人最讨厌牛）。如果芋头没有被野草、石头或牛破坏的话，大家就能够丰收，同样地，接受福音也是一样的道理。

我把说稿看了好几遍，因此第二天早上村民们走进依穆路村的教堂时，我的心中带着一丝胸有成竹的兴奋。

传教士带着村民唱了几首诗篇后，我登上讲台开始说教。我边讲边配合着图解，村民们个个都带着敬肃的眼光看着台上。

快要讲完的时候——也就是最高潮的时候，我突然觉得肠子里有东西在滚动。

我知道我必须离开一下子。于是我把稿纸塞进莫名其妙的传教士手里，匆匆冲进外面的树林里。我猜想这一定是前一晚吃太多螃蟹炖芋头。

再回到教堂时,村民已经走光了。我一个人坐在板凳上,心想:“好吧,今天就讲到这儿好了。”

我身后的门开了,马浪和小雅由走进来。

“我来迟了吧?”马浪问我。

我吃了一惊,因为马浪是个从不上教堂的人。

“不,一点也不晚。”我回答。

马浪又粗又浓的眉毛聚成一团,凶恶的眼睛里露出了几分严肃的神色。接着,我平生头一次听到他说自己的故事。

“我年轻的时候非常坏,可是自从遇到你之后我发觉我变了。我喜欢看你那些有关耶稣的书。不过我一直有个疑问。耶稣是男的还是女的?他长得很漂亮,可是却留着胡子。”

“耶稣是男的。”

“好吧,总之,我很爱打架,我玩过刀子,也被人杀过,你瞧我身上的疤!”马浪指指他腿上的伤痕。

“我的脾气很坏,年轻的时候,父亲叫我捡木柴我就会用石头打他。我什么都不在乎,甚至连死都不怕。有一回我从树上跌下来差点把命都丢了,可是我却一点也不在乎。”

马浪放松眉头,接着说:“可是现在我在乎了。”

隔着教堂的玻璃就是海岸,我看了好久,不知何时,马浪的母亲已经站在门口叫我们去吃饭了。

船的日子

马浪的父亲交足坐在房前唱着古老的传说，他年轻的时候曾因能捕很多的鱼而被人羡慕，可是现在他老了，不能再捕鱼了。他的两个孙子坐在旁边听他唱述船和飞鱼的故事。马浪边听他的父亲唱，边把歌词解释给我听。

“我们的祖先想到要造一条船，于是他们到山里找到木质最好的树，将它雕成长条的木板。他们把木板钉在一起，再把棉花树根的纤维塞在接缝里以防止漏水，为了便于船底在沙石上拖行，他们设计了圆滑的弧度。最后，所有的人聚集在海边举行下水仪式。他们把船壳涂上色彩并给它取了个名字叫‘齐奴里库兰’。接着，他们唱道：‘我们造船是为了要下海捕捉道多陀赐予的飞鱼。’”

马浪的父亲继续唱着，身旁的小孙子把头靠在他的膝上睡着了。夜变得越来越静……船的日子就要来临了。

早晨马浪和我坐在阳台前看着太阳爬上山头。耀眼的阳光像张地毯似的在小村的上空展开。我们的身后是十来条长鼻黑猪，前面则是那条船。那条比房子还要大的船上涂满了红、白、黑三色夹杂的花纹。它静静地躺在沙滩上，就像展翅待飞的海鸥。

我们静静地看着它。马浪从篮子里拿出一个黄色的槟榔。他若有所思地嚼着槟榔，然后倒靠在阳台的支柱上，屋顶的茅草刚好替他遮住了太阳。

“明天早上这里到处都会是人，”马浪说，“全岛的人都会来。”远处有一列人背着一篓篓的芋头。“他们刚从田里回来，”马浪接着说，“他们要用芋头把船完全埋起来。明天，每个人都会分到他应得的芋头——大船就要复生了。”

人们把一篓篓的芋头倒进船里，直到船身完全被芋头遮住为止。一切就绪后，男人就戴着银盔和饰物围在芋头堆旁歌唱，一直唱到了傍晚，邻村的客人也陆续地到来。

月光洒满了大地，村子里的幽径都挤满了人，海岸上但见一片火光。女孩子围在大船旁边歌舞，年长的妇女在远处自成一圈，歌声此起彼落，一直延续到天亮。

这是个温暖清朗的夜晚，我睡在马浪家的阳台上，欣赏着眼前的盛况。耳边的声音很多，有歌唱声、儿童嬉戏声和军营里的笑闹声。

面对着这种良辰美景，我是绝对睡不着的了，躺在阳台上，不禁回想这一年来的种种，想着雅美族的朋友以及我自己。

齐奴里库兰埋在芋头堆里。人们诚心地堆上了满溢的芋头，当成给船的奉礼。但是船必须和大家同享所有的芋头，才能够出航。

明天大家会来分芋头，借着分享，船身才能够完成净化与复生。事后，他们会送空的齐奴里库兰入海，等再度回航的时候，船上将会满载着丰收的渔获和永恒的歌声。

我真希望自己也能够像那艘大船一样……

曙光乍现的时候，大家已经停止了歌唱，在阳台上睡觉的人也纷纷冲下去刷洗。船的日子已经开始了。“我们要快！”马浪对我说，“不然我们分不到芋头！”

村民们蜂拥围住大船，把堆成金字塔形的芋头一抢而光。不到一分钟，大船又空荡荡地躺在朝阳下。年长的人下令杀猪宰羊庆祝这个船的日子。村民们都把肉拿回家煮了吃掉。

接近中午的时候，村里的壮丁又围聚在海边。

“现在真正开始了。”马浪对我说。三十个壮丁爬进大船，低声哼着赞美歌——气氛是庄严虔诚的。“他们在祈祷，”马浪说，“但愿道多陀会保佑大船。”

人们把一壶玉蜀黍熬的汁浇在船尾上。船上的壮丁拔出小刀沾了一些浓汁再抹在船的两侧。“现在他们在祈求祖先保佑大船。”

马浪突然跳起来。“我该过去了，他们要驱鬼。”

一个老者尖叫着跳了起来，他在空中飞舞拳头，做出要厮打的姿态。群众们纷纷模仿他扭动头、握紧拳，然后跳跃着向大船接近。他们自动以年龄的大小排列，一圈一圈把大船围住。最后，他们齐吼一声，将大船扛上肩再抛向空中。

他们一次又一次地抛，每个人的身上都滚出了晶亮的汗珠。

早晨的阳光把船上的油漆照得发光。他们边抛边向海里走去，而村里的妇女——她们不许到海边参加最后的下水仪式——则高声齐叫道：“如果我是男人，我也会随你一起下海！”于是，大船就这样下海了。

壮丁们爬进船里，将大船慢慢划向汪洋大海。孩子们、老人和其余的男人都站在礁岩上鼓掌、挥手和欢呼。齐奴里库兰终于复生了。

大船又归向它所属的海洋，我看着它突破层层浪涛，摇向天际。这是大自然最神妙的一刻，大船和它的水手将平安地完成他们的旅程。

大船越变越小，直到我看不见它为止。

后记 失落的地址

一九七二年我曾在兰屿一所小学，教过美术和音乐。有一天我和兰屿的两位男性朋友在一起，我们看到了两位很漂亮的小姐，我们之间有种被吸引的感觉，而且有说不出来的惊讶！后来其中有一位女孩子和我说标准的英文，当时的心情，我认为这女孩子很特别，不像一般来旅游的观光客，那个女孩子就是三毛。

我和我的朋友，带她们到我住的地方，我们一面聊天一面吃东西，不久我又带她们坐三轮车（当时的游览车）去看朋友的家，我发觉她们很喜欢兰屿的风俗习惯，以及所有雅美族的人。看到她们的人，也很喜欢她们。

那几天我们玩得很愉快，去年我到过兰屿，我的朋友还没有忘记三毛她们。

三毛回去之后，她曾写信给我，说如果我到台北时很希望请我到她家吃饭。不到一年，我就到台北辅仁大学念神学，那时候我和三毛有了联络。她写信告诉我，哪一天有空，到她家吃饭。我回信说：星期五的下午，下课以后就去她家。

当时我的中文还不好，已经上了一天的课，头已经很重又累，但是我还是很高兴地离开学校，去她家。

记得那时候，我画了一张卡片（是为送给我的朋友作为耶诞礼物）。我的朋友写了一张印刷店的住址，要去印刷卡片，正好我也把三毛的住址写在同样的纸上，我想先去印刷店，再来才去三毛家。

下课以后，在辅大等巴士的人很多，我和他们一起挤在往台北的巴士上，车里人挤人，没有空气，也没有座位，车快到达台北市时，我已经晕车了，只好赶快下车，也不晓得在什么地方。

我叫了一辆计程车，把地址给他，叫他先带我到印刷店。不知不觉中我躺在车里,也许是太累了。到了印刷店,我匆忙地下车，车子走了以后，才想到三毛的住址也跟着计程车走了。

但是三毛的地址，在我心里还有一点印象，我想我可以找到的。结果又坐了计程车，到了某某新城，一望过去，房子太多，不知是哪一家，时间大约已七点了。突然有一个念头，三毛的父亲是位律师，所以我就到处问陈律师的下落，一家一家敲门地问，结果终于找到了一位陈律师，心里好高兴，一问之下结果不是我要找的那位陈律师。唉！心里又气又难过，那时已经快九点了，在没有希望之下，只有回到辅大，找出以前她在信中留下的电话号码，再与三毛联络。

再坐巴士回到辅大，心里想，三毛一定很不高兴我没有去，心里想，不知如何打电话向她解释，头脑越想如何解释越复杂，恨不得现在这巴士能够车祸。

到了辅大，已经快十一点了，找到了她的电话号码，马上和她联络，可是又不知如何开口才好，接电话的人是三毛的父亲，我问三毛在不在家，他说三毛等我很久，刚刚才跟她的朋友出去。

我开始和她父亲解释我刚才的经过，可是我的话结结巴巴，根本无法表达我的意思。可是她的父亲很有礼地回答我说：没有关系！没有关系！我也就说一句好了，就把电话挂断了。

从那时候起，就一直记在心里，后来就没有跟三毛再联络了。

想不到十年以后，三毛回国时，曾向一位神父打听我的消息，后来又开始联络。她把她写的书寄给我，我也看了，以前我只有看完一本中文书就是《错误的第一步》，看完了三毛的书，就是第二本。

我也很高兴地把我所写的《兰屿之歌》送给她！没有多久，三毛和皇冠出版社的经理，到“清泉天主堂”来找我，结果才有现在的《兰屿之歌》出版。

我觉得最奇妙的事是，那时候丢了三毛的住址，想不到，她不但原谅我，也对我那么好，我非常地感谢三毛。

清泉故事

清泉之旅

三毛

记得半年以前讲过一个故事，讲到一次兰屿的旅行，讲到在那儿认识的雅美族，管训的犯人，开晚会的军方，同去的女友子卿……当然，也讲到了一位在那个偏远离岛上服务的青年，那个教孩子们画画，替雅美族擦药，将什么东西都拿出来跟他人分享而自己有时候吃都吃不饱的耶稣会修士。

那已是许多年前的一段往事了。故事中的雅美同胞王棉羊早已娶妻生子，仍然住在那个绿色的小岛上。其中的那位修士，而今成了神父，他在竹东过去的山地里有了一座自己的教堂。那个地方，叫做清泉。

路旁的芒草花在早秋的阳光里看过去发出银红色的微光。当我们进入山区的小路时，这成千上万的淡红在我们的眼前连绵不断地铺展着。午后的秋阳将万物都照懒了，没有风没有雨的路程是适意的。长长的山路好似没有尽头，四周安静倒使人想闭上眼睛，安恬地睡上一场无梦的午觉。

往清泉的那个午后，就有这一份奇幻的魔力。

终于看见了一幅“国旗”，接着洋灰色的房舍也呈现在路的右边。没有窗帘的玻璃窗擦得异常地光亮清洁，一位警察先生等着查验入山证。

看见台北以外的乡镇，尤其是火车站、镇公所和警察局，总使人感到走进了小学语文教科书里的插图。那种旧日台湾特有的寂静是感动人的，好似走进了一个梦境。

“我们进山去看丁神父。”我上车时向那位和气极了的警察先生喊着。

“路还远哪！”警察含笑说着。丁神父在这儿并不是一个陌生的名字。我真喜欢山里的人，虽然警察不是泰雅族，也是个好的。

这一回，跟我同去的是柱国，他的太太璧人没有同来，正在台北画画。所以我们当天便要回去了。

信上原先跟丁神父说是要去吃饭也要去住的。

清泉不远，台北出发是十点，竹东吃了午饭，办好入山证，慢慢开，停车看了一下路边商店挂着卖的冬菇和堆着的木材，然后进入无边无际的芒草深山。才不过下午两点多钟，世界已经完全变了。

大眼睛的山地学童也戴着黄帽子，泼着粗壮的小腿跟着我们的车子一路狂跑，一边喂喂地喊着。柱国一停车，小孩子马上逃散了。我开着窗，也学他们一样地喊，他们捂着嘴兴奋得只是吃吃地笑，不肯上前来。

几度在路边出现了人家，看到了炊烟，我的心禁不住有些情怯，就怕清泉来得太快。

这个朋友，原先属于兰屿的记忆，想起来十分地遥远，就有如某次生命中的一个片段，而今生和那一刹实际上没有任何关连。十年前在岛上见过一星期，十年后没有见到他，通过两三次信，收到他一份教人惊喜的稿件，就是一切了。我为什么要来清泉？

“我们跟他谈好出书的事情就走，不要留得太久哦！”我跟柱国说。柱国是代表出版社去的，当时丁神父并不知道他的书有人想出中文本。

“老远地去看人家，总得坐一下才告辞，你不是还说要去吃饭住教堂的吗？”

“现在改了，很怕他，我们打完招呼就走比较自在，好不好？”

“不通人情的。”柱国抿着嘴笑了笑。

“现在让给你了！等一下，如果他留我们吃晚饭，我不说话，你坚持要赶回台北，你要救哦！”

“怎么那么紧张呢？”

“我很后悔来，看芦花不悔，是好的。看他——不知道讲什么才好，那样一个人，讲什么都是俗里俗气的，我是说我——”

“又不是没经过场面的人，怎么这种样子。”

还是想不明白，去了，见到丁神父，跟他交谈，再跟他告别到底是为了什么。见面难道那么重要吗？

清泉，就这样到了。

那座教堂不同于兰屿，兰屿的小，这座大。

斜坡上跑下去是一个平台，俯瞰着青山环抱的溪流。那种台湾乡间特有的宁静又一度随着微风飘了过来。

进门的时候，看见一只狗。狗的身边一台野狼机车。

我拉开纱门进去，是教堂的二楼。那一间放着一张圆形的大饭桌，靠墙立着在我童年时代家中也有过的碗柜，许多洗清洁的碗筷，一个个圆板凳，加上一排拂着凉风的大窗，就是一切了。

风吹过后面的长廊，一排房间到底，却看不见人。

“丁神父！”我试着喊了一声。

走廊上突然响起了急促的脚步声，我一回头，正看见十年前的那个兰屿人向我跑过来，没长高，神色却长大了。

“你没有什么变！”几乎一起喊起来，丁神父的脸上显然泛出了一阵欢喜。

见面还是好的，来了是好的。见到我的朋友就这么好好地出现在眼前，突然觉得人世安稳，这个世界总也还有平和。

介绍了柱国，讲明了当天就要回台北，我们围着那张饭桌坐下来，各人捧着一杯冰水。

“兰屿的朋友还记得你！”丁神父微笑着说。

“王棉羊？”我问。

知道一些朋友的近况后，惊觉这一别多少光阴已经在言谈里过去了。这些年来自己的十年又是如何度过的，却一点不想倾诉。我坐在那儿，觉得一切都十分美好，包括自己的人生。

丁神父听着柱国跟他提出的中文书出版的事情，欢喜得十分真纯，这样的一个人，再复杂的俗事，经过他，也过滤得明净清澈了。

“Echo，现在不要看合同了，最怕这种文件，我们快快处理掉，去看看四周的环境吧！”

“要看的，一定要看，来，耐心点！”我笑着说。

窗外风光明媚，凉风徐来，不应是坐在桌前的时光，我也实在不想留在房子里。

丁神父还是被我们请求看文件，他的神情有如小孩子被迫做功课似的苦恼。才看了十数分钟，又忍不住说：“那边有座吊桥横在河上，我要你去走走，还有一些朋友们，泰雅族的，喜欢认识你……”

我笑了起来，我一笑，大家都笑了，文件就这么放下了。

丁神父带着柱国和我跑出教堂，走到清泉唯一的街上去。

这儿的人比起兰屿来又多了一分文气，他们不怎么害羞。每一间经过的房舍都异常地清洁，每一个人见到丁神父，总是亲切地喊他。

过去的兰屿修士，而今的泰雅神父，在这样的山水里仍是一个样子。神父在这儿已经六年了。我还是更喜欢兰屿的他。也许是，我自己对于兰屿的印象太独特了。

“这个桥，是乘凉的好地方，夏天的夜晚，村里的人都坐在桥上，有些人还整夜睡在外面呢！”

神父与我趴在桥上，脚下的溪水并没有涨满，一块块的鹅卵石散满了河床。风，呼呼地抬上来。

“想不想兰屿？”我问。

“想——”他的眼神一时里十分遥远。荒岛上的修士又一度浮现在我眼前，那个被蓝色海洋终年拥抱的寂岛刻进了这人的灵魂。

“这里，也是好的，人好。”接着又说。

为什么口气里总也有一分寂寞和乡愁？神父，你仍是怀乡的，对不对？你的故乡叫兰屿。

神父说话的时候，一手习惯性地抚着身边孩子的头发，这一个无意识的动作，十年前我也看过，现在又见他如此，我的心里觉着十分安静而温馨，就如那天下午暖和的阳光给人的感觉一色一样。

“那边是什么？”我指着桥下远方的房舍问神父。

“‘国民’小学。”

“啊！”我轻轻喊了出来，“如果可以来这里教书，也许会是我在台湾长留下来的理由。”

“你想来吗？”神父笑看了我一眼。

我望着那一片房舍发愣。我的故乡在哪里？会在这儿吗？我不知道。那一阵熟悉的寂寞又大水似的升上来。

“如果我来，我会养一条土狗，还要开一畦菜园。”我随意地说，说得很慢，让一个一个字被风吹远。

许多不可及的梦，说出来心中也是欢喜，那一种宁静的梦，梦里的空气，总也是凉凉的。

好像第一次和神父谈到将来，好似又想留下来，在这里避几天的静，好似想跟他谈谈我不常说的话，好似想告诉他，我也有的悲伤——

可是，我什么也没有说。

“你说，夏天的晚上，有人在桥上睡觉？”我问。

“是啊！好凉快的，我也来跟他们一起乘凉。”

这是他选择的一种人生，歌一样的生活，歌声很淡，夏天的深夜里有人的手指，轻轻拨过吉他的和弦——

“你还是走？”

我笑笑，点点头：“离家十五年了。”

“我十七年。”

十七年在一个人的生命中占了多大的位置？家，对他是什么意义？

“家里还有谁？”我问。

“母亲，一个人在加州。”

不过是下午，吊桥上重重叠叠山峦的背后，天色却已像黄昏了。

“桥那头，绕过这座山，还有一个小村落，我常常去的，要不要去看看？”

“下次再来。”我四处找柱国，他拿着相机走了。

我们靠着桥上的粗索，又站了一会儿，四周安静，我的心也静，神父的身旁，总给人这样的感觉。

看过神父寄给我的照片；教堂门口的他和孩子们，大家高举着双臂，一群天国里的笑脸。

“看你的壁画去？”我说。

我们往回路上走，一群少不了的孩子在四周跟着跑。

教堂的门被神父轻轻推开，我跟在后面，他这一个动作，又使我想起从前的兰屿，不也是他推开了一扇里面有壁画的门，我进去——中间的十年，为什么消失了？它们存在过，又为什么不见了？

“以前，刚来的时候，这座圣堂是灰色的，我在里面祷告总是不太舒服，后来重新布置了它，花了一年的时间慢慢地画画，现在就是这个样子——”

是的，天主是在这儿，祂在这里，因为感觉到祂的和谐。诗人、画家、孩子的心灵，天主全都分给了这位中文叫做丁松青的人，不只如此，神父还有一只活活泼泼的狗。

玻璃窗外的光线静静地透进来，这座一切以泰雅族风俗安置的圣堂，是属于山胞自己的，丁神父爱他们，这儿全是已经不必说的语言。

我摸摸圣坛上铺着的山地手织布，很喜欢一个人留在里面，安安静静地坐一个清晨再坐一个黄昏，在这里面，没有悲恸，只有平和。

“我喜欢在这儿祷告——”神父又说。

我点点头，我明白，我懂。

作为一个神父，是有大福分的人，他们必然在另一个地方得到了没有家庭亲人的补偿。我对着十字架笑了笑，与它一起分享了一个天堂的秘密。

“外面有位太太，一直看你的书，她想见你。”

我往教堂外面走去，迎面一个黑板或什么东西的，上面写着：“今晚山地歌舞。”

“你们今夜跳舞？”我问。

“原先是的，现在——”

“现在什么？”

“是因为你信上说要来，我们想给你看——”

原来是为了我要来？我大吃了一惊，有些怔怔的，不知怎么担当这份盛情。

“要赶路回去，下次再来。”我说。

什么时候是下次？再一个十年？下次会是哪一扇门在我面前打开？下一次，是不是你，丁神父，替我开天堂的门？

那位太太上来握住我的手，叫我的笔名。我的名字，突然很陌生。遥远的大漠里是谁的笑声那么响亮？可是这里是清泉，泰雅人的清泉啊！

“时间差不多了。赶回台北大概晚上八点。”柱国上来说。

要走了，没有行李的人，心情还是突然紧张。也是要走了，再过几天就走到南美洲去了。

“经不经过墨西哥？”丁神父问我。

“圣地亚哥就在边境，你母亲，是不是？”我问。

“我去拿母亲的地址给你，如果弯进美国，请顺便去看看她。”

语气突然急促了，这一个下午没有讲的话，为什么分别时全想了起来？

“还有新鲜的冬菇，我们早晨山上采的，你也带回台北去。”

神父转身跑到房里去，我们的身边围着许多人。

“这里有一盒我留着的糖，下午忘了招待你们。”

神父的手里捧满了东西，我不再推辞，双手接下来，手里接不完的，就存在心里一同带到千万里外去吧！

别离，对我，已经习惯，世上许多朋友，见与不见的分野实在不大，只要人长久，就是好的了。

“再见了！”我笑着说。

“中南美洲回来了再来。”

“好！一定。”

柱国的车子开得慢，那群挥手的人，总也挥不掉他们的身影。

果然没有再回清泉，再回来，丁神父去了美国，进了那边的艺术学院——他的修会派他正式学画去了。

我再没有了他的消息，旅途中，不能通信，也没有固定的地址。中南美洲之后，我又去西班牙、法国。海边再读《小王子》，想到这也是丁神父喜欢的一本书，给他去了一张明信片。

再回台湾来是今年九月中旬的事，问起柱国丁神父，说他又写了新的文章寄来，同时也往西班牙寄了影印本给我，而我当时已在巴黎，错过了稿件。

《兰屿之歌》之后，丁神父写出了他另一个故乡的人物，这一本，叫做《清泉故事》。

丁神父，我们看上去国籍不同，语言各异，一生见面的次数又那么地少，可是你说的话，我怎么全能那么方便地就能懂？小王子说，有一些东西，用眼睛是看不见的，那么有一种语言，是否需要用心灵去听？我听了你讲的故事，有关那群有血有肉的人的故事，我懂了，照你的意思，用中文再讲一遍，你喜欢吗？

和山一起

清泉是北台湾山区中的一个村落，距离新竹不到两小时的车程。

那儿的山地人属于泰雅族。我和清泉的泰雅族人共同生活了六年，下面的故事就是想请读者与我分享的一些片段。

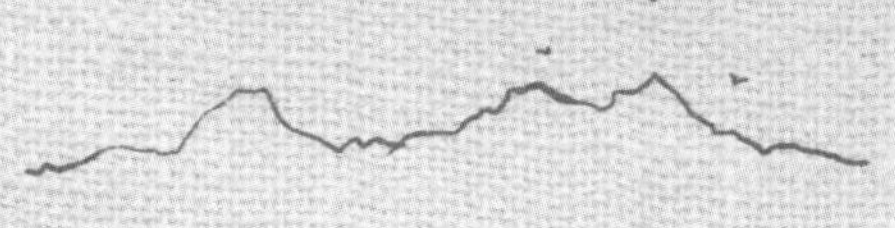

悬崖上的清泉教堂苍翠环绕。

重重山峦中的吊桥横跨崖谷。

在清泉瀑布前的勇士。

教堂里的歌声与欢笑。

孩子们在冰冷的山泉中玩水。

快乐在四个好朋友脸上绽开。

小朋友等待着耶诞夜的来临。

母亲的怀抱，是最温暖的地方。

家人在哪儿，哪儿就是温暖的所在。

祈祷中的文面老妇人，她总是第一个来教堂。

布满皱纹、藏着深刻灵魂的老人脸。

在向青年们讲泰雅神话的老人。

两兄弟盛装打扮，衣着弥散着浓厚的山地色彩。

背着孩子的年轻父亲。

正在射箭的米鲁。

清泉是个小村落，每个人都熟悉彼此的故事。

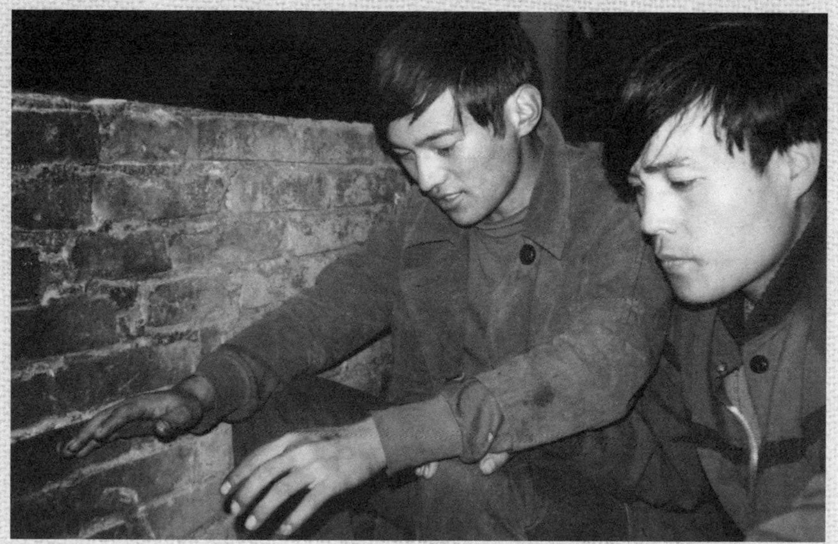

欢聚时光点亮了他们的青春。

他们喜欢弹琴唱歌，谈论自己的生活、爱情和盼望。

这是一场泰雅族式的弥撒。

山地舞的力量，使我再次感觉到他们接受了我。

有爱的能力，这比什么都珍贵。

前言

一九七六年的夏天，我在菲律宾读了两年神学后回到台湾来。经过多年的准备，已被任命为神父，我急于展开工作。想到即将开始第一次的任务，我的心忍不住因为欢喜而雀跃不已。

当时，我们的会长要我到台北去见他。知道会长与我将会有一次恳谈，他会问我喜欢做什么样的工作，然后考虑手边的工作地区是不是正好有合适我的。耶稣会向来先聆听他们成员的愿望，与他们个别讨论，然后才设法将每一位神父派到与他们性情相近的地方去。

想到这儿，我信心十足地走进会长的办公室里去。

“早安！丁神父。”会长带着一抹飘忽的微笑看着我。

“早安！会长。”想来这会是一番长谈，我便预备坐了下来。

没想到会长却将他的手臂搭在我肩上，深深地注视着我，说：“你将要到清泉去。”

“清泉……”我重复了一遍这个地名。

好多年前，我曾经加入山地服务队到过清泉，在那儿工作了一个月。我还记得那些嬉笑玩闹的孩童、瀑布和那山区中清晨的薄雾……

我心中暗想：清泉。当然，这地方还不错……好吧，可是……为什么这个决定没有经过事先应有的长谈和讨论呢？

“有什么问题吗？”会长问我。

“没有。”我回答着，身体依旧半坐半站着，“清泉很好。”

接着，为了某种自己也不明白的原因，我突然补充了一句：“我可以在那儿养一条狗。”

会长嘴边的笑容变得更飘忽了，他领我到门口，他的手仍然环着我的肩，只听他说：“那就好，现在去吧！信赖天主啊！”

会谈便这么结束了，我的任务已被指定，我受到了派遣，马上要去上任。奇妙的是，我的心也竟然完全平静下来。

山地世界

当我收拾了衣物，预备前往山区时，我的思绪飘回到六年前在清泉度过的那个夏天。当时，耕莘文教队派了一群人到那儿去，而我加入了他们。

永远也无法忘怀那在山区中的第一个夏日。那时我到台湾还不到一年，只有二十四岁，同时那也是我第一次离开华语学院外出参加活动。每一件事情对我而言都是新奇的。

第一次看见清泉的印象，在此时又全部涌现在我的脑海中……

木材车一大清早就从竹东出发，当它加速往山区驶去时，车身不要命地颠簸着。司机先生很乐意让我当他的搭客。我站在卡车的后面，脑袋虽然俯视着车厢，一颗心却失落在我即将进入的山地世界的魔力中去。

周遭的景色变得越来越奇妙而迷人，山脉逐渐淡入空中，就如我在博物馆中所看到的中国山水画一般。由于四周的一切是那么新鲜而美丽，我几乎忘了那是条弥漫着灰尘的坎坷长路。这辆车急转了个弯，车子往下一沉，接着猛然冲进一座漆黑的山洞里去。幸好这时候我也及时低下了头。

过了一会儿，我们由黑暗中爬出来，再度进入阳光，沐浴在明亮而清新的空气里。那儿——远远看去，有如美丽的花朵般散布在高崖上的，就是清泉。

绕过一些房子，卡车停了下来，司机指着坐落在马路下边一座小山中的教堂。想来比我早到的另外四位山地服务队的队员已在那儿等我了。

提起我的吉他和行李，我下了车，这辆继续蜿蜒上山的车辆所掀起的漫天尘埃将我撒得满头满脸。

这就是山区里唯一的大街，村落高高低低地散置着，一间一间小房子颤颤巍巍地依附着险峻的悬崖。

“你是美国人，是不是？”一个留着一嘴硬胡子的中年泰雅人问我。

“是，我是。”

“你要在清泉多久？”

“差不多一个月，我来和山地服务队的人一同工作。”

“美国很好玩，而且每个人都有很多钱。你为什么要来这里？这里什么也没有。”

“我听说这里的人好，而且风景也是很美的。”我指指瀑布和周围的高山。

“马马虎虎啦！”这个人耸耸肩说，接着又加上一句，“你是一个神父吗？”

“我正在学习当神父。”

“我们这里的神父和我们相处很久了，他说我们的话比我们说得还好，而且他知道每一个人的名字。”说着这个人就在马路上蹲了下来，仿佛他拥有全世界所有的时间一样地悠闲。我也只好跟着他蹲下来，他继续滔滔不绝地说着。

“还记得几年前。葛乐礼台风来的时候，我们的村庄整个被冲到河里去。当时神父还留在教堂里，想抢救东西。我们一直劝他出来他都不肯。就在教堂快要被河水冲塌的时候，我们用一条粗绳子套住神父，把他拖了出来。救了神父的那个人后来还得到了那一年好人好事的表扬。

“台风过后，神父在悬崖上重建了这座教堂，我们也在这儿造好了我们的新房子。台风暴雨再也冲不走我们，除非来个大地震，不然我们在这里是安全的了。”这个男子笑嘻嘻地说。

我跟这个马路上的人道了再见，慢慢朝教堂走去。山地服务队的大学生们正在向我挥手，我还来不及看清楚他们，就有一大群小孩子向我奔上来，他们扑过来，拉住我的手，领我向前走去。

“你是美国人吗？”又是同样的问题，只不过这次发问的是个小女孩。

“是，我是。”我开玩笑地加上一句，“你想到那儿去吗？”

“想啊！”她吃吃地笑着。

“是不是那儿的小孩有许多玩具？”

“不是……”

“那是为什么呢？”

“因为他们和你一样，满脸都是毛。”

听了这句话，其他的孩子全都大笑了起来。我心想……多么快乐的一群人，而且他们喜欢开玩笑。

那个夏天，在工作上没有收到什么成果，但是我们结交了许多新朋友。山地服务队里的大学生热诚又乐于付出。那时，我的中文还是非常差，我觉得自己一无贡献，反倒是从人们那儿学到了许多可贵的东西。

白天，我教孩子们美术，也用我的吉他弹美国西部歌曲给他们听。夜里，我参加村人绕着户外营火所举行的狂欢晚会。

直到现在，让我记忆最深的还是那山区中不可思议的奇幻气氛。这个山地世界——和我生命中所经历的一切是如此地不同。

在那个夏季，山地对我而言，是河流与阳光的世界。那条河，是这么地湍急而清澈，晚春的雨水将它涨得满满的。孩子们在冰凉的河水里打水仗，他们的父母却上了山，在高大的森林内工作。河流旁边，有些人浸泡在嵌在山凹里的温泉中。

每一个山里的清晨，天空和山脉连成一色，几乎无法区分。白霭霭的晨雾笼罩着懒洋洋的山坡，就像白色的毯子覆盖着熟睡的孩子。

夜晚来临的时候，山上又成了烈酒和火光的世界。

我记得我在山上的第一个朋友……

我和全村的人一起坐在大街上，观赏一部山地服务队为这些人带来的电影。那是一部很长的“国语”爱情片，我们看得津津有味。突然我觉得有人在注视我。把头转向一边，一双杏仁大眼正定定地望进我的眼里。那男孩什么也没说，我的视线缓缓落在他的手上，只见他拿起一个杯子，递给我。他点点头，我便接过那杯子，才啜了一点点，米酒强烈的气味便扑上来。

那男孩笑了，拉起我的手说："我们走吧！"

我跟着他爬向教堂，在一块可以俯瞰河流的悬崖边坐着。满月皎洁的光华，将男孩的脸照得那么清晰，就像在白天一样。

"我叫亚威。"他告诉我，开始说出他的一生，"有一阵子，我家是村里最富有的。我在一所好学校上学，拥有我想要的一切。后来我们家遭了坏运，父亲失去他所有的田地和财产。我们变得很苦，天天努力工作才能温饱。接着我父亲死了。我现在无法上学了，在山里工作。我觉得孤单，常常晚上睡不着觉。"

天上的云彩飘了过来，当它们挡住月亮的同时，它们的阴影正好掠过亚威的眼睛。我注视着这个男孩消沉、悲伤的脸，几乎无法相信他是在把生活中如此私密的事情与我分享。后来我才知道当山地人想交一名朋友时，这种分担在他们之间是很普通的事。

"我想去看看更高的山地。"我告诉亚威，"你能带我去吗？"

"什么时候？"

"明天早上。"

"好。"亚威再把他的酒杯递给我，说，"我想我今天晚上会睡得很好。"月光又一度照亮了亚威的眼睛，我可以看出里面的悲愁。

第二天早上，亚威过来带我去更高的山地。我们山地服务队里的"妈妈"替我们装好一份午餐。亚威领着我爬上那可以远眺教堂的陡峻小山，到他亲戚家去。

每次我们经过一间屋子，就会有音乐——轻松的山地音乐和“国语”歌曲就像悬自树上长长的藤蔓一样，在这枝叶茂密的小山区穿进穿出的。每一次我们经过一间房子，就会有人笑着请我们进去坐。

我们去了其中一家，虽然穷，但它却整齐而干净。睡觉地方的榻榻米垫几乎是奉若神明。地，是泥巴地，墙，是竹子搭的。地板的中间随随便便地升着一堆火，给人一种富裕而温馨的感觉。

几只小狗像破布般躺在火堆前。瘦伶伶的小鸡绕在我们的脚下轻啄泥土。当夜色轻柔地落在屋外的世界，裹在旧毯子里的初生婴儿便在他们父亲的膝上睡着了。

火光在那些年老、布满皱纹、有着深沉灵魂的男人脸上跳跃着——他们唯一的认识就是土地，唯一的智慧就是对土质的了解，而山地村则是他们唯一的美。对他们而言，这些便是一切了。

刺青，在那些老女人瘦削而平和的脸上留下了黑色V形的记号——在她们年轻的时代里，这自然是一种美丽的象征。

这些有如双亲般亲切的脸庞，总是尽心地接待他们的访客。双手捧着茶，丰富的饭菜，甚而一个床位，早晨漱洗的牙膏也拿了出来。

这儿年轻人的脸是开朗明亮的，当他们低声谈着他们的生活、爱情和希望时，火光将他们脸上的清新气息清晰地传递出来。面对一个在许多方面都比山地世界更为冷酷的外界，他们满心的好奇与讶异。

而他们的脸——那些孩子的脸，不但一直在那儿，也永远是第一个出现在那儿的，他们坦然地看着你，你也看着他们，并且爱上你所见到的一切。

随着时间过去，我们就这样围着火光坐着，不一会儿，一顿饭便出现在我们面前。我们移到一张圆桌上去用餐，只见上面摆满了稀奇古怪的菜，飞鼠、野生香菇和老鼠，是的，真的是老鼠……都是山地的佳肴。

我们天南地北地聊着，又唱了一些歌，面前的杯子斟满了米酒，原本羞怯的脸庞慢慢变得轻松而愉快起来。

亚威教我用泰雅族语说："当我和你在一起时，我很快乐。"其实，在那种状况下，任何言语都是多余的。

很快地，说话转到一个一直很热门的话题——鼻子上。

"俄国人的鼻子真的都像这样吗？"饭桌上一个小男孩问我，一面说，他一面用手自鼻子往下画一个长而下垂的圈圈。

"他们吃东西的时候都必须这样把它撑起来。"他哥哥说，双手在鼻子下合拢成杯状。每个人听了都忍不住大笑。

"德国人的鼻子是这样的。"一个小女孩说，从她的鼻子比了一个剑般的手势。

"那样亲嘴就很难了。"另一个男孩插嘴道，"很多恋人或许会因此刺死对方。"我们笑得差点从椅子上摔下去。

"你知道。"这一家的父亲说，"你和我们来自不同的世界。我们的特征虽然不同，但是我想我们的心是一样的。"

当我触摸我的鼻子，从眼里擦去笑出来的眼泪时，我告诉自己：一点也不错。这也正是我们有如此多事物可分享的原因。

在回程上，亚威和我沿着山腹走向山下的村落。突然间，他转向我说：

“我们爬上这条小路。我带你去看一样东西。”

“什么东西？”

“我父亲。”

亚威带领我穿过一片湿漉漉的灌木林，上上下下那些没有路，只有长满青翠浓密树木和杂草的斜坡。很快我们就来到一小块空地，亚威停了下来。

“那就是。”他指一指。只见地上有个好大的长方形石堆。石堆上面是个漆有亚威父亲名字的小型木制十字架，坟墓的底部，放在几叶青草间的是一个啤酒瓶和一只盛了半杯雨水的酒杯。

亚威弯下腰，开始拔掉长在石块周围土壤中的小草。我也帮他拔。隔了一会儿，他站起来，鞠躬祈祷。接着他掏出他的香烟，拿了一根给我，并且点燃它。我们站在那儿抽烟，又祷告了好几分钟。

“我父亲。”亚威说着，转身走下山。接着他停下来，看着手中那包香烟，看看他父亲的坟墓，又看看他的手。慢慢地，亚威走回他父亲的墓前，把那包香烟放在啤酒瓶和装着半杯雨水的酒杯旁。然后我们一起走下山。

风雨故人

奉献，那就是我再度前往山区的理由。可是，现在那儿依然会和以前一样吗？六年前的我，是个逍遥自在的年轻修士，除了认识人和交朋友之外，没有什么事要做。现在，我是个神父，有一所自己的教堂，以及对那些人的责任。我们是否还能像兄弟般地同甘共苦？

当我在竹东下了巴士，拖着我的行李袋到菜场——前往各个山区的计程车都在那儿等着载客——去时，这些念头依然在我心头盘旋。

天空布满了乌云，黑沉沉的。气象报告曾预测可能会有台风要来。

我找到一辆前往清泉的计程车。那个时间要搭木材车已来不及，而当时长途公车还没有通到村里去。这辆计程车似乎挤满了乘客，我不知道自己是否还挤得进去。

“还有空位给我坐吗？”我问计程车司机。

“有啦！”他回答道，“可是你必须等等其他人。我们还没有载满客人呢！”

我探头看看这辆小车子，里面已经叠了八个人。他们大笑着，示意我加入他们。把我的行李放进后车箱后，我爬进后座。那儿正好只有足够的空间装进我。所谓足够的空间，是指另外那四个乘客还没到来之前。不知用什么方法，他们还是挤了进来，夹在我的头和计程车的车顶之间。

我的头已被弯曲成一种非常不自然的姿势，我在想我们现在大概可以启程了。可是这个计程车司机还是没有出发。又有两个乘客来了，他们还带着大袋的水果和蔬菜。

“丁神父。”刚到的乘客之一向我招呼。那是谷三，清泉村长的儿子，我六年前就认识他了。只见他和他父亲正透过车窗对我微笑着。

“我们跟你一起走。”谷三说，“并且帮你把行李搬运过山。”

“难道这辆计程车不直接开到清泉？”我问道。

“那是在山洞塌陷以前。”谷三回答道，“现在我们必须步行爬过这些山。虽然只要几分钟的时间。但我们必须赶快，因为台风马上就要来了。如果是强烈台风，那儿会有山崩，我们可就过不去了。”

说完，谷三就挤进计程车，叠坐在我旁边。幸好，他那颇为庞大的父亲搭乘我们后面的车，现在那辆计程车上也密密实实地挤满了乘客。我看看那位司机，很讶异地发现他的左边竟然也坐了一名乘客，不知怎地在方向盘和车窗间悬晃着。

计程车终于发动了。我心想：好不容易！可是我们才走了几公里，这个计程车司机就停了下来。

“我得去拿一个瓦斯桶。”他说，我们就坐在车上等他从一家商店拿出一个沉重的瓦斯桶，把它塞进后车箱绑好。

我们再度出发，我心想：好在我们又继续前进了，因为阴暗的云层愈来愈厚了，眼看台风就快来了。可是，不一会儿，计程车又停了下来。

“我得去拿一个鸡笼。”司机说。这个鸡笼也是被绑在后车箱上。接着，他又从沿途上不同的商店里先后拿了一个榻榻米垫、一个西瓜、鸡饲料以及其他各式各样的补给。我忍不住开始怀疑这辆计程车是否能爬上山！

好不容易，我们终于开始上坡。不幸的是，由于我的头被扭转得太厉害，我的脸只好直视计程车的底盘，也因此错过印象中前次旅行所看到的所有美景。

乌云穿过山脉滚滚而来，风用力刮着我们的车子，雷声响遍山间。显然台风已经来了。

我们一路前进，乘客们都很开心。谷三把他的水果分给每个人。坐在计程车前座的一个男孩甚至拿出他的米酒瓶，让大家轮流喝。

“你认识清泉的前一位神父吗？”坐在我旁边的女士问我。

“是的，我认识他。”我回答。

“他说我们的话比我们说得还好。”这位女士继续说，“而且他知道我们所有人的名字。”

其他的乘客都对这点表示同意，接着，车厢有一阵静寂。我想他们一定都在猜我是否也能学会他们的语言，并且知道他们每一个人的名字。

“这要慢慢来才行。”仿佛看穿了我的想法，一个男人温和地说着。

我们的计程车在山洞前停住，这山洞的确已塌陷，入口处被木板挡住。我们披上塑胶布挡雨，谷三帮我拿行李。然后开始所谓“几分钟”的翻山路程。结果，它却花了我们将近一个钟头的时间。

村民们快速越过山头。我跟在后面，在湿漉漉的小径上滑来滑去，脚下不停地被杂草缠住，为了保住面子，我拼命设法让自己不要摔跤。谷三在我前面轻快地前进，根本没有注意到脚下的路，一边走，他还一边谈论他成立青年俱乐部、儿童暑期学校的计划，以及村里正在进行的其他所有活动。

等我们抵达山区时，天已经黑了。我继续撑了半个钟头，才走到村里，谷三还陪我到教堂去。

前一位神父已提前一天离开了。所以教堂里空无一人。由于台风的关系，这儿停电。除了外面萧萧的风声，周遭一片寂静。

谷三回家去了，我独自站在黑漆漆的教堂里。这是个庞大的建筑物，站立在一块可以俯瞰河流和瀑布的悬崖上。不论里外，它的颜色都是一种沉闷的灰色。在当时的状况下，它让我想起阴森森的古堡；一座非常荒凉的古堡。由于台风的关系，就连外面的世界，在我看来也是一样的——都是灰色。

我找到一个房间和床倒头便睡，一觉睡过了台风。

半个婚礼

第二天早晨，我从窗口俯望下面的河流。它已不再是我多年前记忆中那条平静的溪流。由于台风带来大量的雨水，河水高涨，它变成一条强大有力、翻滚不停的水蛇，不断对远远散布在悬崖上的房子吐信。

一个穿了雨衣、抱了满怀木头的男人，忽然出现在门口。同时带进一阵雨水。这就是教堂的管理员，尤帕士，我以前见过他。他大约在五十岁左右，但外表和说话的样子，却只有实际年龄的一半。多年来，他一直在教堂里帮忙。

“我刚从河那边过来！”尤帕士兴奋地告诉我。

“下面那边？”我再看一眼在教堂下面咆哮、令人惧怕的汹涌水流。当时，我实在想不出还有任何地方比那儿更危险。

“下面那边有好多木柴。”尤帕士继续说，“我很早就出去，从河里拖了这么多木柴出来。这些够我们用一年的了。”

想到这个矮小男人从那条汹涌的河里拖出大木柴，我忍不住脊骨发毛。

“在这种台风天到河里去，你难道不怕吗？”我问尤帕士。

“啾！不怕！”尤帕士微笑道，“我们等这台风等了一年。这就是我们上山去种草菇的时间。别担心，我们是山地人。”

尤帕士说“山地人”的语气让我很感动。就好像他所指的是一种非常特殊的人——在山区里无所不能的强人，而且他是很骄傲地说着。

台风暴雨已减弱成一阵阵细雨。屋外，阳光极力想穿破逐渐散开的云层，照耀大地。我再一次发现山岚驻足层层山峦间的美丽。

在河对岸，教堂的正前方，清泉林高大的瀑布劈哩啪啦地滑落到下面的河水里头，四面八方溅起泡沫般的白色水花。我发现好几个男人正设法从漩涡中拉出木头。一些小孩拿着鱼竿在钓鱼，他们似乎离那饥渴河水的岸边太近，太危险了。

“今天有个婚礼要举行。”尤帕士告诉我，“前一位神父在昨天离开之前，已经主持了半个婚礼。另外一半可以由你来完成。”

“半个婚礼？”我从未在我的神学课程中研究过这种事情。好在尤帕士为我作了解说。

“按照这里的习俗，结婚前一天，新郎要把新娘先带回他家。然后，第二天他们再一起到教堂去行礼，接受祝福。神父要他们在回新郎家的途中，到教堂去一下，好让他能执行他们的前半段婚礼。他本来要在今天完成后半个婚礼，但是他已经走了，而你来了，所以由你来完成。”

“我想我懂了。你认识这对新人吗？那会不会是一桩美好的婚姻？”

“神父认识他们。神父知道每个人的名字。神父说我们的话，比我们说得还好。”

我压住不服的哼声。

尤帕士继续说：“那女孩才十四岁。可是因为她说除非她能嫁给这个男孩，否则她要自杀，他们只好同意这桩婚事。”

原来这是个威胁要自杀的十四岁女孩的半个婚礼。那该是个有趣的婚礼。因为我不确定我要主持的半个婚礼应该从何着手，所以我想我最好先把要宣读的结婚誓言准备好。当我听见鞭炮响，我赶紧走进教堂，等待那一对结婚的新人到来。

新娘和新郎一起步入教堂，后面跟着他们的亲朋好友。我先欢迎他们，接着，根据婚礼的仪式，我请这对新人在宣读誓言时手牵手。

没想到这位新娘却拒绝牵新郎的手。

“能不能请你牵一下子手？只要一下子就好了。”我请求她。可是这位新娘却不屑地把脸转开，看也不看新郎。

双方的家长和亲戚们开始对这女孩低语，并怂恿她去牵新郎的手。她还是不肯。

“既然如此……或许不一定非要这样。”我说，便继续进行仪式。难道这就是那个除非嫁给这个新郎，否则就要自杀的女孩？照目前的情况看起来，似乎恰好相反。

“你愿意娶这个女孩做你的太太吗？”我问新郎。

“愿意。”他回答。我松了一口气。毕竟这婚礼还是可能圆满结束的。

“你愿意嫁这个男人，让他做你的丈夫吗？”我问新娘。

没有回答。

站在女孩身后的家长和亲戚又开始小声说话。“说‘好’，说‘愿意’呀！”但她就是不说话。

我又问一次，她瞥一眼新郎，这时候他已窘得满脸通红，然后她脸色一动，再度转向我。

“愿意？”我把我的头上下摆动，“或不愿意？”

好不容易，在所有人的怂恿下，这女孩终于耸耸肩，把她的头上下摆动，然后笑得好甜蜜。

“那么……”我深呼吸一口说，“我现在宣布你们成为正式的夫妻。”

大家一起鼓掌，新娘和新郎并肩走出教堂，我忍不住自问：我到底做了什么？

接下来的结婚喜宴是在河对岸的一个小村里举行。一些年轻人想借教堂的麦克风，在喜宴上唱歌用。我寻遍四处，才找到一个麦克风和喇叭，但就是不见扩音器。

我想去问管理员尤帕士扩音器在哪儿，可是我们俩谁也不知道扩音器的中文该怎么说。我用手比划出这个机器的形状，并且把它的功能告诉他，好不容易，尤帕士才微笑道：“啾！原来你是指‘喇叭的爸爸’！”

那只不过是尤帕士和我逐渐发明出来的一种“新语言”的第一个词而已。这种语言还包括代表喂鸭饲料的“米的衣服”（糠）

这类名词，至于延长线，不论它属于哪样东西，我们都称它为其所属物的“朋友”。

要想到婚宴举行的村里去，就必须通过一座吊桥。我站在桥边，注视着一列名副其实的远征军：年轻男子们扛着桌子和椅子，一台冰箱，电视，以及一张大床，浩浩荡荡地过桥，到河的另一边去。这些都是给这对刚结婚新人的礼物。

喜宴本身就是一种恣情欢乐的组合，其中包括美味的食物，一大堆男人、女人和小孩，大声、喧哗的歌唱，以及滚滚不断的米酒。

在老年人坐的那张桌子上，他们一边用手打着拍子，一边唱着日本歌。坐在另一张桌子的年轻人，却弹着吉他，大唱“国语”歌和山地歌，两种歌声相映成趣。有时两张桌子会互相比赛，看看谁能压过对方的歌声。

新娘和新郎踌躇着绕过每一张桌子，宾客们纷纷举杯，向他们恭喜道贺。他们看起来真的爱得很深。

喝过喜酒，当我走回教堂去时，我有个感觉，那就是：不论这桩婚姻的结果如何，这些人的确非常高兴能有这样一个机会庆祝。

在这方面，他们可都是一等一的高手呢！

河里的孩子

台风雨减弱后，村里汹涌的河水再度变成一条低浅的小溪。

两个小男孩跑到教堂来问我要不要去游泳。“那儿适合游泳吗？”我问着，同时凝望下面那条多石的溪流。

“呶！当然。”一个叫马雷的男孩回答道，“你可以浮在水上漂。”

“那样不危险吗？”

“当然不会，除非你撞到石头。”

“那就好，我们走吧！”我说，“你们有没有穿游泳裤？”

“我们不用穿。我们还没长毛。”马雷骄傲地回答，手朝下指了一指。

河里挤满了小孩。小女孩们穿着宽松的衣裙。小男孩们什么也没穿，因为他们还没长“毛”。他们全部从一块大石头上跳进河里去，顺水漂流而下，直到碰到河流的弯处为止。

孩子们跳水的动作是那么优美，看起来毫不费力。不过我还是在石头上待了好久，才鼓足勇气往下跳。

“你们确定这样安全吗？”我对着下面那些开怀大笑的孩子们喊叫。

“当然，绝对安全。跳！快跳呀！”他们高声叫着。

我只好往下跳。四五个孩子立刻抓住我的手脚，和他们一起顺水漂流而下。他们的身子橡皮似的，平平地滑过多石的浅滩。我的身子却是漂到哪儿，就撞到哪儿。孩子们开心的呼声和我痛苦的哀叫，高高低低地交杂着。

滑过各式各样平滑及不甚平滑的石头，我们终于抵达河流的弯处，毫无准备地就被冲上岸。

“看吧！”孩子们嚷着叫着，“结果不是很安全吗？”

我心想：不错，对小孩是很安全，对大人可不是那么回事。

就在我从河里往上爬的时候，碰到了谷三。

我们本来就决定当天晚上要开始青年团契的活动，谷三负责通知所有的青少年。

“只要用教堂的喇叭播放一点音乐，大家都会来。”谷三告诉我。

到了晚上，我透过教堂的喇叭播放一些山地歌曲，乐声立刻传遍整个山谷。

不一会儿，教堂的大厅挤满了人。可是我们所谓的“青年”，竟然全是些小萝卜头。

孩子们在地上追逐，弹橡皮筋，尖声喊叫，打来打去，笑闹着倒在彼此身上。有的在模仿中国功夫的动作，粗鲁地拳打脚踢。我从没见过如此精力充沛的孩子，显然，这儿并不缺乏维他命。

或许是山上的新鲜空气给了他们如此旺盛的精力。

可是，这儿的年轻人都到哪儿去了？谷三亲切地笑道："我们可以先来个儿童晚会啊！"

凡是没在晚会上见过山地小孩的人，实在很难描述出他们的欢欣、自动自发的精神，以及他们强烈的表现欲。一群粗鲁的好孩子。他们要某人唱歌，不只用嘴唤，还拼命拉人、扯人、推人，直到被缠不过的人站在地板中间，开始唱歌为止。

我想起这些小孩下午在河里的情景。在那儿，他们活蹦乱跳地跃过河里的石头，怎么也不会伤到自己。在这儿，他们互相压制着，摔倒在地上，立刻又爬起来，好像从来不会受伤。

粗鲁是这些山地小孩的特征，心地纯良，易于相处，讨人喜欢。我甚至不打算替他们安排晚会的节目，因为这是他们的世界，我不过是个来宾。而且他们似乎都知道该做什么。

大约九点左右，孩子们开始离去，青少年们陆续到来。年轻人是那么地害羞。他们靠在大门口，抽着烟，低头盯着自己脚上的凉鞋。

经过一而再、再而三的怂恿，谷三和我终于说动他们进来，不像刚才那些小家伙，这些人无精打采地移着脚步，仿佛他们个个都体力不济似的。

有的年轻人为了参加聚会，特别打扮了一下。有的在山上辛苦了一天，穿着工作服就直接过来了。米酒的芬香混杂着汗臭、泥土和烟味，屋子里弥漫着沉闷、凝重的气氛。

好在他们羞怯的笑容和脸上的清新气息，逐渐打破了室内的郁闷，仿佛阳光穿过层层浓雾，倾泻而出。过了一会儿，有些年轻人开始唱歌，我们也玩了一些简单的游戏。

聚会结束时，人们很有礼貌地跟我握手，道了晚安，我坐在黑漆漆的教堂中，再次感到这些人和那些孩子之间极大的不同。

村里的少年是如此害羞而放不开。难道他们和孩子们不一样，是因为他们真的在某方面受过创伤？我不知道那些都是什么样的创伤，又是从何开始的。他们会把童年的欢笑永远压抑住吗？

我希望借着我们的青年团契，做些事情，好把这些年轻人拉出来——变成不怕自己，也不怕别人。最重要的是，让他们不怕受伤，再度变成河里的孩子。

十只小鸡

当每个人都回家后，我住的这所教堂，变成一个非常安静的地方。除了自己，里面没有半点生气。我环顾所有的客房——一共六间，一个客人也没有。尤帕士住在大门外他自己的房间里。这栋灰色的大建筑物无比的空虚袭击着我，使人觉得寂寞万分。

第二天早上我碰到幼明，他是谷三的哥哥，长着一张饱满、红润而愉快的脸庞。幼明负责经营村里的合作社，当时他在教堂旁边的一个小房间里工作。

“老张在卖小鸡。”幼明告诉我，“你要不要去买几只？”

小鸡！我赶紧跑去看老张，他是退役军人，住在马路边。当我第一眼看见那群还没有手掌大的小鸡时，我便爱上了它们。

“我要十只。”我兴奋地告诉老张，仔细地挑选出我的小鸡，它们是黄色、棕色和黑色的。

我把小鸡放进一个大塑胶盒，再把那个盒子放在一间客房里。我去弄了一小杯水放在小鸡的旁边，它们口渴了就有水喝。对了！还有食物！我突然想起，我最好快去弄些鸡饲料来。

当我冲下石阶，到下面马路上的小店去买鸡饲料时，早上的天气还是很凉。就在回去的路上，幼明偏要我去替合作社数钱，数好了要把它们放到教堂的保险箱里去。

我站在那儿点着花花绿绿的钞票，心里一直在想我的小鸡，它们一定愈来愈饿了。就在我快要数清的时候，觉得背上被死命打了一下，接着冒出一阵大笑。我被吓得很厉害，手里的钞票散得满屋子都是，猛转身，只见一个矮小男子吃吃怪笑的面孔，后来我才知道他是村里的白痴。

幼明立刻从他的办公桌前弹了起来，客客气气地把那个还在笑着的攻击者带了出去。

“对不起。”幼明一面帮我捡钱，一面说，“他是个小怪物。那个人，是前一位神父的好朋友。”

我不知道他是否会成为我的好朋友。当时我宁可希望他不会。

把钱从头数过后，我急忙跑上石阶，把钱丢进保险箱，再赶到那间客房去喂我的小鸡。

当我看见我的塑胶鸡盒，迎接我的却是一幕最骇人的景象。那杯水已经打翻了，半数小鸡都像死了一样，僵硬地趴在冷水里，其他的则痉挛似的抽搐个不停，它们的羽毛浸在冷水里，全都湿透了。

我心想：老天！我真是个集体谋杀的凶手！

“幼明！”我大叫着跑下石阶，“我的小鸡全都死了！我想我害死了它们。”

幼明赶紧和我跑到“凶案现场”。

“它们是冻死的。”幼明伤心地说，“你不该把水和它们一起放在里面。”

“我知道……”我差点哭出来。

“等一下。”幼明说，“去拿条毯子来。”

“一条毯子？”

“是啊！再把火点着。”

“你不会把它们烤来吃吧？”

“不是——只是要把它们弄暖和，或许还有一线生机。”

于是幼明和我便把这十只小鸡放在一条毯子上，带到火炉边，将毯子高举在火焰上。我们把这些小鸡抛上抛下的，好像在爆玉米花一样。

慢慢地，潮湿的羽毛再度转为蓬松。小鸡们开始扑拍翅膀，张开它们的眼睛，甚至啁啾地叫着。大约过了五分钟，其中的九只小鸡虽然还有点昏眩，但已显得生气勃勃。再过几分钟，它们就在地板上活蹦乱跳了。

“幼明，我们刚完成了一项奇迹。”我满怀敬畏地低语着。

我们都笑了起来，幼明显得好开心，那胖胖的身子愉快地颤动着。

只有一只小鸡没有活过来，我把它安葬在教堂旁边。

到了那天晚上，我弄来一个很棒的鸡笼和一盏温暖的电灯泡。我坐在客房的地板上，看着这些小鸡跳来跳去，彼此靠得好近。那天晚上，我看了它们好几个小时，我觉得自己似乎能看出它们一点点地在长大。

这些小鸡们所散发出来的生气与温暖，不但充塞了它们所住的房间，满溢到整栋房子——同时也填满了我的心，这儿已不再寂寞。

运动会

我喜欢慢跑。近十五年来，慢跑一直是我最喜爱的运动方式。每天日落时分一段短程的慢跑，可使我的身体放松，恢复疲劳，绝不会提不起精神来。

每当我搬到一个新地方，我急着想做的要事之一，就是勘查最适合慢跑的路径。这在清泉是有些困难，因为所有的小径都是上坡，几乎没有任何平地。还好，过了一阵子，我也慢慢习惯在教堂附近的陡峭山路上跑上跑下了。这条路往下通到大霸尖山。当然，是不会跑那么远去的。

每天下午，当我慢跑上山，我都会碰见在山里做完一天工作，拖着沉重的步伐，蹒跚下山的村民。他们常常会批评道：他们根本不需要慢跑，因为他们一整天都在工作。

有的时候，我会和爬着同一条路，放学回家的学童们比赛。我们必须闪开轰隆轰隆冲下山的木材车。好在每辆卡车转弯之前，地面都会震动得很厉害，将我们由死神手中救回。

随着清泉一年一度的村运会日期愈来愈接近，每当我慢跑时，村民们都会跑来问我是否为了即将来临的大事而在练习。起初我只是大笑，到了有一天，好几位大会职员来找我，告诉我我实在该在运动会中赛跑。

“你每天慢跑。”其中一位职员告诉我，“你应该是在参加竞赛的理想状态中。”

“没问题的。”另一位职员补充道，“你一定会跑第一。”

“唔！”我红着脸说，“这倒是真的，我的确会慢跑，我想我该试试看。”

我以前从未参加过运动会。唯一的竞赛经验就是与“国民”小学的孩子们在放学途中赛跑。但是，大会职员的这个代表团已充分鼓励了我，使我把自己想成清泉的新“铁人”。我开始为这个大日子练习。

根据我慢跑的经验，他们想我应该擅长于长距离的竞赛，便替我报名参加一千五百公尺的赛跑。一千，外加五百公尺，就表示得绕着“国民”小学的竞赛道跑十二圈。

在运动会前几天，我到那跑道上去试跑。由于我是唯一的练习者，因此我就以我自己的速度跑。这样既轻松而又神清气爽，尤其令我讶异的是，那实在很容易——就像慢跑一样。

运动会那天终于到来。当天早晨，在一阵可怕的胃痛中，我醒了过来。我浑身湿黏黏的，紧张极了，到了上午，又狠狠地拉了一场肚子。实际上，当时我浑身上下唯一未受损伤的部分，就是我的自尊。但是，我就是无法在此时退出这场比赛。

感觉上，自己仿佛是第十五回合拳赛里的“洛基”，我那双摇摇晃晃的腿，不知用什么方法，还是来到了“国民”小学的田径场上。不过，村民们开心的面孔，立刻就鼓舞了我。人们都拍拍我的背，告诉我，我能参加赛跑是多么棒的事。我的精神开始振奋，不一会儿，就把那天早上我有多么不舒服的事，全忘得一干二净。

像清泉这样一个小村庄，秋季运动会是一年当中最重要的庆典之一。所有的年轻人都从他们的工厂和学校回来参加。村民们在大锅子里烧了鸡酒，到了下午，整个地区都弥漫着这道佳肴的甜美气味。大家的情绪都很高昂，胜利的欢愉和失败的颓丧，交织成一团。那儿有欢乐与爱，也有争吵与打斗。但是，最重要的，那是一段值得记忆的时光。

一千五百公尺竞赛快要开始了。在这个节骨眼上，我最关切的就是，确定自己会跑向正确的方向，而不会掉头开溜。几位职员催我登上竞赛道，进入一条跑道。我瞄了一下我的对手们。他们看起来并不那么具有威胁性，而且大部分都比我矮小。我想：或许还是有希望的。

枪声响了，我像其中一颗子弹似的，飞也似的冲了出去。我对自己前进得那么快吓了一跳。观众们兴奋得高声欢呼，用力鼓掌，我能听见“丁神父，加油！丁神父，加油！”的喊声如雷也似的响着。

前三圈，我的确领先了其他人。在每个角落，都能看见我的教友们愉快的面孔，鼓舞我前进。我忍不住暗自叹息：我将会为他们带来什么荣耀。

到了第四圈，我发现其他的跑者都从我身边跑过。我试着跑快些，一双腿却像是我的主人，它们不肯听我的。更多的跑者，不停地从我身边飞啸而过；他们看起来毫不费力，而我的赛跑却逐渐变成一种低速的慢跑。

突然间，我觉得非常口渴。我的嘴好干，我觉得自己几乎不能呼吸了。我的腿开始觉得像是一块块橡皮，每一条都想走向相反的方向。

在惊惶中，我看着其他几个跑者第二次跑过我。旁观者的面孔不再显得那么愉快，鼓掌声也变得愈来愈疏落。在我一阵阵刺痛的内心里，我觉得自己绝不能令他们失望，可是那却没有用。

我还是跑着，希望第十二圈能赶快跑到。当我看见一位职员比了一个手势，表示一个个位数字“六”时，我简直不敢相信。六？只跑完了一半。噢不……

那场比赛的最后六圈，是在一阵昏眩中完成的，我什么都记不得了。那是一种纯然的苦刑。直到那天为止，我从未憎厌过跑步，当时我只有祈祷自己不会死在田径场里，以免惹出更多的问题。

当大家都在等我跑完时，我一面跑，觉得自己仿佛在独撑整个运动会。其他的跑者，不是已经完成了赛程，就是半途退出了。

好不容易，我终于自己一个人，极端狼狈地完成了我的第十二圈，要死不活地跌入一位大会职员的手臂中。我身上的每一个部位都痛死了。

接着我开始听到远处传来一阵欢呼声。透过麦克风，一个声音宣布道：“最佳精神奖得主……丁神父！”

忽然间，我被许许多多的村民包围住，他们张开双臂环抱着我，向我道贺。

“你办到了，你办到了！”他们对我叫嚷着。

“办到什么？”

“你完成了这项比赛。那不是容易的事，但是你完成了！”

说的也是，我觉得自己快完蛋了。

接着有人补充道：“丁神父太客气了。他故意不赢的。”

他们带领我到颁奖区去。我敬了个礼，眼睛里依旧是汗水蒙蒙的，我试着站直些，此刻一双腿只觉更像是面条，而不是橡皮。

一张脸欣然泛红的清泉镇长，把最佳精神奖颁给了我。那是一条肥皂。

我笑着鞠了一个躬，把那个肥皂抓向心口。我可能不会把这项奖品保存很久。不过我现在绝对用得着它。明天，我会再去慢跑，回复一个正规的生活。

中兴之歌

米鲁是个很有才艺的山地歌曲歌手。和许多对任何老旧事物都不屑一顾的年轻人不同，米鲁知道好多古代的歌曲，并且对泰雅文化有一份深刻的爱。

由于米鲁的家已经搬到平地去了，而他又想留在山里，所以我就问他是否愿意住在教堂里。

米鲁很高兴能够这样，便开始帮我进行各种有关泰雅文化的计划。个儿矮小，有着一张淘气的圆脸，一笑便露齿的米鲁，是深入泰雅族的过往作一巡礼的最佳伙伴。我们用村里的人当演员，开始拍摄古老泰雅神话的幻灯片。此外，我们也开始发掘泰雅音乐。

我们所发现的一首泰雅歌，简直就是一首基督教赞美诗《我已决定追随耶稣》的翻译。有天早晨，在望弥撒之前，我们唱这首歌给教友们听，他们都很喜欢，想学会它。于是我们一起练习这首歌，不一会儿，他们就唱得好极了。

弥撒过后，有几个小孩跑到教堂来，说他们的祖母死了。于是，米鲁和我，以及一些教友们便下山到那老女人的屋子，去为她祈祷。就在我们祈祷完毕，有些教友开始唱："她已决定追随耶稣。"在当时的状况下，这首歌听起来再恰当也不过了。

有一天，米鲁和我一起到另一个叫做"中兴"的村子去，从清泉到那儿，要步行两小时。我们走到隧道，然后一直下山，来到一座长长的吊桥前。挥舞着吉他，我们大笑着跑过弹跳不停的吊桥。桥的另一边是一座陡峭的悬崖，得花好长的时间才能爬上去。

等我们爬到悬崖顶上，只见下面的河流变得好窄小，横跨崖谷的吊桥，就像一条细细的钢丝。

中兴这个村子大约有九户天主教家庭，他们热烈地欢迎我们的到来。在米鲁和我教孩子们唱歌的同时，教友们逐渐把小小的教堂挤得满满的。弥撒过后，我们到其中一户人家去，他们特地杀了一只鸡来招待我们。

中兴有一种和清泉截然不同的气氛。它的海拔较高。朦胧的雾几乎把所有东西都隐藏起来，让人难以看清。这里的房子是老式的竹屋，屋里洋溢着浓厚的木头味和火味。这倒真是一趟泰雅族过往之旅。屋外，鸡和水牛凑成的乡村气味，夹杂着草菇在热腾腾的大桶里熬干的浓郁气息。

一整个静谧的夜晚，我们都在谈天，喝鸡酒，到了第二天早晨，我们才走出浓雾，出发上路，下山回清泉去。

那天早上，我们走着，然后又跑着下山，简直难以想象有比这更逍遥、更痛快的经验。当我们跑过环绕着我们的竹林和树林时，它们的原色蒙上一层如丝的光泽。轻柔的微风吹拂着我们的背后，似乎要带着我们更深入这一大片泰雅山区的核心。

“我们为什么要跑？”我扯开嗓门对米鲁喊着，他领先我好几公尺。

“我不知道。只是好玩罢了，而且这样比走下去容易些。”

“我们来编歌吧！”上气不接下气地，我又喊了一声。

“好啊！先听听这首。”米鲁拍着手，用力踏着步子，唱出一首正好与他跑步的节奏配合的歌曲。

“太棒了。”米鲁唱完后，我说，“听听我的！”跑着、跑着，我所唱出的这首歌，竟把我自己的心填得满满的。令人惊异地，这首歌居然具有一股山地风味。当我们接近悬崖底下那座吊桥时，米鲁慢了下来。

“让我们把这首歌写下来，好让我们能记住它。”

于是，我们气喘吁吁地在吊桥边坐下，试着写下我们的歌。可是一个字也写不出来。我们已经把那些歌给忘掉了。

在懊丧中，我拿起吉他，开始乱弹。米鲁拍起手，踏着脚步，开始跳出一支泰雅舞。忽然间，我的歌再度出现。我们一起唱了大约十五分钟，一致同意必须把这首歌牢牢记住。

可是，等我们穿过那座吊桥，那首歌又不见了。我们拼命想记起它，却怎么也想不起来。

两个星期之后，再度到这个村子去，这次只有我一个人。等我穿过吊桥，来到米鲁和我上次曾经停下来的那个地方，那首歌竟然又回到我的记忆中来。

等我到了中兴，我把那首歌唱给村里的教友们听，他们都很喜欢。第二天我一路唱下山来。可是，我才走过吊桥，那首歌又不见了。

又过了两星期，我再一次到村子去。一路上，我一而再、再而三地试着记起那首歌，可是它却一直回避我。

不过，这一次，我随身带了一架录音机。

当我穿过吊桥，到了米鲁和我曾经停下来歇脚的地方，我坐在地上，打开录音机，那首歌竟然再一次从我的心中唱了出来。

第二天回到清泉后，我把录音带放给米鲁和其他几个年轻人听。他们立刻用泰雅话唱出这首歌。

六年多以来，每个星期天望弥撒时，清泉的教友们都会唱出这首歌来互祝平安。

下面就是这首奇幻的歌曲的词：

我们都该快乐，欢唱。
我们都该快乐，并且信仰耶稣。

大丁神父访清泉

我的九只小鸡刚过完它们的两岁生日。真不想把它们赶到冰冷的室外，但我们的客房已经开始有了像个谷仓的气味。小鸡们的确长大了，吃得跟猪一样多。它们实在大得连笼子都装不下，因此，尤帕士准备替它们造一个新家。邻居们都跑来拿我的鸡和他们的比大小。我觉得自己像个得意洋洋的农夫。

星期一，下山进城采购补给品时，发现有个男人坐在市场附近的街角上，卖黄黑色的小鸭子。我又一口气买了六只，看着那男人把它们放进一个硬纸盒里，盖上盒盖。有过前次的养鸡经验，我自然变得婆婆妈妈的。

“它们不会闷死吗？”我问那男人。

“不会，我会在盒子里弄几个洞。”

“可是它们难道不会饿吗？回到山上好远的路呢！”

“不会的，我会在盒子里放些食物。”

“它们不用喝水吗？难道鸭子不喜欢水？”

那男人还是很有耐性地看着我。“等你到家的时候，就可以把它们放进水里了。”他说。

拎起那盒鸭子，搭上计程车回家，我把它们放在膝上。每隔几分钟，我就从那些小洞偷看进去。每次我的眼睛碰上那些气喘吁吁、叫个不停的小鸭中的一只，我就觉得在我们到家之前，它们一定会全部死光了。

等我到了教堂，我把那些依然活蹦乱跳的鸭子拿给尤帕士看。他说等他一做好鸡笼，他立刻就盖一座鸭舍。

“鸡和鸭不能住在一起吗？”我问尤帕士。

“它们跟人一样，喜欢和自己同类的在一起。”

尤帕士盖了一间很舒服的竹制鸭舍，大门口旁边还弄了一个室外游泳池，才算大功告成。

“这屋子比有些人的房子还要好。”尤帕士得意地表示。我这天才厨子甚至发现了一个更换鸭池水的办法，那就是由这儿接一根水管到鸡槽去。

鸭子们好爱它们的小游泳池。当它们还小时，它的确棒极了。可是等它们长大——唧唧叫声变成嘎嘎叫时——水池里每次就只能容下一两只鸭子了。到时候，为了谁先下水，定会嘎嘎叫地吵个不休。

一天，最大的那只鸭子不知怎么飞下我们的崖壁，到河里去了。当尤帕士发现它，捉它回家时，它正在浅水中悠然游泳。事后，经过尤帕士不断向我保证那样绝不会伤到鸭子，我才决定替它们修剪羽毛。

我们这日益扩充的动物园的下一位成员是“和平”——一条

美丽的棕黑色小狗。和平是附近一个男孩送给我的，因为他知道我正在找一条狗。当我看见和平那么热情诚挚时，我欣喜若狂。它甚至不知如何吠叫。每次看到我，只会发出吱吱嘎嘎的响声。

可是，鸭子们对“和平”的到来，并不像我一样地欢喜。尽管有许多长处，但和平却有个缺点：它老爱追逐那些鸭子，弄得它们惊慌失措，吓得半死。所以，早上我把鸭子放出鸭舍时，就得把和平关进我的办公室。这条狗和鸭子们永远也无法变成好朋友，不过它们还是逐渐学会了和平共处的道理。

有了和平、六只鸭和几只鸡，清泉的教堂愈来愈像个家。除了我的动物，我也开始对村里的人有更多的认识，也慢慢参与他们的生活。当我哥哥大丁神父来信说他想来看我时，我知道等他来了，我会有些美好的事物可以跟他分享。

清泉的人已经知道大丁神父，因为他们曾经在电视上看过他的唱歌表演。实际上，每当大丁神父在一个电视节目上唱过《烧肉粽》后，那个星期天我们教堂的出席人数总会增加。所有的村人都想来告诉我他们在电视上看到我哥哥了。

孩子们听说大丁神父要来清泉，便开始准备山地舞和别致的装束。年轻人说他们要办一个盛大的晚会，邀请全村人来参加。

“等你哥哥看完我们的歌舞后，或许他能让我们上电视表演。”他们告诉我。

晚会那天，教堂里的每个人都忙着挂装饰物布置，准备舞蹈，在他们五彩缤纷的装束上做最后一分钟的修改。这将是我来此后，清泉最盛大的一次晚会。

下午五点钟，我哥哥的两位来自台北的朋友终于抵达了教堂。他们本来应该和大丁神父一起到的。可是我哥哥呢？他没有来。

“他在派出所。”我哥哥的一位朋友激动地说，“他们不让他进来，因为他忘了带入山证。”

“啾不……”

“他说或许你能打电话给派出所。”另一位朋友说，“你这儿有电话吗？”

那时候，我们村里只有一支电话，而那支电话就在清泉派出所里。我赶紧跑去那儿，我的小狗和平开心地跟在我身后一蹦一跳的。

我问警员是否能让我打电话去我哥哥被挡驾的五峰派出所。他说他替我打，便开始拨电话。电话线路不怎么灵光，那警员不停地扯开嗓门大吼，直到他终于使我哥哥来接电话为止。

“或许你能过来这里，和他们商量……”这便是我从我哥哥的声音中所能理解的全部。

“我马上过去！”我大叫。

“什么？”

“我说……”可是电话却断了。

我找了一辆计程车准备去五峰，并且告诉村人我会尽快和我哥哥一起回来。计程车司机非常殷勤地以令人毛骨悚然的速度载我飞驰下山。

等我到了五峰派出所，我哥哥已经走了。

“我哥哥呢？”我问那警员。

“我们让他到竹东去取入山证。你最好打电话去竹东，告诉他们他是你哥哥。”

我打电话去竹东，可是我哥哥也已离开了那儿。

“我是丁神父。”我告诉竹东的警员，“你知道我哥哥在哪里吗？”

“我们让他去横山了，因为我们这儿已经下班。你最好打电话去横山。”

用一种快要哭出来的微弱嗓音，我打电话去横山。“我是丁神父，我哥哥在哪儿？”

“他刚到清泉去了。”那名警员回答道。

“你是说他拿到入山证了？”

“当然。”

“啊！谢谢你，谢谢你。”

我一直等在五峰派出所，直到我发现载着我哥哥的那辆计程车从横山回来为止。

“你终于来了！”我开心地对我哥哥大叫，“你是怎么弄成的？”

“很简单。”大丁神父回答，“我只不过告诉那个警员，如果我不是你哥哥，他们就可以把你关进牢里。”

我们在准七点抵达清泉教堂，正好赶上这场盛大的晚会。我的狗和平兴奋地跑向大丁神父，接着却困惑地瞪着他看。

“它不能相信它的鼻子竟会闻出我们是两个人。”大丁神父开玩笑道。

我们走进教堂大厅，大多数的村民都聚集在那儿。每个人看见大丁神父终于来了，都松口气，兴致也因此更为高昂。

当晚村民们的确表现得很好。借此机会我们可以看看只要他们肯努力，他们能办到什么。这也等于是清泉在未来几年内会变成什么样子的一场预演。

记得在晚会中，大丁神父和我坐在一起看跳舞时，有个小男孩爬到我膝上，双臂环住我的腰。他对我说了些话，可是我没怎么注意听。

“他说什么？”大丁神父问我。

我再次倾听那正用泰雅族语说话的小男孩。

“他说……”我确实了解那一句话，“他在说……我爱你。”

大丁神父只是看着我，摇摇头。“你知道吗？巴瑞，你在这儿的确成功了。”他说。

晚会结束，所有人都回家后，我告诉大丁神父有些东西要给他看。

“你可知道我要带你去哪儿？”带他走出后门时，我问大丁神父。

“知道。”他回答，“我们正要去看那些鸡鸭，对吧？”

在夜晚的静寂中，我们把头探进鸡笼，感受咯咯叫着的母鸡的温暖。我们也偷看鸭舍里的情景。只见鸭子们全都挤在一块儿，对两位干扰它们清梦的不速之客，不满地嘎嘎叫。

“你觉得如何？”我问大丁神父。

“我认为你这儿的组织满庞大的——不只是动物，人也一样。

我相信他们会好好照顾你。”

我的狗和平，在我哥哥这么说时，冒出它惯有的吱嘎声。我不知道它是表示同意呢，抑或想再吓吓那些鸭子。

接下来的那个星期，在我每周一次下山采购补给品的途中，五峰派出所的警员对我嚷叫着，挥挥手。

“我们昨晚在电视上看到你哥哥。”他说，“你哥哥弹吉他，唱《烧肉粽》。”

“那好啊！”我回答。

“告诉你哥哥再来这儿。”那警员得意地微笑着，“我们想听他唱歌。”

这次他没提到入山证。

耶诞节的泪水

当我哥哥还在清泉，等计程车载他下山时，我们站在村里的砂石路上，就生活里发生的事，交换彼此的感受。我谈到自己在清泉的生活。

“你知道，杰瑞，我花了很多时间和我的鸡、鸭及狗在一起。你觉得那样不对吗？”

杰瑞微笑着，看着一辆计程车自远处而来，车后扬起一阵长长的沙尾。

“能拥有那些动物，你该感谢上帝。”他说，“它们是一大恩赐，而且对你具有极大的意义。”

“是的，不过……或许它们不该在我生活中占如此大的分量。我是说，人比较重要。我试图做好我的工作，为这些人服务。但有时我怀疑他们对我有多大的意义。我怀疑自己是否真爱他们。”

“我知道那种感觉。”杰瑞说，“我想要知道自己是真心爱某人，或仅仅是在尽职而已，并不容易。”

“我只是觉得目前没体验到任何强烈的感受。”

计程车来了，杰瑞随着其他人挤了进去。

“或许会发生一些事。”他说，“一些会使你更能体会自己感受的事。”

计程车发动引擎，杰瑞关切地注视我。当我们说再见时，他抓住我的手。

“或许是时机未到。”他说，计程车就开走了。

我走回教堂，碰到尤柑和他太太。他们是我的邻居，就住在教堂旁边。和往常一样，尤柑一看到我，就露出笑容，邀请我去他家玩。我去了，尤柑提醒我他结婚后我第一次去他家的情景。

“我记得那次。”我的脸红起来。

“那些蚂蚁。”尤柑咯咯笑着，“你才进我家门，就开始大叫有东西在咬你……”

“是啊！”我接口说，“我只好跑进隔壁房间脱下我的裤子，杀死那只正在我身体最细嫩的地方攻击我的大山蚁。”

现在想起来，那是很有趣的回忆，正如许多和尤柑在一起既滑稽、又值得回忆的时刻一样。

早在六年前，在山上度过第一个夏天时，我就认识了尤柑。那时，他是个结实、乱发如丛的年轻人，也是我所见过最友善的人之一。他是那种无法在打招呼的同时，不邀我到他家去玩的人。如果在小店看到我，他也会同时请我喝两杯——一手一杯。

可是如今尤柑已不再健康如昔。每次见到他，他总会表示出有某种可怕事情将会降临他身上的恐惧感。

“我想我快死了。”他会对我说。

尤柑和他太太结婚不到一年，正随时期待他们第一个孩子的到来，一方面想将他的心思从恐惧中转移，另方面也由于他们是如此友善的一对夫妻，我问尤柑和他太太是否能帮忙完成我正在进行的耶诞故事幻灯片。尤柑爽快地答应我，他太太却显得害羞多了。

为了耶诞节的幻灯片展示，我请了村里不同的人来演出耶稣诞生故事中的情节。尤柑演那个向圣母玛利亚宣布她将有个婴儿——耶稣基督的天使角色。

我们让尤柑浑身白色装扮，肩膀后面还伸出两个硬纸板做的翅膀。然后我们到外面去和玛利亚、约瑟以及其他穿戏服的人拍照。

一个喝得半醉的男人经过那儿，看见尤柑穿得像个天使，和其他身穿长袍的人在一起。

“是在举行婚礼吗？”仔细看过尤柑和其他人后，醉酒的人问，“那个是新娘？”

尤柑掉开头，假装被触怒地喃喃低语：“真是的，这实在太糗了。”

耶诞节前几个星期都忙得要命。除了准备幻灯片节目，村民们还忙着在教堂的空地上，兴建一座水泥造的大舞台，好让耶诞节来临时，他们能有更多精心设计的庆祝活动可举行。舞台就在尤柑家屋顶上。他开玩笑说：如果跳得太疯狂，那舞台可能会塌在他们头上。

孩子们和年轻人都准备了耶诞颂歌。我们打算在耶诞夜到村里每个天主教家庭去报佳音。那一晚愈来愈接近，清泉村民们的兴致也跟着愈来愈高昂，到处洋溢着耶诞气息。

看见尤柑那魁梧、英俊的弟弟大柏猛捶我的门时，我刚从城里买了更多的装饰品和一闪一灭的耶诞灯回来。大柏在我们青年团契里颇有人缘，是个出色的歌手，通常比他哥哥更为潇洒乐天。

“出了什么事？”我问大柏。

“尤柑太太住院了。”大柏说，一张大嘴痛苦地扭曲着，“她病得很严重。”

“小孩怎么样？”

“昨晚生下来就死了。我今天一大早埋了。我自己一个人到山上，挖坟墓，把他埋了。”

当时是耶诞节前两天。我有千百样事等着要做，而且刚刚到家。可是我知道自己必须下山进城去看尤柑和他太太。

就在我刚开始走进教堂时，一些小孩跑过来。

“教我们唱耶诞歌。”他们笑闹着。

“我必须再回竹东去。”我说，“尤柑他太太，她……”

我立刻把头掉开，不让孩子们看到我的脸，因为，泪水正滑落我的脸庞。我走进教堂，想到尤柑和他太太，忍不住哭起来。

好不容易，我收拾好一些东西，便和大柏一起搭乘一辆林场车回竹东去。

车子缓缓摇晃下山，我们安静地坐在后车厢里。我不断想着我哥哥杰瑞来看我时对我说的最后一句话：

“将会发生一些事，使你更能体认自己的感受。”

或者那不只是份工作，我想。或许那根本就是爱。

医院里，尤柑的太太看起来很糟糕。由于她曾经接受成为教友的引导，我们便为她受洗。隔了一会儿，我离开医院，回家。几小时之后，她就死了。

耶诞夜晚上，我们为尤柑太太举行了一个教堂礼拜仪式。然后我们将她埋在山上的墓地里，紧邻她的孩子。

在埋葬的整个过程当中，做弟弟的，高大、粗壮的大柏一直哭个不停。病恹恹的尤柑却显得冷漠无情。

一切弄妥当，所有的祷词也念完后，尤柑只转向他弟弟说："哭是没有用的。"

那天晚上，我们在屋外的新舞台上放耶诞故事幻灯片。接着，如原先所计划的，我们开始唱耶诞歌，报佳音。大柏和我们一起去。

我们在上上下下蜿蜒崎岖的村中道路，一遍又一遍地向一百户以上的人家唱着《平安夜》。每一家人都准备了糖果、饼干来欢迎我们。我们把所有茶点都放进袋子里，报完佳音后，再把所有东西平分给和我们一起唱歌的每个人。

在我们报佳音时，大柏再度回复他快乐的自我。可是，到了其中一处，他转向我，一抹跳动的烛光照亮了他英俊的脸庞，只听他悲伤地说着：

"尤柑和他太太是那么相爱。他们必须分开，实在是太可怜了。"

"他们会再在一起的。"我说，"总有一天。"

耶诞节随着它的教堂礼拜仪式、歌曲及舞蹈来临。我们歌颂庆祝圣母玛利亚生下她的小婴儿耶稣基督的欢愉。在失去尤柑的太太和小孩后，这件事的喜悦和平安，多少使我们好过些。

每当我想起在清泉度过的第一个耶诞节，我的心就充满了同样悲伤、平静、喜悦和爱的感觉，以及它所代表的一切。

以后几年，一直病恹恹的尤柑都在担心他的健康。工作，对他来说很难，生活对他而言，也不怎么快乐。他从没忘过他太太。

在他太太和孩子死后五年，尤柑在一次摩托车车祸中死了。警察发现他不省人事地躺在通往清泉的山路边。

再一次，我们踏着熟悉的步子前往教堂和山上的墓地，在山上，大柏早已掘好了坟墓。这一回，大柏没有哭。

“他们在一起了。”他说，“一家三口。我知道他们是快乐幸福的。干吗还哭？”

大柏是对的，我们干吗还哭？我跟他一起走下山，回到教堂。当我又是一个人时，我却哭了。

一场大火

中国农历新年到了，泰雅族人欢天喜地地庆祝。在清泉这样的小村子里，新年意味着整整三天的大吃大喝。对我，则意味着几乎村中每户人家都邀请我去吃一顿新年大餐。它也意味着吃完后一场胃痛。

如此的殷勤款待，的确很窝心，但我实在需要时间消化一下。到了中国新年的第三天，我开始找地方躲起来。在教堂后面，尤帕士盖的鸭舍后方，我找到了一个合适的地点。在那儿，我和我的鸭子、鸡、小狗和平，一起坐在轻柔的微风和暖洋洋的阳光里。

“你们知道自己能活过这个新年有多幸运。”我告诉我的动物们，“村子里所有其他的家禽，全都被煮来吃了。就因为我认为你们都是如此地美丽，你们才保住了小命。”

和平开始追逐一只鸭子。

“你也一样，小狗。你很容易就会成为某一个人的新年大餐。”

和平发出它惯有的吱嘎声，赶紧跑回来，趴在我身边。

就在我坐在教堂后面的鸭舍旁，眺望着山腹时，我发现了冬天在山景中所做的变化。不久前，山腹间还生意盎然地布满苍翠繁茂的绿叶。几个干冷的冬月却将山峦变成一片灰黄。除了一些树，教堂下的山腹是一大片交缠的枯黄杂草。

我悠闲的静坐并没有持久。不一会儿，我听见有人嚷嚷着："神父在那里！"我的藏身处已被发现。"到我们家去吃饭！"

满心不情愿地，我向我的动物们告别，去执行我清泉本堂神父的职责。

新年过后几个星期，当我们多少从彼此的热情款待中复原时，我已在教堂里准备举行主日弥撒。和平安静地躺在祭坛前的一张地毯上睡着了，那是弥撒过程当中它专有的地盘。

一个男娃娃正等着受洗，根据我们的传统，他该在弥撒前受洗。我穿上白色的罩袍，执行这项洗礼仪式，看着骄傲的神采飞上这对父母的脸庞，每当有父母带着他们的孩子站在教堂前面，他们总会如此。

我刚把一根蜡烛递给这对父母，表示这项仪式的结束，教堂外面就发出一阵轰然巨响。约有一百五十人的会众，一致从座位上站起，争先恐后地逃出教堂。

怎么回事？我傻傻地站在教堂前面。究竟发生了什么事？地震吗？

然后我就看见了。由于某种无法解释的原因，教堂靠峡谷的那边，突然冒出熊熊大火。浓烟自山腹汹涌而来，直舐教堂的窗子。我狂乱地挣脱我的白色罩袍，跟在其他所有人后面跑……成为最后一个逃出教堂的。

当我跑到外面，我发现大家都知道该怎么做。有些人爬上教堂屋顶，那儿积存了约一呎深的雨水。其他人则跑回家，带着水桶、水管、米缸、水枪——他们所能找到的任何东西——跑回来，开始灭火。

我把我们的瓦斯桶从厨房里拖出来，关掉电源。风刮得好厉害，火势不妙地移向马路。如果它跃过马路，火势将会蔓延到上面的高山，毁掉千百株树木。

可是这场大火起得不是时候。有这一百五十位消防人员倾力挽救教堂和他们的树木，火焰立刻被熄灭了。

大火烧黑了鸭舍的一部分。鸭子们挤作一团，抖缩地靠在教堂壁上，大吼大叫的群众，反而比火焰更令它们害怕。

我焦急地寻找我那些肥大的鸡只。今晚我们是否会有烤鸡做晚餐？幸好，青年团契中的一个男孩冒着大火，好不容易把那些鸡从危险中救出，一只只地丢进教堂，至于它们到哪儿去了，就不是什么麻烦事。

我终于找到再度被救活的它们，正环绕着祭坛，开心地咯咯叫。和平也在那儿，蜷缩在教堂前面它那块地毯上。在整个骚动过程当中，它一直睡得很安稳。

这场大火没有造成任何损害。当它结束时，每个人都安分地走回教堂，继续做弥撒。

做弥撒时，大家响应一项特别募捐，准备用这笔钱去买树苗，种在被烧黑了的地区。

现在那些枯黄的蔓草已经不见了。大火把教堂旁边整个悬崖地区烧得一干二净。尤帕士和另外一些男人种了五百棵小树，很快地，山腹间再度盖满了绿叶……这一次可不走了。

后来，当我再和我的鸡、鸭以及和平坐在那特别的、小小的藏身处，俯望山腹时，我会凝视那些小树，看看它们长了多少。它们会让我想起那一次起了大火，差点把我们的庭院夷平。我也会想起村民们快速的抢救行动。

“你们真的不知道自己能活着有多幸运。”我会对我的动物们再说一遍，“你们原本很容易就被烤熟了。”

或许我的鸭和鸡们并不完全懂这些。但谁又知道呢?

演出问题

米鲁在教堂住了好几个星期。除了编写好些山地歌曲外，他一直与我们刚成立的青年团契一起从事着伟大的工作。有天早晨，一块儿吃早餐时，我们讨论到可使青年团契改进的各种方法。

“这些年轻人的确很喜欢表演。”我对米鲁表示，“他们的歌愈唱愈好，每星期都有进步。”

“是的，但那是不够的。”米鲁说，搅动着他的咖啡，“除了歌唱和游戏外，他们还得有其他事可做才行，不然到后来他们就会腻了。我也喜欢唱歌，但要使一个青年团契持续下去，光那样是不够的。”

“我们也试着和他们讨论过。”我说，“但你可记得那些青少年是多么羞于开口说话？当他们发现自己可能必须说些什么时，有的人就开溜了。”

我们静静地想了一会儿。然后，米鲁的脸为之一振。

“演一出戏如何？”他说，“借着一出戏，整个团契不但依然能够得到表演的感觉，而且还会有些成就感。”

于是我们开始筹划一出戏的演出。由于复活节快到了，我们写了一个《巨星耶稣基督》的山地译本。我们的传教士苔木协助我们把这出戏翻译成泰雅语。

从一开始,问题就层出不穷。比方说,泰雅族没有手写的文字,因此,除了我以外,没有人会念这个剧本。后来,我想到了一个主意:事先把整出戏录音下来,以防到时有些演员过于害羞而不敢开口说话。那表示在我录音时,我必须对每一位演员念一遍台词,让他们一一跟着我复述才行。

这是一个相当烦人的过程,得花好几个星期才能完成,但最后我们终于有了完整的录音带,外加音响效果,随时都能演出了。

尽可能使我们的戏写实。甚至做了一个真的十字架,给扮演耶稣的那个演员用。年轻人的确将自己融入了他们的角色,表现了即兴演出的长才。

我对这出戏的成功抱了很大的希望。不幸得很,就在我们演出时,录音带出了纰漏。在这出戏的整个后半段,我们什么声音也没听见。结果,就像看默片一样,只见每个人嘴巴动呀动地念着台词,却没有发出半点声音。

不过,我们的演员却临时穿插了一些令人难忘的表演。演希律王的那个男孩,把这个角色变成一个想使耶稣和他一起喝酒的酒鬼。即使用的是一卷破录音带,这一场戏的真义和启示,还是响亮而清晰地传达了。

就在我们忙着预演我们的宗教剧时,我接到我哥哥的来信说:有个美国电影公司要来清泉拍些山地生活的片段。年轻人对这件事都很兴奋,当下就把自己幻想成是已成气候的电影明星暨才华洋溢的舞台演员。

“他们一定听说过我们的戏演得有多好。”米鲁得意地下断语，“我们马上就要成名了！”

一方面忙着预演我们的戏，年轻人和孩子们为了电影公司的来到，也卖力地准备特别的舞蹈。

“我们会跳出他们所看过最棒的山地舞。”米鲁陶醉地微笑道。

“或许到现在为止,他们还没看过山地舞呢！”我冷冷地表示。

“就因为这样，我们的才会是最棒的！”米鲁开玩笑道。

为了电影公司的光临，我准备作最大的牺牲，把我的三只鸭子宰了待客。尤帕士老是提醒我,如果再拖下去,我的鸭子会又老、又硬得没人想吃。

我无法亲眼目睹尤帕士杀那些鸭子。只有离开屋子，直到屠宰完毕。等我回来时，年轻人们已用鸭毛做头饰，绕着厨房开心地舞着，笑闹着。

电影公司的人于当天下午抵达。导演及工作人员都是来自好莱坞的美国人。他们带上来的演员则是中国人。他们一到，就开始拍摄他们所看到的一切。

“留点胶片拍我们今晚的晚会。”我告诉那位导演，“我们为你们准备了一些很棒的山地舞。”

“晚会？舞蹈？”这位导演一脸讶异，“我们今晚就得赶回台北去。”

“可是……我们希望你们看看我们的舞蹈和……”

“不可能。我们天黑以前就得回去。”

“那么，至少你们能和我们共享晚餐。我们已经烧了鸭子。”

“鸭子？”这群美国人一个个吓得脸灰白，“我们从没吃过鸭子。而且，我们全得了痢疾，真的必须回去。”

这个电影公司只拍了一些短景，就在当天下午离开了。我们永远无法向他们展示我们美丽的山地舞，成为著名的电影明星。我们甚至再也不能看到他们的电影。

我闷闷不乐地走进厨房，看见炉子上我那一大锅热气腾腾的鸭子。

“要不要帮忙？”米鲁从厨房门口探头进来，“我想我们的舞者需要一些额外的精力，用于他们今天晚上的表演。”

“对。”我说，衷心欢迎那群躲在门后的青少年，把我们的鸭子全部吃光。他们几乎是用和投入舞蹈的同样的狂热，来完成这件事的。

对于那群搞电影的人没看他们跳舞就离开了，没有人显得有一丁点儿失望。除我以外，一个也没。

不用说，那天晚上我们的晚会是一项彻底的成功。年轻人们卖力地舞着，仿佛他们所熟悉的村民观众，就是世界上最重要的人物。对一场舞来说，那倒是个好借口。

经由这些想演一出戏，却失去声音，举行一场晚会，却失去观众的经验，我体会到绝不能把山地生活想得太美好。唯有一切顺其自然。

对我，这几次演出的真正寓意是：凡是不会烦扰村里人的，也该不会烦扰我。那些经验的确是个很好的教训。

两个山地人

清泉曾接待过不少访客，他们大部分都在我们的教堂过一个周末就走了。其中的一位是那么地喜欢我们这个地方，因此他住了好几个星期，这就是莱沙，一个来自法国的年轻男孩。

莱沙瘦瘦的，只有二十一岁，长了一头乱蓬蓬的黄发和一把参差不齐的胡子。过去一年，他一直在台北学中文，在给我的一封信当中，他曾提到他发现台北好无聊，想到山上来“交几个朋友”。

对任何一个想到山上来的人而言，听起来这都像是最有可能的理由，所以我热烈地欢迎他。

莱沙给人的印象是非常害羞，但他对人极有兴趣。和我们在一起的第一天，他随身携带了一本小笔记簿，到了傍晚，他已集满了好几页的泰雅话。孩子们一直把自己的语言教给他。

每天早上，莱沙都和我们在一起，他会先问我是否有什么事愿意让他做的。尽管没有什么特殊才能，他却喜爱在教堂附近打打杂，做些小事。如果教堂里没事可做，莱沙就说他要出去，到村子里去“交几个朋友”。

莱沙所交的朋友，有老也有小的。他是个非常温和的人，对谁都很尊重。泰雅族人立刻喜欢上他，开始邀他到家里去。有些人甚至邀他一起到山里去工作。

莱沙和一家人一起到山里割了好几天草。回来时，为他所赚到的那笔工钱欣喜若狂。可是，他却失去了他的门牙。

“你的牙齿是怎么了？”我问他，“你是摔跤了，还是被什么东西打到了？”

“都不是。”莱沙回答，“当时我正在吃一个烤番薯。我想它大概有点硬，我的牙齿便夹在番薯里掉出来了。”

“满好看的。”我说，“使你显得更粗野。”

“我想我暂时不会去修理它。你觉得这样会让我看起来更像个山地人吗？”

“莱沙，我觉得你根本就是个山地人。”

一个星期天早晨，当莱沙出去交更多朋友时，我坐在教堂屋顶的墙上看书，虽然尤帕士警告过我，如果我在这上面睡着了，我就会从墙边掉下去，活活给摔死，但这仍是我最爱的地方之一。因此之故，不论何时，只要我坐在墙上，我一定让自己看一本书，以保持清醒。

清晨，稳住这危险的姿势，我可以看着太阳翻过耸立在河对岸的山头，缓缓升起。阳光会追逐黎明的阴影，将它们赶过河，爬进山背面去。

但是，在这个特别的早晨，一只清泉的巨虫降落在我头上。

我赶紧四下挥舞我的手，把这侵入者赶走，就在我这么做的时候，却把我的眼镜和书扫掉了，它们全都翻到墙下去。

讨厌的昆虫，我嘟囔着，一面跌跌撞撞地跑到一楼，冲出教堂的后门。

我发现我的书平躺在地上，可是我的眼镜却怎么也找不着。悬崖那边长了几棵树的地方，有一片阴暗处。我想，或许我的眼镜就掉在那个黑漆漆的地方。

小心翼翼地，我爬进那丛小树，找寻我的眼镜。我逐渐向下移一些，想找一棵树抓住。啊呀！我爬得太低了。这儿没有半棵树，也没有半点土地。原来我已来到山的尽头，正往下栽呢！

由这儿到崖壁下面的马路，起码有一百公尺。我只觉自己往下掉，当我滑动着与崖壁成一角度时，刚开始速度还慢慢的，等我完全垂直地下坠时，速度立刻加快。

我第一个念头是："真好玩，有点像在飞。"

第二个念头是："很危险哪！"

最后一个念头是："这样可能会完蛋。"

我好像下坠了好长一段时间。渐渐地，我对接下来将会发生什么事感到好奇起来。我会冲进黑暗里吗？我会像看电影一样，看着我的生命自眼前离去？最重要的是——我会找到我的眼镜吗？

在我碰到地面之前，崖壁竟然慈悲地突出一块，挡住了我的坠落。极为不雅地，我降落在一大堆树叶和垃圾中，腰部以下全部陷在这堆脏物里。

等我把自己从垃圾中挖出，我站起来，惊讶地发现自己竟然没受什么伤。不过，我的衬衫和裤子全都因坠落而扯得破破烂烂，沾满了血迹。我抬起头，看看自己是从哪儿掉下来的。当我看到那距离有多远时，我开始想吐。

都是为了那副眼镜，我气得大吼。我一定要把它找到。它会不会跟我一起滚下来呢?

等我的头不再昏眩，身体也恢复平衡后，我在脚边松散的叶子中到处挖掘。在短短几秒钟内，我就找到了我的眼镜。其中一个镜框是空的，可是在树叶中继续搜刮了几分钟后，我也找到了那块失落的镜片。

虽然我的腿还有些不稳，我已开开心心地理理周身破碎的衣服，找寻一条通往山上的路，回教堂去。

当我抵达教堂时，为了上教堂全都穿得漂漂亮亮的天主教徒们，刚刚要去做弥撒。我不知道当他们看见自己的教区神父穿着破衣服，浑身都是垃圾时，会怎么想?

当我到达时，莱沙正站在教堂旁边。他注视着我，笑了起来，露出他那颗缺掉的牙。

“你怎么了？”他问我，“你看起来像是刚打了一场架。”

“我刚刚掉下山去。”我回答，“找我的眼镜。”

“找到了吗？”

“是的。”

“你的衣服这样看起来满好的。”莱沙指指我身上几条残余的衬衫碎片，“使你看起来显得更粗野。”

"那么，我想我暂时不要换掉它们。你觉得这样会使我看起来更像山地人吗？"

"我想我们两个都是山地人。"

少了一颗牙的莱沙和穿着破衣服的我，一起坐在地上，哈哈大笑——高兴能活着，高兴能成为朋友，更高兴自己是山地世界的一分子。

根

这完全是从我问一个五年级男孩是否知道他属于哪一族开始。

“我不知道什么族。”那男孩回答我，“我只是个山地男孩。”

在平地念了几年书，一个中学毕业生回到山地来。我问她一些关于泰雅族传统的问题。

“对我们的传统，我知道得不多。”这女孩回答我，“我不认为我们有一种文化。”

一个十多岁的工人，搬运了一天竹子回来，由于疲倦，加上喝了些米酒，步履有些踉跄，正坐在一家小店门口喝酒。

“我不是好东西。”这个小工对我说，“我可以假装成是好的。但如果你真正了解我，深入地了解，你就会知道我并不好。”

一个小男孩不知道自己的种族。一个高中毕业的女孩不认为她拥有一种文化。一个十几岁的工人认定自己是不好的。

这些人似乎并不十分以自己为荣。我问米鲁：对这种文化自尊的缺乏，他作何感想。

“认识自己的根，不引以为耻，是很重要的。”米鲁回答，“失去许多东西，你依然可以活着，但如果你忘了自己是谁，那你还有什么？”

我不知道以前——很久很久以前，那会是什么样子。到了晚上，孩子们和他们的父母及祖父母，一起围坐在炉火旁，凝神静听泰雅神话和英雄的古老故事。那时候，他们一定已经知道自己是谁。他们当然也以身为像泰雅族一样强大的一个狩猎部落的成员为荣。

现在,孩子们全都坐在电视机前。老一辈的人死了,每死一个,便失去一整套故事和经验的珍藏。会有什么替未来的世世代代保存这类智慧的方法吗?

有时候，我凝望屋外的山峦，看着白花花的泡沫，自清泉那壮大的瀑布向下滑落。这些水从哪儿来？何处是它的源头？

泰雅族人来自何方？这一切又从哪儿开始？他们是怎么来到他们目前所在之处的？

正如我所看见的，问题在于如何去帮助一个人了解自己的身份。如何去帮助他们再度对自己有好感。

我开始请教我们的“图书馆”——泰雅族的老一辈们。后来，我在“中国民俗学会”的民族学部门找到许多泰雅神话和传说。把这些故事和我们老一辈所说的作一比较，我发现其中有些与我们村子的是相同的。

一些对泰雅族有研究的人类学者，将他们的资料提供给我。他们也渴望被研究的人，能亲身接触到他们研究的成果，而不愿让它们闲置在布满灰尘的图书架上。

可是，我们要如何着手将复杂的人类学资料，用一种能使单纯的山地人了解的方式介绍给他们呢?

我的第一个构想是用幻灯片，正如我们做耶诞节目所用的方法一样。或许，再度利用村民来拍摄幻灯片，我们可以制作出不同的古老故事的幻灯展览。

后来，米鲁和我想到了更有趣的方法。根据刚从宗教剧得来的经验，我们决定演一出“文化剧”，一出山地芭蕾。我们打算借音乐和道白，把不同的故事编纂起来，将它们演出。说不定我们还能把这项演出带到其他的族区去。这一切听起来是那么简单容易。

我们找到一位热心的舞蹈教师，她愿意把这些故事编成舞，担任舞蹈指导。村里一位年轻英俊的男孩，自告奋勇地扮演山地“英雄”。于是，我们开始选音乐、编舞和动作。

每一件事都进行得很顺利，似乎一切真是那么简单。到了有一天，我们的舞蹈指导却和那位英俊的英雄，一起失踪了。他们两人再也没有出现过，直到整出戏都排好了为止。竟然有这样谈恋爱的！我们只有临时换角，继续设计未完的舞蹈，然后有一天，我们发觉我们的山地芭蕾居然编完，终于可以演出了。

这出戏分三部分。第一段是描写第一个泰雅男人和女人从石头里冒出来，他们碰到野兽，以及许多其他英勇的故事。第二段叙述日本人的来到，和泰雅文化的崩溃。第三段是有关泰雅族人现代生活的一系列花絮。

大柏接替了戏一开始从石头里蹦出来的那个传说中的英雄角色。再度来我们村里做一次长期拜访的莱沙，则扮演为了平复河水而牺牲的那只猴子。我们甚至从我哥哥工作的光启社借来“大鸟”，由它主演另一项传说中那只英勇的鸟。

在我们第一次的演出中，错误百出。它甚至比我们的宗教剧还糟糕。实际上，我们的山地芭蕾，经常会出现劳莱与哈台式的笑剧场面。

其中也有些不可避免的技术性差错。当预先灌好所有山地音乐的录音带中断时，我想起在我们演宗教剧时，曾有过类似的经验，便赶紧跑去找录音师，设法以正确的音乐来配舞，结果却愈弄愈糟，酿成不少大错。

不但如此，我们演出那天还下雨。本来我们打算使用户外的舞台，不得已，只好挤进教堂去，让半数观众塞在后台附近，在那儿，他们什么也看不见。

山地芭蕾一开始，我们点了一串爆竹，来象征山里一座火山的开启，效果出乎意料地好——制造出一种刺激的气氛，可是却使这座小教堂烟雾弥漫，只见大家都惊惶地冲向窗口。

这出戏主戏的高潮在于我们的英雄为了把太阳射成两半，创造月亮而去射太阳这部分。我们特地做了一个很美丽的太阳——外表是闪闪发光的金箔，里面用好几根铁丝把它撑起来。

每一次的预演都进行得圆满极了，而大柏，我们得意的英雄，用他的锐箭射他面前的太阳，也从未失误过。

可是这一次……那支箭却碰到里面的一根铁丝，擦过太阳表面，笔直飞进观众群中。一时之间，尖叫声四起，大家慌作一团——急切的祷词自我口中流泻而出。还好没有伤亡。

尽管发生了那么多不幸事件，观众似乎还满喜欢我们的小剧。这使我们有足够的勇气，到其他好几个山地村去巡回演出。我觉得我们每演出一次，就进步一些。将来，我们决定再演一次，要不就演出另一出戏。

究竟这意味着什么——就身份、伦理、自尊而言？我真的不知道。但如果它起码能推动一些人去思索他们的部落根源，那就算没白费力气，我很高兴我们做到了这点。

要想达到一种全然的自觉，不是一蹴可即的。但凡事总得有个起点。否定自己，就是摒弃我们最美好的禀赋——我们自我的禀赋——那是绝不能被否定的。

这出山地芭蕾自过去引发出巨大的声音，那个是千百万祖先们累积起来的呼声，以及曾属于他们的自尊。它来自源头本身，一种强大而积极的东西，而经由这次经验，深深流入我们心中的话语就是：

“我如何才能使你们知道，我爱你们？就爱你们这样。接受自己——你们的过去和现在。这样你们才会成为地球上伟大的人物。”

给库诺西的十字架

山里正值初春，光秃秃的冬日之树，争先恐后地冒出新芽和花朵。花草纷纷从泥缝里探头出来偷窥这个世界。春雨过后的空气清新明朗，各种不同深浅的绿荫覆盖着平缓的山谷。

这真是一个愉快、安详、令人感到生气蓬勃的季节。

对我而言，那也是探险的季节。正如定期到清泉去体验山区平静的访客一样，我每星期一都到新竹去，让自己投身于大都市的嘈杂、气息和五光十色中。

虽然在市区里我没什么熟人，却喜欢混在人群中，观赏着一张张愉快如春的面孔，感受夹在别人当中那种轻快的孤寂感。

就是这样，有一天，我在新竹的街上遇见了库诺西。

他是个小个子的男人，年纪在二十五六岁左右，毛扎扎的头发下，一张圆脸，身上穿件鲜黄色的衬衫。当时他正坐在一个水果摊上喝一杯五百 cc 的木瓜牛奶汁，我在他身旁坐下时，他转向我，用英文说：

“很高兴看见你，神父。”

他的眼睛大得那么不真实，看起来就像是画在他脸上似的。我感到很惊讶，回答道：

“你怎么会认识我？”

“你的十字架……”这个矮小的男人笑眯眯地指指我挂在颈子上的十字架，“我想你大概是个神父。我叫库诺西——是泰雅族的。”

我又吃了一惊。我在市区里碰到的山地青年通常都不愿承认他们是山地人。可是库诺西却引以为荣地说出来。我直觉他是个不寻常的人物，很想进一步了解他。

“你在做什么工作？”我问他。

“白天我替一家建筑公司做事。晚上我唱歌、画画。”

“唱歌和画画——那也正是我所喜欢的。”

“你也喜欢？那么来吧！我带你去看我唱歌的餐厅，我们可以一起合唱。”

库诺西一跃而起，很快付清木瓜牛奶汁的账，用他的摩托车载我到他唱歌的小餐厅去。

我坐在一张台子旁，看着库诺西拿出他的吉他，闭上他的眼睛，陶醉地唱着。

“我总是以一首山地歌开始。”唱完第一首歌，他告诉我，“我要人们知道我是山地人。”

库诺西有一副优美、低沉的嗓子，我入神地听着。唱过几首歌之后，他要我与他合唱。我有点不好意思去干扰他的表演，但他坚持如此。于是我们一起合唱《鹿谷欧》和《嗨唷》这两首歌，我只觉得浑身上下有着前所未有的解脱。过了一会儿，我们离开餐厅，到库诺西住的小屋去。

这个房间零乱地摆着歌本、图画、建筑工具和酒瓶。库诺西拿了一些他的画给我看。他所画的一切都具有一股浓厚的山地色彩。

当我说我必须离去时，库诺西的眼睛扫视着他的房间。他挑了一个中国式的小花瓶，硬把它塞进我手中。

“拿去。”他说，“算是我给你的礼物。”

我端详着这只花瓶。非常美，显然值不少钱。他怎么会把这东西给我？我们不过才刚认识。

我告诉库诺西下个星期一我下山时，会再去看他。

那天晚上我买了一条附有十字架的项链，准备下次看到库诺西时送给他。我是在离省立医院不远的一个街角上买到这个十字架的。

可是我却有种奇特不安的感觉。将近一年之久，我每星期都下山，每次也都能回到清泉安详的平静中。此刻，我却感受到一种将会改变这种规律，干扰我平静——即使是在清泉——的牵连。我不能肯定我是否想要这种改变。

有一个多月之久，每次下山进城，我都把那个小十字架放在我的口袋中。可是每次回来，那个十字架还是在那儿。我没有去看库诺西，一个个星期过去，最后我把那个十字架送给了别人。

夏天来到时，我开始计划做一面能盖住教堂整个后墙的大壁画。我打算用泰雅族的图样画一个大十字架，以及一群群穿着山地服装的古代泰雅族人，他们一面打猎、织布、收成，一面望着十字架。

就在我为这个泰雅族十字架该用什么图样而伤脑筋时，我想到了库诺西。他应该知道怎么做才好。我必须去找他。

库诺西正在他上班的餐厅里，画一条餐布。看到我，他先是微笑。但他的笑容立刻消失，一副被伤到的样子。

“你并没有来……”他对我说。

我无言以对。对于自己曾经伤害过他，我只觉得抱歉。

库诺西看了一下我的壁画构图，说：“这个星期我会上山去看你。”

他会来吗？或者他会像我一样，迟迟不兑现。

两天以后，在山上的一场暴风雨中，凌晨一点，我被一阵敲门声惊醒。

“你的好朋友来了！”一个邻居扯开嗓门对我吼着。毫无疑问地，那是库诺西，他的鞋裤全都沾满了泥巴。

“我不知道你们的路是那么泥泞。”他说，不好意思地对他的鞋子笑着。

“你怎么那么晚来——又冒着雨？”我问。

“我说过这个星期会来看你。我必须等到下班后才能来，但我说话算话。”

那天晚上我们聊到很晚。库诺西把他的生平都告诉我——尤其是有关他心爱的那个女孩。

“等我有了足够的钱，我就娶她。你能为我们主持婚礼吗？”

他问我。

“我很乐意。”

“哪天我把你介绍给她。她很美。”

第二天我们拜访了一些村民。我们走在路上时，库诺西不知道从哪儿掏出一张他穿泰雅族服装的彩色照片送给我。再一次，我被这个爱送礼物，作息时间如此奇特，又爱得如此之深的男孩所惊讶……

到了星期一，我再去看库诺西。接下来的星期六他上山来度周末。这样持续了整个夏天。每星期一，我都在城里与库诺西一起唱歌、作画。周末他便上山帮我们带领青年团契。那个夏天，团契成长了不少，大部分得归功于我们这位新朋友和领导人——库诺西的热心。

现在，每次我进城时，我甚至不再有轻快的孤寂感。库诺西总会要我们去做些有趣的事。和他在一起真有意思。

我还记得一个特别有趣的夜晚。库诺西邀我到一家还在赶工，即将开幕的新餐厅去演唱。他要我哥哥大丁神父和我一起去为它的正式开张演唱。

哥哥和我都答应了他。可是，开张前几天，我去参观那家餐厅，似乎离完工还早呢!

“你确定他们能及时完工？”我问库诺西，眼睛注视着二楼地板中的裂洞、未安装的门窗以及地板上成堆的碎物。这一切都像是刚被空袭过似的。

“当然会。”库诺西回答道，一点也不紧张，“他们只要再安装几样东西就好了。”

正式开张的那晚，我骑着摩托车下山，赶到新竹，我哥哥则从台北赶去。当我们抵达时，餐厅已经挤满了人。侍者们来来回回地忙碌着，试着为所有客人安置座位。库诺西塞了一支麦克风给我们，要我们唱歌，可是除了大门口，那里连站的地方都没有。

哥哥和我开始演唱，但只唱了一下子。每次我们两人之中要是有人稍微移动一下，自动门便会弹开，打到我们的背，害我们摔到客人坐的台子里。观众似乎觉得这样非常有趣，以为这是表演的一部分，拼命鼓掌要求再来一次。

进出大门的人不断撞到我们。过了一会儿，我们发明了一种“呼拉舞”来配合我们的歌唱，借此我们不但保护自己不被客人撞到，也避开了那扇不怀好意的自动门。

在这同时，由于侍者经常被麦克风线缠到，大部分时间我们的歌声都不见了。库诺西从头到尾都愉快地笑着，好像什么事也没发生过。观众又笑又拍手的，叫嚷着安可。

就在哥哥和我正在决定最后一首歌要唱什么时，有人从二楼的一个小洞里冲下了冰块和柠檬汁，正好淋在我们的头顶上。哥哥和我同时转身面向对方，开始唱起“雨点不断打在我头上”，观众立刻为之疯狂。

那个值得记忆的夜晚终于圆满结束。一个看了整晚表演，来自我清泉村里的男孩向我借雨衣，好让他当晚能赶回山上，免得受寒。我借给了他，因为我原本就打算第二天才回去。可是，我放在雨衣口袋里的摩托车钥匙，却随着那男孩先回去了。

第二天早上，当我在雨中推着摩托车，想到我们安可曲中的歌词：“我再也不会诅咒要雨停，因为我已自由，什么也烦不了我。”便忍不住笑了起来。

可是，很快我就开始担忧了。

初秋的一个周末，库诺西没有上山来做定期探访。我们已习惯有他协助带领我们的青年团契，因此，少了他，一切似乎都变得怪怪的。

星期一，我到库诺西唱歌的餐厅去找他，可是他已经离开了。那儿的经理不知道他的行踪。我到他的小屋去，除了更多的破烂东西和酒瓶外，那里已经空了。那个星期我回到山上时，前几个月的平静和欢乐，已被对未来的沉重感所取代。

好多个星期过去，我没再见到库诺西。然后，有一天，我发现他在那水果摊附近，和几个人一起喝米酒。他已经喝了相当多，看见我，显得有些窘迫。他把新地址给我，要我到那儿去见他。

那一晚，库诺西颓丧地坐在他的地板上，告诉我他的心事。

“是我的女朋友。她离开我了。我以为她爱我。我卖力工作，为的是要有钱，好让她能爱我。现在她却和一个平地男孩订婚了。为什么？她怎么能这样？”

库诺西边说边喝酒。突然间他垂下头，脸孔扭曲着，好像要哭的样子，却没有发出任何声音。

“没关系。”我说，手放在他肩上，“世界上有许多女孩。你会找到另一个女朋友的。”

“不。”他说，“没人会要我。”

接着，就像刚刚垂下头一样地突然，他大笑着挺起他的肩膀，唱出一首活泼轻快的山地歌曲。

“没关系。”唱完歌后他笑笑，“终归是没关系的。”

冬天带着刺骨的寒冷来临。落失了叶子的树木，光秃秃、别扭地立在寂静的村子里。男人围聚在鸡房低低的火堆旁，轮流喝着酒取暖。村民们早早上床就寝，我则以看书度过漫漫长夜。

每个星期六我都猜测库诺西是否会到村里来，可是他再也没来过。我试着到新竹去找他，可是好像没人知道他的行踪。

正值严冬的一个冷天，库诺西再度出现在山里。他看起来好疲惫，好些方面老了许多。他说他需要钱。我照他要求的数目给了他，他说下星期会还给我。

“出了什么事吗？”我问他。

“没有什么。”他回答。

到了下个星期和再下个星期，都没有任何库诺西的消息。他没有实现诺言，我感到很失望。我决定设法再去找他。

找了好久，我终于发现库诺西和其他几个男人一起喝酒、赌博。他没有提起那笔钱。

于是我知道库诺西有了大问题。过后不久，我找到他父母住的村子，去拜访他们。他们对我非常和善亲切，把我当成他们自己的儿子一样看待。他们也很担心库诺西，尤其是有关他酗酒的问题。

“那会毁了他的健康。”他母亲告诉我，“他工作太多，玩得太厉害，酒喝得太凶……”

而且也爱得太深，我想。

当我向他们说再见时，库诺西的母亲用那双和她儿子一样的大眼睛看着我，说："你就像我自己的儿子一样。"并且紧紧握住我的手。

库诺西搬到另一个城市去了，这是我再见到他之前好几个月的事。又一个春天来了，我终于完成了教堂后墙上所画的大壁画。每当我看到那个山地十字架，它总会让我想起库诺西。我不断想起他的圆脸，他那毛扎扎的头发，低沉的嗓子和他所唱过的优美歌曲。我极想念他。

是一个初春的日子，我和几个村里的青年经过省立医院，走在新竹的街上。

"你知道库诺西病了，住在那家医院里吗？"其中一个男孩问我。

"不知道。"我说，整个胃因恐惧而翻腾起来，"他哪里不舒服？"

"我听说是他的肝。"

库诺西躺在医院的病床上，一张脸蜡黄而消瘦。他的胃部显得鼓鼓的。看到我们，他笑笑。

"你为何不告诉我们你在这儿？"我问。

"没什么大不了的。"库诺西笑着说，"这只不过是个小毛病。我很快就会出院的。"他并且和其他几个男孩开着玩笑。

我们离去之前，我把手放在他的额头上，我们都为库诺西祈祷。当他说他很快就会出院时，我以为是真的。

那天我骑着摩托车回到山上，春天的美景似乎呈现出一种不属于人世的本质。我仿佛正在驶入天堂。看到了库诺西，我很欢喜。不久，他病好了，要他回来再和我们在一起。

只是过了两天，我得到消息：正如他所承诺的，库诺西果真离开了医院——只是他却死了。

死了？我简直无法相信。他却说那只是一点小毛病……没什么大不了的……我的头一阵晕眩，我想到自己希望替他完成的所有事情。

我来到库诺西住的村子，直接到他家去。他大部分亲戚、朋友都已在那儿。棺材放在客厅里，我一进门就看见了。还来不及走进那间屋子，库诺西母亲模糊的身影已冲进房间跑向我。她紧紧地抱住我，不能自已地哭出声来。她把脸埋进我的肩膀，我伸手抱住了她。

"干妈！"她哭着说，"你的干妈！"

我一句话也说不出来。只是抱着她，任她哭着，让其他客人看着我们。

过了一会儿，库诺西的妈妈退后一些，把她的手伸向我。只见一条附有小金十字架的项链，在她手掌中闪闪发亮。

"他死去的前一天，买了这个。"他母亲告诉我，"他走到医院转角上，买下这个十字架，把它交给我。"

我看着这个十字架，想起很多事情——

"那表示他真的相信。"我对他母亲说："他真的想和天主在一起。"

"你能把这个给他戴上吗？"他母亲问我。

噷！不！我想。现在？

我们走过去，到那简陋的木棺旁。他的一些亲戚把它打开。库诺西躺在那儿，就好像……真的没什么似的。看到他的圆脸和毛扎扎的头发，我几乎控制不住我的眼泪。

他母亲轻柔地抬起他的头。我开始把十字架挂在他的颈子上。当我这样做时，鲜血开始由他的鼻孔和嘴巴流了出来。我设法把十字架放在他的胸口，他的血沾上了我的双手，他母亲仔细地为我拭去。

我们坐着祈祷了一会儿，第二天便葬了他。

“你想库诺西会上天堂吗？”当我们离开墓地走下山时，一个男人问我。

“我确信他会和天主在一起。”我回答，“他太好了。”

我多么希望在他离世的那一刻能和他在一起祈祷，道别……

那天晚上我躺在床上，无法成眠，心想不知库诺西是否真会在天堂。忽然间，天空发出巨大的雷响。就那么一声——没有下雨。

听见这声响雷，直觉地，我知道库诺西在那儿，和天主在一起。想到他那低沉、浑厚的嗓子在天堂里发出优美的声音，我不由得感谢上帝曾把他赐给我们，即使是那么短暂。很快地，我就睡着了。

那一年，春天在山上闹得轰轰烈烈的。桐油的白花像雪一样，轻轻飘落在马路上。各式各样的花朵，在轻柔的微风中飞舞，在阳光下闪耀。

对我而言，那个春天却是灰色而冰冷的——和失去所爱的心情一样，空荡荡的！

到更高的山上去

“你真好命。”一个皮肤黝黑，年纪跟我差不多的小个子男人对我说，“你不用工作，可是你还能有饭吃。如果我不工作，我就会饿死。”

“可是我也工作啊！”我回答道，有点像是在替自己辩护。

那男人神气活现地把他的锄头挥过肩头，开始登上那辆木材车。

“我是指真正的工作。”他说着，那辆木材车轰隆轰隆地开走，驶向更高的山上。

我站在烟尘弥漫的路上，凝望着山上那一片朦胧的绿意。只有远处传来的孩子声，打破了清晨的宁静。

白天村子里人很少。除了婴儿、老人或残废的人——还有我——以外，几乎所有的人都出去工作或念书了。为什么我不跟他们一起去?

那个黝黑男子的话激怒了我。或者是想证明给他看我也能做真正的工作，抑或发自一种想更深入地参与我周围那些人生活的欲望，就在那一瞬间，我决定去工作。

我的一位邻居伊凡说我可以和他的伙伴们一起工作。伊凡是个强壮的、运动员型的青年。和他那一族的某些人一样，他的头发带点红色，几乎可以被误认为是个外国人。

伊凡喜欢工作，而且通常都选择最艰苦、工钱最高的工作。不过这一阵子，他却和一大群朋友及亲戚们一起耕作，这种工作是相当轻松的。

第二天早上，搭乘那辆木材车上山后，我们在一大片杂草中各就各位，开始工作。忙着翻土的男人，不论老少，挥动起锄头，就像拿筷子一样地轻易。在男人后面，手脚灵活的老女人们在地上蹲成一排，忙着从杂草中抖落松土。尽管他们的工作速度对我而言是太快了，但是，我最常听见的话语却是“慢慢做”。

在我们工作的一次休息期间，伊凡把我介绍给那位工头。他来自平地，是位和善的老人。

“这是我的朋友。”伊凡指指我，说，“我们是去年我在美国念书时认识的。现在他回来这里看我。”

就在我不解地望着伊凡时，那位工头握握我的手。

“欢迎，欢迎。”他说着，便走开去查看他的水果树。

“你为什么要那样说？”等那位工头走后，我问伊凡，“我在美国时，从来就不认识你。而且去年我根本就不在美国，你也是啊！”

“唉！”伊凡耸耸肩，“有时候，生活实在很无聊。何不让它有趣些？”

听起来似乎满合理的，于是我们再回去继续我们的耕作。

对我而言，这份工作相当困难，到了那天下工时，我已浑身沾满了泥土，由于疲劳过度，也有些头昏眼花的。

“该走路回家了。”伊凡说。

“走路？”

“这么晚是不会再有木材车上山的。走起来也不过一个小时左右啊！”

撇开我的疲倦不谈，走路回家，的确是很好玩的。三两成群的工人们，锄头扛在肩膀上，步履沉重地走着，嘴里却哼着曲子，一块儿笑闹着。

“我们必须在这‘荒野西部咖啡店’里停一下。”当我们经过路边一家孤零零的破店时，伊凡说。

这一次，我没有对伊凡的想象提出疑问，因为我们很可能曾经是两个牛仔，在山里辛苦工作了一天，正要下山进城去呢！

“给我的朋友来一杯！”伊凡对那位“酒保”吼着，“他刚从美国骑马过来。”

不一会儿，这家孤寂的小店成了一间人声喧哗的酒馆，里面不时挤满了工人，他们互相请对方喝酒，有说有笑地说着山里的一天。每个人都想请我喝一杯。

“工作完后，喝一杯，你就会有力气。”每个人递给我一杯酒时都会这么说。

我试着向他们解释，我已经喝了一杯，也的确觉得强壮多了。然后，有几个男人请我与他们一起喝酒——同时从一个杯中喝酒。这是一种叫做“爱浓蜜”的泰雅习俗。要正确地做出这个动作，几乎得亲到对方才行。

我的爱浓蜜做得并不十分成功。试过几次之后，我的衬衫上除了泥土外，又溅上了米酒。但是，这样似乎只会鼓舞那些还未与我共享爱浓蜜的其他工人。

这群猛灌酒的工人们，看起来像是根本没打算离开这儿回家去吃晚饭似的。我知道，如果我再和他们一起多留一会儿，到头来就走不了了。

“你准备走了吗？”我几近恳求地问伊凡。

“是的。”他回答道，同时灌下最后一杯酒，“不过，我们必须赶紧溜走才行。”

“现在吗？”

“就是现在。”

在我们当时的状况下，伊凡和我可说是以相当难得的敏捷，快速地从那一大堆友好的工人中脱身而出。我们借口必须上厕所，趁这个机会，赶紧逃下山，回到村里去。

隔了好远，我们还能听见这些声音在回响。

“再一杯就好了。喝一杯，才会有力气。爱浓蜜……爱浓蜜！”

接下来的那几天，我们到更高的山里去耕作，或是将木材上的树皮剥掉。这些工作极需工人，待遇也很好。我开始习惯于日出而作、日落而息的生活，尤其喜爱在邻居家度过的夜晚，大家聚在一起，讨论明天要到哪儿去工作。

一天早上，我正和四十几个工人，在一座山底下排成一长列耕地。我们忙着挖出长满了草的泥块和一丛丛顽强的野草，想把这块土地清除干净，以便将来种果树之用。

我们慢慢地沿着山势，往上工作，有几个人领先在前。伊凡在我头顶上，起劲地锄着，就在这时候，他发出一声惊人的吼叫，挖出我所见过最庞大的一块泥土。它几乎是伊凡的两倍大，周围尽是泥土和杂草。

听见伊凡在喊叫，我抬起头向上看，只见那特大号的泥块，正朝我这边滚下斜坡。我赶紧转开身，还好及时救了自己一条小命。可是，那堆泥块却迎面撞上了我下面的那个男孩，让他飞落到山底下，半个人都被埋在土堆里。

我吓呆了。我只看见下面有一只脚和一只手，从那庞然的泥堆中伸出。接着，那堆泥土开始动摇，那个男孩沾满泥巴的面孔和身体，也开始慢慢地爬了出来。

工人们开心地尖声怪叫。这显然是他们这一整天里所见过最有趣的场面。此刻，那男孩已是满脸通红，龇牙咧嘴的，他只好跌跌撞撞地回到工作行列中他的岗位上。

伊凡无声地笑笑，甩甩他那头微红的长发。

“有时生活太乏味了。”他说，“能使它有趣些总是好的。”

那个男孩也笑了起来，他快乐，或许就因为他已为他的工作伙伴们的生活增添了一点点趣味——和欢笑吧！

那些在山里工作的日子，对我有一种特殊的意义。它们使我更接近我那些同村人的痛苦与欢乐。它们也帮助我更完整一些地参与了他们的生活。但是，最重要的是，它们给了我一次机会，让我每次看见首先对我提及“真正工作”的那个矮子、黝黑的男子时，我都能把头稍微抬高一点。

山青会

近两年来，我固定每星期到新竹市去一趟。在这段期间，我认识了许多在城里生活，以及在工厂里做事的山地青年。我常常希望有某种方式可以让我们聚集起来，建立一个由这些离家在外生活的工人们组织而成的联谊会。

愈来愈多的山地青年，离开了他们的家，投身于大城市的工厂。在都市里，他们往往会失去亲密的归属感，以及充斥山区的家庭气氛。在大城里的生活，总是寂寞而又疏离的。

另外也有其他人，在组成一个联谊会方面，与我有同样的兴趣。其中一个是泰洛柯族一位名叫喜慈的年轻男子。他曾经在新竹工作了好几年，认识许多来自各个不同部落的年轻人。他经常指引我到他们工作的工厂去拜访他们，并且对他们的福利非常关心。

对城市里的山地青年也很关心的另外一个人是汤梅花，她是名歌星汤兰花的姐姐。是贤妻也是良母的汤梅花，是她先生事业上的好帮手。然而，事业并不是她唯一关心的事。她的心常飞到各个部落的山地青年身上，而且她似乎一直都在设想有什么新方法可以帮助他们。

汤梅花来自阿里山，但是她已经在城市里住了好多年，因此对城里的问题非常清楚。每次我到她的公司去拜访，她在跟我、她的孩子以及她的狗聊天的同时，往往还要客气有礼地接听三四个电话。但是，我从来没看见过她着急或垂头丧气的。即使是在最忙碌的日子里，汤梅花也永远散发出一股祥和之气。

就这样，在四月里的一天，我的朋友喜慈、汤梅花和我聚在一起，计划在五月一日——劳工节那天举办一个山地青年的聚会。

我们开始接洽有山地人工作的各种不同的工厂。这往往被证实是一项令人灰心的经验。我先是傻傻地走到一家工厂的警卫面前，笑容满面地握握他的手，自我介绍一番。

“可不可以让我和你们工厂里的一些山地工人谈一谈？”

“这里没有。”这名警卫简洁地回答我。

“可是我刚刚明明看到有几个进去工作。”

“那么他们现在正在工作，你不能见他们。”

每个工厂都是如此。门禁几乎和监狱里一样森严。显然，看门的警卫是不准让任何陌生人进入工厂的。

后来，我想到一个办法。

“我能不能和我的朋友张先生谈一谈？”这样问警卫。

“张什么？”警卫这么回答我。

“张……啊！我不记得他下面的名字该怎么发音了。”我装出一脸困惑，接着加上一句，“他是个山地男孩。”

“那边有几个山地人。”那名警卫接着会回答道，“去问他们吧！”

那样就使我进到工厂里了。当然，我根本不认识什么姓张的人。可是进去之后，很可能我就碰到一个姓张的，所以，那也不完全是句谎言。反正，那样一来，我就可以接触到在那家工厂里工作的那群山地人。我会很快地向他们自我介绍，递给他们一张参加我们聚会的邀请函。然后，我再到下一家工厂去。

有了一点经验之后，很容易就会知道该到哪里去找山地工人。如果有大型的高楼正在兴建中，那么，一些做木工的工人很可能是来自花莲的阿美族。在建筑物外面，那些做铁工的人当中，就有些是来自台东的排湾族。

电灯工厂里则有泰洛柯族或布农族或布由玛族的人。也有些运货卡车公司，几乎全是由泰雅人组成。阿里山曹族人开了一家玻璃工厂。我甚至碰到来自兰屿，在一家鞋厂工作的雅美老友们。

有一次，也帮着我们筹组这个山地联谊会的刘丽君修女，跟我一起骑车到一栋正在兴建的大楼去。我们在附近找不到任何人，却听见高楼顶上传来钉锤声。我不敢爬上去，因为这栋建筑物实际上还只是个结构体而已。可是，没想到温婉、矫健的刘修女连等也不等我，就循着钉锤声，跑到上面去了。

等我跟在刘修女后面，气喘吁吁地上去后，只见她站在一片横跨两栋建筑物的薄木板上，沉着地向一位年轻、健壮的阿美族木工说明山地联谊会这个组织。我简直不敢大气呼吸，深怕她会被吹落到木板下面。当时，我们正在五层楼高的空中。

在我们举办第一次山地联谊会的前一天，喜慈和一位来自菲律宾的朋友道杰，站在新竹火车站前，分送邀请函给任何一位看起来有一丁点像山地人的人。后来，我们联谊会里的一些优秀成员，就是由此而来的，但是，在当时看起来，我们这种做法似乎太过激进了。

五月一日在一阵雷电交加的倾盆大雨中来到。刚开始，我们怀疑是否会有任何人有足够的勇气前来参加。联谊会是在新竹市的社会服务中心举行的。我们花了一整天时间布置礼堂，安装好一套音响设备。道杰特别调了一种由李子酒和肉桂混合而成的美味饮料——酒精成分只强到足以使人快乐，而不使他们兴奋过度的程度。

那天晚上，尽管下着倾盆大雨，仍然有一百多位山地工人参加了这个聚会。对我而言，最感意外的就是：他们竟然都真心想来——正如我们希望他们来一样地真心。

当我看到那天晚上大家相处得那么融洽，友谊已在不同部落的青年之间形成，以及第一次聚会所激起的热忱，我觉得自己亲眼目睹了一个梦想的实现。

当天晚上，我们决定每个月聚会一次，来使山青会继续下去，从那以后，我们一直是这么做的。

从四年前第一个雨天的聚会之后，这个团体已发展起来，并且扩大到桃园和台北。山青会一直是结合不同部落的一项工具，并且给予那些在大城里迷失的人一种认同感。不但如此，它也是个结交朋友、彼此熟悉亲近的机会。这正是生活的意义——不只是对那些山地人如此，对所有人亦然。

四种人生

清泉是个小村落，每个人都认识自己以外的其他人，因此没有秘密存在。人们在这儿出生、成长、结婚，然后死亡。然而，在这躺在苍翠群山间的平静村落里，生命似乎仍是遥不可及。

问题都是些基本的——生病、死亡和谋生。它们往往也因人而异。有时候，我会被牵涉到这些问题当中，想办法帮忙解决。这其中，有成功，也有失败，正如下面四个故事所要显示出来的（其中所提到的人名都已更改过）。故事的主人翁分别和离婚、酗酒、精神病以及自杀等问题打交道。他们不一定具有代表性，因为每个人都是一个不同的故事。

美雅

美雅究竟想不想结婚，实在很难说。不久以前，她的前夫在一次伐木的意外事件中伤亡。美雅年纪还轻，而且也很迷人，她的亲戚们都忙着替她找另一位丈夫。在泰雅人之间，没有人会单身太久。

结果，有个男人被选中了，年纪比美雅大一点，却是个非常好的人。看起来，他似乎会是美雅第一任丈夫所留下的孩子们的理想父亲。随之而来的是一场订婚宴，按照习俗杀了一头猪，新郎并且给了新娘家里十万块聘金。

婚礼也是依照习俗，弄得盛大非凡，所有的亲戚朋友都被邀请了。实际上，这等于请了全村的人。婚宴中，这对新人举杯向宾客敬酒，显得十分快乐幸福。

两个星期之后，新娘却失踪了。她的丈夫和亲戚怎么也找不到她。没有留下只字片语，也没有说出任何理由，什么都没有。

美雅走了有两个月。一天，就像离开时一样突然地，她回来了，说她想离婚。村长和她的亲戚们集合起来开了一个会，决定该怎么办。结果决定：如果美雅真的离婚了，那么她应该把新郎给她的那十万块还给他。可是，这笔钱早就被花掉了。

我也参加了这项会议，从头到尾一直看着美雅，她显得很冷漠。非常平静地，她说，她还有事要办，两天之内会再回来。

两天之后，美雅从城里带了十万块回来，把它交给她丈夫。

“她怎么会那么快就弄到这笔钱？”我问她的一位亲戚。

“很简单。她只要把自己押给南部一家酒家一年就有了。”

我去找美雅说，求她不要这么做。

“那是不对的。”我说，“你可以在工厂里做工，慢慢凑足这笔钱。他们不会介意的。”

“我知道。”美雅回答道，“可是这种方式很快就把一切都解决了。”

“你不能改变主意吗？我可以替你还掉这笔钱。”

美雅注视着我，头一回露出了微笑。

“也许吧！”她说。

我和她的亲戚们谈过，请他们想办法挽救这件事，并且说服美雅留下来。他们说他们会再跟她谈一谈。当时，我以为美雅一定会改变她的心意。

但是，第二天早上，美雅却走了。我们村里再也没人看见过她，或听说过她的消息。

大康

大康是我在清泉最先认识的那批人当中的一个。他身材高瘦，年约卅，留着一头浓密的长发。他的面孔看起来像是一座用上好的大理石雕琢而成的雕像——每一个五官都是美好而圆熟的。

自从初次见面后，我和大康就成了朋友，也非常喜欢他。可是他有个酗酒的毛病。不论我怎么说，或怎么做，似乎都无法帮助他，他也从未改进过。虽然我们还是朋友，但是由于他的酗酒，我很少去看他。

有天晚上下着雨。我正和一些客人吃着晚餐，大康却摇摇晃晃地走了进来。他的衣服好脏，脸上被泥巴弄得乌黑。他的母亲一直把他拖开，试着不让他进来。她简直窘极了。

大康的母亲一生吃尽了苦头。做了两次寡妇，其他的孩子不是死了，就是离家远去。只有大康留了下来。此刻，当他在我们的餐厅和他母亲挣扎时，她只有低声对他说话，劝他回家，不要打扰我们。

大康却在我面前跪了下来，开始哭。他断断续续地说着过去的点点滴滴。他提到他生病时我去探望他，我们一起爬上山，以及我帮他在火边烘烤草菇的时光。说着说着，他又哭了一会儿，然后大笑起来。

我把大康带到另一个房间去，以免他打扰到其他的客人。他在一张板凳上坐下，手脚一张，脸孔痛苦地扭曲着，啜泣道："救救我……"

我不知道如何去帮助他。当人们酒醉时，他们通常都想要别人的关注。可是，给他们忠告，却是一种浪费。任何强硬手段的显示，都会引起一种激烈的反应。我知道在这种时候，我只要轻言细语地说话就好了，不管说什么都没有关系。大康的母亲对我示意她要离开，去找人帮忙把她儿子带回家。

我倒了一点水给大康喝。他接过杯子，喝了一些，然后把水吐到地板上。他又倒了些水，把它们洒在桌子上。我一句话也没说，走过去，拿起一块抹布，把水擦干，然后离开那个房间，去准备主持弥撒。我想：如果他打算那样做，我可不愿意再在他身上浪费半点时间。

我希望大康会回家去。可是，我一离开，他就跟着我走下楼梯。我告诉他应该回家去。他却告诉我他要跟着我。这时候，他母亲带着一位我们的邻居回来了，可是，他们谁也无法说服大康回家。

我说我现在必须去主持弥撒了。大康说，那好，他也要去参加。我说，不行，那会冒渎上帝。喝醉酒的时候，是不该去望弥撒的。

好些人已经在教堂里等着参加周六晚上的弥撒。现在是开始的时候了。我离开大康，希望他会回去，自己则穿上圣袍，准备主持弥撒。

当我出现在祭坛上时，我可以看见大康和他母亲并肩坐在最后一排的座位上。她把头靠近他，嘴唇无声地翕动着。大康把他母亲的肩膀拉近自己。他弓身向前，凝神地望着我。

我很怕看见有人喝醉了酒来参加弥撒。因为那个人往往会引起一阵骚动，干扰到其他的人。我相信大康也会如此。

那天晚上自圣经中选读的内容是有关一个麻风病患者的，他对耶稣哭叫着："如果你愿意，你可以治愈我。"耶稣伸出手，摸着他说："我是愿意。你会痊愈的。"

我看着坐在最后一排的大康，只见他的头平静地靠在他母亲的脖子上。大康的母亲低头凝视自己的儿子，即使隔得远远的，我也能看出那是由最深的爱与关切凝成的目光。

在整个弥撒过程当中，大康多半是安静的。他母亲紧紧贴着他，仿佛这两人已合而为一。在我眼里，他们就像是米开朗基罗的作品"披塔"（抱着耶稣尸体而悲伤的圣母像）——圣母玛利亚和她的儿子。

弥撒过后，大康和他母亲随着其他教徒走了出去。当我跪在教堂里时，有一会儿，我还听见大康的声音。等我出来，他早已回家去了。

认识一个人那么多年了。那么多年来，也一直想成为他的朋友。我不知道自己是否帮助了大康。但是，我知道有一个人将会永远与他同在。

我想到他正和他母亲手挽着手，慢慢地走在黑暗中。对她儿子大康那痛苦的灵魂中那份怪异的苦闷，她是唯一一个真正了解——并且多少接纳——的人。

马雷

马雷大半辈子的时间都在山里，是村里最讨人喜欢的年轻人之一。不过，几个月以前，他在新竹附近的一家工厂里找到了一份工作，就我去看他时所了解的，在那家工厂里，试着习惯规律化的作息，离开自己的家人和朋友，休闲时间又那么少，对他而言，并不容易。

经过了几个月，马雷有了一个短暂的假期，便回到山里来喘口气。他去探访朋友们，喝了一点酒，开始有些松懈。然后他又去看了几个朋友，又多喝了一些。可是，他并没有松懈下来。可怕的事情反而降临到马雷身上。

他的哥哥跑到教堂来，几乎是泪眼汪汪地问我是否能去看看马雷。

“出了什么事？”我问道。

“我不知道。”马雷的哥哥回答道，“他……他简直像个野兽一样，到处乱咬，嘴里一直吐白沫。眼看着自己的弟弟那个样子，我实在受不了。”

我去到马雷家时，他正躺在地上呻吟。当我靠近他，他哥哥赶紧把我拉回去。马雷咆哮着，看起来真像会咬人似的，就像野兽一样。他的手臂血迹斑斑，嘴巴也破了，鲜血淋漓，眼神狂乱而兴奋。

我先从村里的保健室找护士过来。然后我问一些年轻人是否愿意和我一起为马雷祷告。

当我们祈祷时，马雷一会儿咆哮，一会儿呻吟，一会儿又声嘶力竭地惨叫，仿佛我们正在攻击他。他想踢打我们，却被他哥哥拖回去。他的眼神变得呆滞，什么也看不见。他根本不知道自己在做什么。

等我们祈祷完，马雷疲倦无力地倒在地上，看起来好像睡着了。这时候，护士来了，给他打了一针镇定剂，不过，在这节骨眼上，那似乎没什么必要。

马雷整整睡了两天。当他醒来时，他完全不知道曾经发生过什么事。他只觉得非常疲倦，也有些困惑。他再也没回那家工厂去。后来就在货车上工作。

马雷还是像以前一样，深受村里人的喜爱。我们曾经看过像野兽一样匍匐在地上的那个家伙，不是马雷。它究竟是谁，我们从来也不知道。我们只是很高兴马雷又回到我们身边，和我们在一起，并且希望他再也不会以那种方式离开我们。

蕃叔

我正在画我的壁画时，蕃叔走进教堂。蕃叔已经六十几岁了，有些低能。他很少洗澡，为人却十分友善。有时候我真希望他不是那么友善。不过我的确很喜欢他。

蕃叔不会说“国语”。我虽然懂一些泰雅话，可是，由于蕃叔有些口齿不清，因此，他所说的话，在我听起来，大都是一样的。

蕃叔垂头丧气地走向我，说了一些话，我用三种说法都可以解释得通：

一个说法是，他打算自杀，要我先替他祷告；第二个说法是他打算杀我，要我先替自己祈祷；再不然就是他打算把我们两个人都杀掉，要我先祈祷。

不管他说的究竟是什么，至少我知道自己最好还是先祈祷一下。不过，据我推测：蕃叔对我实在太友好了，不至于会想杀我。因此，他所说的一定是他自己。同时我也推断出：他是要我立刻到他家去。

“我可不可以先把我的画笔洗一洗？”我问道，忍不住怀疑自己的壁画是否有完成的一天。

“现在就去。”蕃叔回答道，“不然就太迟了。”

“给我五分钟。”我说，“你先走，我马上就来。”

等蕃叔一走，我赶紧跑去找一位庞然壮硕的邻居。

“我想蕃叔要自杀。”

“他不能那么做。”

“呣！你能不能跟我一起去他家，以防万一？”

“等我喂好我的鸡，我立刻就过去，你先走，我随后就来。”

我赶紧跑去追蕃叔，想趁他还没到吊桥前赶上他，因为有人就曾从这吊桥上跃向他们的死亡。

可是，蕃叔却若无其事地穿过吊桥，慢慢地爬向他的小屋。他的门上有把挂锁，是锁上的。

突然间，蕃叔探手下去，拿起一把大刀。他四下挥舞着刀，我想：这下准完蛋了。

可是，蕃叔所瞄准的目标，却是门上的那把挂锁。不偏不倚地连砍了几下，他就把它给锯穿了。

这时候，我那位身强力壮的邻居才姗姗来迟。我看他一眼，意味着：你可知道你很可能晚来一步？

我们走进蕃叔破烂的小屋。他独自一人住着，心情可能是很消沉的。脱掉帽子，他示意我们开始祈祷。于是我们特别祷告蕃叔能重新快乐起来，不要再有事让他那么烦恼。

等我们祈祷完，蕃叔伸手到一张椅子后面，拿出两瓶淡酒。他给我们一人倒了一杯，然后深深地坐进椅子，开始谈话，又显出兴致盎然的样子。

或许，他只是想要我们去看望他，这便是他达到目的的方法。不过，话又说回来，这也可能是一次自杀事件。

四种人生际遇。四种问题。四份祷词。对某些人而言，它能奏效，对其他人，却不发生作用。

这一切，环绕着我们村子，给白霭霭的山岚覆盖着的群山都看到了。他们曾听见那初生婴儿来到这世界时的哭声；也曾看着他成长，逐渐成熟；他们曾感受到他的泪水、他的渴盼、他的欢乐与疾苦。当他逐渐接近合而为一的那一天，他们也曾静心等待——最后，他们会把他带回自己身边，深深地进入大地安详宁静的子宫去——成为一体，和平无争，是结束，也是永恒。

木材工厂

有过一点在山里荷锄耕作的经验，我忍不住对在大城市的工厂工作会是什么样子，产生了兴趣。我们设在新竹的山青会里的大部分会员，都是在这些工厂里做事。我可以在他们下工后或在仓促的午餐休息时间去拜访他们，但是，尽管如此，我还是觉得离他们的日常生活太远了。

要让这些山地工人来参加我们的聚会，有时候很难。实际上，到了晚上，我自己往往是精力充沛，而且是休息过的，至于我所拜访的那些工人，则是又倦又累、筋疲力竭的。如果我们的体验是如此不同，我们如何能真正地分享交流呢?

新竹有家大规模的木材场，深深吸引着我。在清泉上面的山里，许多树木被砍下来后，都送往那家工厂，有的被砍成木头；有的则被柏油涂黑，做成电线杆。很多来自山地的泰雅族人，都会到那家工厂去工作一阵子。

我希望自己能在平日到那家工厂去工作，周日再回到清泉去。

我认识一对来自五峰的兄弟——海杨与毕豪，他们都在这家木材场里工作。我跟他们提起到他们工厂去做一个月工的事情。

“那种工作是很苦的。”海杨告诉我，“你会弄得浑身脏兮兮的。为什么你想去做呢？”

“我需要这种训练。”我回答，“再说，我认为那将会是一种很好的运动。或许到那时候，我会变得和你们一样强壮。”

“哪里。”海杨微笑道，得意地收放他那坚实的肌肉。

那家木材场有三个部门。一个部门是用机器将木材切割成不同尺寸的木头，在不同的商店里出售。在里面的部门，巨型木桶接着准备上柏油，用来做电线杆的木材。在分散的外围地区，起重机举起不断进厂的木材，把它们整整齐齐地堆积起来，工人们则忙着在起重机举起它们之前，剥下树皮。我就是在最后这个部门工作。

当我初次看到这个木材场，我根本理不出任何头绪。乍看之下，起重机似乎只是把木头从一个地方举起，再随意地扔到其他地方。工人们熟练地在一堆堆的木材间跳来跳去，把树皮从木材上撕去。这份工作看起来满有趣的。

上工的第一天，我沿着木材堆上上下下地跳着，像其他人一样把树皮剥掉，发现这份工作的确满好玩的。由于起重机一直发出很响的噪音，所以很难分辨出起重机是否靠近了。好几次，我差点被自起重机颈部悬出的那个大钩子（形状像大钳子）打到。

“小心啊！”海杨告诉我，“否则，趁你不注意时，那起重机会用它的钳子把你的鼻子夹住，将你吊起来。”

我想象自己被大钳子夹住鼻子的模样，活像一个戴了一只鼻环的非洲土著!

跟海杨及毕豪一起工作非常愉快。他们总是与我聊天，如果我没注意，而那起重机的钳子已晃到我身边时，他们也会提醒我。

可是，有时候他们兄弟俩开车去倒剥下的树皮，得离开好长一段时间。如果没有其他人在我的工作区内工作，这份差事就会变得乏味而单调。如果有其他人加入我，它又会变得很有趣。我这才开始了解：我做的是哪一种工作，远不如我和谁一起工作来得重要。

每天，我们都有一小时的休息时间在自助餐厅里吃中饭。我本来以为这是与工厂里其他部门的工人碰面的好时机。没想到工人们几乎都一语不发地吃完他们的午餐，大约只花五分钟，他们就吃完这顿饭，然后他们回到室外，找个地方，趁再度开始工作之前，小睡片刻。过不了多久，我也染上了这种习惯。

当三个山地工人在泥沙地上摊开一片片未经加工的木材，我注意着他们。他们用一块厚木材当枕头，一靠上去，立刻就睡着了。我也依样画葫芦。睡了几分钟，工厂那惊心动魄的刺耳铃声再度把我们惊醒，是该回去工作的时间了。

到了下午，大约下工前一小时，领班会过来和我聊聊。他是个年轻、勤奋的本省人，总是要来看看我是否戴上了工作帽。

“如果你的皮肤给晒伤了，还不打紧。”他告诉我，“可是你必须保护你的脑袋。”

领班会跟我聊好一会儿，通常都聊到快下班回家的时间。我相信他这么做，只是为了给我一个喘口气、休息一会儿的借口。

一连好几天，都没有新木材进厂，于是我们就把这段时间用来清理木材场。里面的木屑和烂木头堆得老高。我花了好长一段时间，才在给木材上柏油的那栋建筑物旁边，挖出一块地方。

一天下午，我正在那栋建筑物附近，捡起一些老木材，就在这时候，我的脚直直踏穿一块烂木板，陷进一座地下储油槽内。当我发现自己掉入那片墨黑中，忍不住大叫起来。

“你刚刚掉到油里去了。”在我旁边工作的那个男人懒洋洋地说了一句，好像我需要他告诉我才知道似的。

就在我将自己由那浓浊、黏叽叽的液体中脱身而出，觉得自己像是一根刚处理过的电线杆时，两位年轻的护士——我来自台北的朋友——踮起脚尖，绕过转角，看到了我。

“啊……”她们说着，抓住她们那洁白的衣服走近我，“你刚刚掉到油里去了？”

这两位护士曾经上山到清泉去看我，到了那儿，她们才听说我正在这家木材工厂工作。于是她们又回到山下来看我——没想到这时候我竟会在油里游泳。

“我不是常做这种事的。”我试着向她们解释，徒劳无功地擦拭着沾在我裤子上的油渍，“我是说：这并不是我真正的工作。可是，我们今天正在打扫，那么巧，你们也来了，而我……这些油……”

她们只是瞪着我那条被柏油弄黑了的长裤。

“你好可怜。”她们说。

在木材工厂工作的整整一个月当中，除了这一次以外，我只出过另一次意外。有一次，当我正在剥一堆木材的树皮时，不知怎么，我的腿竟然被卡在两块大木材中间，没法儿拉出来。当时，还有好几位工人在附近，可是既然他们都没注意到我的困境，我便试着自己来解救自己。

至少试了十五分钟以上，我才发现那是没有用的。我只有垂头丧气地对着毕豪大喊。看见我的窘样，他忍不住大笑，赶紧跑过来，使劲一推，就抬起那块木头，松开了我的腿。

“我想你最好不要再独自工作。”毕豪告诉我，“我最好陪着你，否则你会受伤。”

对我而言，那再好也不过了。

中秋节到了，老板在工厂里请全体员工吃一顿大餐。菜肴非常丰富，酒也源源不断地供应，每个人都兴高采烈地大吃大喝。最令人喜悦的是看到老板、主管们以及所有工人一起吃喝，欢聚一堂。这使我深深觉得自己是这工厂的一分子。

那个月虽然漫长，却很值得。我学到了许多事情，觉得自己对城市工人的生活，又多了一分了解。到了晚上，工作完后，我会拖着疲乏的身子，到五百CC木瓜牛奶汁的冷饮摊上，喝它三大杯。然后我再回家，洗个澡，倒头就睡。

我不认为在这种时候，我会希望有任何人来找我，请我去参加什么山地同胞的聚会。我实在是太累了。

或许，那就是我所得到的最大教训。

动物的故事

狗并不是最适合在山里饲养的动物。实际上，我所养的鸡一直以惊人的速度繁殖着，我的鸭子也持续不断地增加到连它们的游泳池都容纳不下的地步，相反地，我所养的狗似乎老是有麻烦。

和平，是我最喜爱的伴侣及慢跑伙伴，有一天，就在天气刚转凉时，它失踪了。它是只黑色的公狗——据说这种组合是最好吃的，这或许不该怪它。但是，如果它能对每个人稍微不友善一点，稍微凶一点，或许能保住它一条命。

我的第二条狗是巧克力，是依据它的颜色以及我最喜欢的饮料而命名的。巧克力是我所见过最懒惰的狗。似乎什么都不能改变它。它成天都在睡觉，只有要吃东西时才会醒来。

不过，巧克力所吃的东西，令我相当恶心。它喜欢到公共厕所去用餐。

“我真希望巧克力不要吃大便。”我对一位邻居抱怨道。

“我才不养一条不吃大便的狗。”那位邻居回答道，“大便可以把它们养得肥肥的，而且你也不用喂它们那么多东西。”

当巧克力长大了点，它开始对异性的狗产生浓厚的兴趣，并且和警察局附近一条白色的长毛狗发展出亲密的关系。每隔一阵子，巧克力总会离家好几天。只要不是在睡觉和吃大便的时间，我都会发现它和它的女朋友在一起。

通常，巧克力对人是不怎么有兴趣的。不过，有一天，刘丽君修女和另外四位姐妹上山到我们村子来拜访，巧克力竟然爱极了她们。她们走到哪儿，它就跟到哪儿。甚至当她们决定步行回家时，它也跟着她们。大约走到去五峰的半路上，她们叫巧克力回家，便搭上一辆计程车走了。

可是，巧克力却再也没回来。我找遍了附近那个村落，没有人看见过它。

“那个村子里的人很爱狗。”一位女士告诉我。

“噘！”我回答，“那他们或许会好好照顾巧克力。”

“我是说他们爱吃狗肉。”她解释道。

我的第三条狗是只黑白相间，名叫娜伦塔的杂种狗。我养了它两年左右。它是一条忠心耿耿的狗，却有些悲惨的怪癖。

“胆大妄为”是唯一能形容娜伦塔个性的词句。有时候，它会蹲在教堂墙壁后面，看着那些小娃娃去托儿所上学。当它发现了某一个特别柔弱的小孩，它就会跟在他后面又跑又跳的，并且偷走那可怜孩子的午餐。这种劣行令我非常生气。可是我似乎没有办法将娜伦塔调教得好一些。

不过，娜伦塔也有它的长处。它每次都去望弥撒。但是，有一次它却咬了弥撒时的值勤小孩一口，因为那可怜的男孩不小心踩到它的尾巴。

我对娜伦塔最喜爱的印象是发生于我在耶稣会里发最后誓愿的庆祝会上。这个庆祝会是在清泉的教堂里举行的。我的会长、修道院院长，还有其他许多神父和修女，以及村子里的天主教徒，都出席了这项庄严的典礼。

发最后誓愿的典礼进行到最高潮时，我跪在祭坛以及我的会长面前，大声宣读我愿在耶稣会里度过终生。

就在我跪下的那一刹那，我感觉到有东西摩擦着我，一片又大又湿的舌头舐上我的脸。不知是谁打开了那间客房，偏偏娜伦塔又知道在哪里可以找到我。

人群中传来一些惊恐的吁喘声，其中一位神父发出嘘声，想把娜伦塔赶走。可是，娜伦塔只是瞪着他看，凶恶地咆哮着。那位神父只好作罢，不敢有进一步的尝试。

当娜伦塔跪在我身边，半趴在我的脚上时，我继续宣读我的誓愿，尽量不去想这一切在来宾们眼中一定非常奇怪。

典礼结束之后，我向宾客们致意、问候，他们都为我和我的狗宣读了我们的最后誓愿，向我们道贺。

“你觉得让娜伦塔出现在那上面，看起来很糟糕吗？”我问一位对我认识相当深刻的神父。

“不会呀，”他回答，“那看起来……就像是你的作风。”

不过，娜伦塔的缺点，到头来还是毁了它自己。它先后咬过好几个人，有一天，我回到家，发现我的狗不见了。

“我把它送走了。”尤帕士带着一抹善解人意的微笑，对我说，

“我们想：趁你不在这儿的时候把它送走，会比较好。”

“你是对的。”我说。我知道自己永远也无法把娜伦塔送走。尤帕士也知道这点。现在木已成舟，无法改变，而这也的确是件该做的事。

唯一令我耿耿于怀的是：那些抓到娜伦塔的人，竟然把它给吃了。那已是我的第三条狗变成别人的食物。

在我决定改为养猫之前，我又养了两条狗，它们都死于“寿终正寝”。

当我在一位朋友家发现“气球”这只猫时，它浑身上下都是跳蚤。我洒了一些狗专用的杀虫洗发精在它身上，从它尾巴开始替它清洗。当我摸到它的头，那里布满了一大片黑压压的跳蚤，全都是从它身体的其他部分撤退过来的。我真担心在我把它们全部消灭之前，它会被呛死。不过，最后气球还是被洗干净了，变成一只非常美丽的动物。

猫是优雅、驯服，而又有些难以捉摸的——就像山里的气氛一样。不过，它们也能像狗一样地重感情。气球和我的最后一条狗一起长大的，它们年龄相仿。当那条狗死了之后，我便成了气球唯一的亲人，我们因此变得非常亲密。

有一天，一只母猫和气球一起进门来。她并不怎么讨人喜欢。实际上，她相当小家子气。她的尾巴是弯曲的，看起来一点也不温柔。我很高兴气球找到了一个女朋友，但是，我实在不知道它到底看上她哪一点。

那头野猫跟我们住了几天，就睡在气球的盒子里，吃它盘子里的食物。接下来，气球便失踪了。它一声不响地消失了，可是那头野猫却留了下来。我想：或许，这终究不是爱。她只不过是为了它的食物才跟着它。

五天之后，我听见门口响起一声好凶的“喵”叫。我打开门，只见气球怒气冲冲地闯进来，气急败坏地奔向它盛食物的盘子。那头野猫拼命顶住它，想要它远离那盘食物，然而气球只是愤怒地对她嘘声叱责。

我觉得是该给那头野猫找一个新家的时候了。而且我相信气球一定不会在意这项“离婚”的。于是我把这头野猫送给另一个村子里的一户人家。从那以后，气球又再度过着一种平静的生活——优雅、驯服而又若即若离的，不过总是情深义重的。

狗是人类最好的朋友。鸡和鸭是看着好玩。可是，一只猫却能以温暖和平静填满你的生活，这是其他动物所没有的。基于这点，我认为猫可能才是最适合在山里饲养的动物。我相信气球会同意我的看法的。

山地舞

清泉的女人组织了一个山地舞团。一位来自台东的舞蹈教师——阿美，被派来教两个月的课，其中包括了台湾所有山地部落的舞蹈。幸运的是，停留在我们村子的期间，她遇见了我在田野里工作时的伙伴——伊凡，后来他们两人结了婚。这么一来，我们村子便得以拥有一位常设的舞蹈教师。

山地人在舞蹈方面很有天分，清泉的女人对她们的课程都非常喜爱。每天晚上，她们都在如今已涂上大型山地壁画的教堂里练习。我觉得自己正目睹着一次山地文化的复苏。

同时，我也觉得自己在见证某种宗教性的东西。

我的想象力四处游移，继而停留在古时候的舞蹈会是何种情景。当然，在那个时候，舞蹈具有一种宗教的本质。看着这些优美的手臂动作——双手高举朝天——跪着的身躯，弯低到地上——我知道这些舞蹈原本就是用来向上帝祈祷的。

为什么我们不能以同样的方法把它们运用在祷告中呢？

我向那些女人建议：让我们在弥撒曲的个别乐章，采用一些山地舞的动作。

“你教我们啊！”她们热烈地回答着。

我虽然不是什么舞蹈老师，但是，在大家的通力合作下，我们想出了能够配上山地舞动作的弥撒曲个别乐章。

如此一来，便产生了一场美丽的教堂礼拜仪式，那是我们为庆祝村子里的收获节而举行的。一开始，跳舞的人排成一列，舞进教堂去。接下来是象征忏悔的弯腰动作。当人们拿出花朵、水果及蔬菜时，有个女人用米臼盛着米，在祭坛前用杵捣着。过后，是一支“十字架”舞和一支领受圣餐舞。

当弥撒结束时，舞者带领着参加聚会的其他人，跳成一个大圈圈，好让每个人都能参与其中。

收获节的庆祝仪式，使我益发体会出传统山地文化之美。而大部分人在每星期天相遇的教堂，似乎是表现那种文化的最佳场所。毫无疑问地，最先把属于他们自己的文化给了这些人的上帝，会很高兴看见它在祈祷及颂歌中运用得如此之好的。

舞蹈课程结束后不久，村子里开始了一项山地纺织课程。这是由村里合作社所主办的，利用比较现代化的机器来传授传统的泰雅族织布法。这项课程非常成功。山地布立刻被制作成跳舞服装，清泉的舞者也因此显得益发多彩多姿了。

省政府计划在台中举办一项舞蹈庆祝会，作为合作节的活动之一。由于清泉的合作社经营得愈来愈成功，当地舞者的声名也愈来愈响亮，因此它被选中在那个庆祝会上表演舞蹈。

“你也想来跳跳舞吗？”在合作社工作，圆圆脸的幼明有天问我。

“可是所有跳舞的都是女的。”

“这次我们也要找些男的。连我自己都参加了。”幼明拍拍他那圆滚滚的肚皮，“这倒是个减肥的好方法。”

“如果你跳，我就跳。”我说。

那的确是一项很好的运动。实际上，我根本没想到跳舞会是这么一件苦差事！以前，我曾经悠然自得地看着那些跳舞的人练习，脑子里还同时想着古时候的情景，以及宗教的意义等等。可是，现在，在我弯腰、挺直、推拉、跳跃之际，除了音乐的节奏外，我很少有时间想到其他。

在我们的表演节目中，除了几支必须更换服装（我得围上一块腰布）的传统山地舞外，还包括一支现代的“山地迪斯科”。它的配乐是一首万沙浪唱的歌——《喝一杯米酒》。我不敢肯定这个歌名是否正确，因为在练习过程当中，我们把这首歌放了好多遍，几乎都听烂了它，但是，我还是没能把它的歌词听得很清楚。不过，这个歌名听起来倒满贴切的。

所有参加跳舞的人，包括我自己在内，都可以得到一趟免费的台中之旅，其中包括吃，以及在表演前住一夜旅馆。光是听起来，就够人陶醉的了。

我们所住的旅馆，是由三个榻榻米房间所组成——一间给女人住，一间给那些带了丈夫的人住，还有一间是给单身男孩们的。不知怎么搞的，结果我却住在那些带了丈夫的女人房里。

那时是夏天，天气十分地热。那天晚上，就在女人们忙着将她们的服装，作最后一分钟的调整时，有人开始四下传递米酒，唱起《喝一杯米酒》。

“来，这是给你的。”幼明说着，递了一杯给我，“你知道，你也是我们一伙的。”

演出的那天下午，天气好热好热。我们才穿上编织的舞衣，就开始汗流浃背的。围着一块腰布的我，等于有了一台自动冷气机，算起来还是运气的呢！

当帘幕拉开，我们双手交握地演出第一个节目，开始跳到舞台上去。偌大的礼堂里挤满了观众，大都是些政府官员。

我才刚刚出现在舞台上，观众群中就开始发出低语声。只见大家都在交头接耳，嗡嗡地轻声交谈着。我敢说我知道他们在说些什么：

“那个两腿毛茸茸的人是谁？他看起来不像山地人。呣，说不定他是，谁知道呢！”

那天下午，望着跳舞的人那一张张快乐的面孔，在那之后，又看见他们那个样子许多次，我渐渐相信了山地舞的力量——那是一种能将我们彼此以及我们自己本身，在灵魂最深处紧紧结合在一起的力量。这一切，甚至不需要言语，便发生了。对我自己而言，就是这种舞蹈，使我再次感觉到：我也是他们一伙的。

安全之旅

“我们派了三位年轻的修士给你。”信上写着，“我们知道你会好好照顾他们，他们也会好好享受和你在一起的一个月时间。”

“别担心。”我回信道，“这儿有许多工作要做。在我们村子里，他们会很安全的。”

后来，我真恨不得能把这些话吞回肚子里去。

丁姆和约翰，这两位来到清泉的修士，是从美国来的。第三位修士是我的朋友道杰，他来自菲律宾。他们是一群爱开玩笑的人，和村子里的居民相处得非常融洽。可是，由于那两个美国人不会说中文，除了教教英文，他们能做的事毕竟不多。

我们筹备了一项推广性的英语课程，依年龄来划分课程，并且在村子里大肆宣传。开学第一天，有一大群学生跑来上课。我们的老师都兴致勃勃地教学。第二天，只来了一半的学生。第三天，剩下六个。到了第四天，竟然变成一对一教学。在那之后，就连最后仅存的三名学生，也每天都不一样。

“我们的学生都到哪儿去了？”修士们问道，显然是大受挫折，

“每天教一个不同的孩子，真有点搞迷糊了。”

到处打听之后，我发现原来村子里大部分的孩子，整天都泡在河里享受冰凉的河水。

“他们都在游泳。”我向修士们解释，“或许你们愿意到河里去，和他们打成一片。”

修士们对于这个建议大为欢喜，孩子们也是。这一来，再也没有英文课了。取而代之的是骑马打仗，打水和乘急流而下等课程。

要不是其中一位修士丁姆，在回到教堂后，突然病得奄奄一息，这一切会很圆满的。他不但发高烧，而且不停地打冷颤。

我们把丁姆扶到床上，赶紧派人去请村子里保健室的护士来。她很快就赶来了，开始动手为丁姆注射点滴。

“那是什么？”当丁姆看到护士把那瓶葡萄糖吊在他床上，拿出一根长针时，他叫了起来。

“那是一瓶点滴。”我说，试着安慰这可怜的孩子，“可以使你恢复体力。”

“欧！不要。”丁姆呻吟道，“我一定快死掉了。”

“那倒是挺浪漫的。”约翰说，“死在另一块土地上，在这些人的祈祷下，在这山区中离开人世，升天……简直浪漫极了。”

“唔！至少会有你每天都不一样的英文学生为你祈祷。”道杰火上添油地加了一句。

“谁有照相机？”约翰问道，“我想拍一张丁姆垂危的照片，把这瓶点滴和所有这一切都拍进去。”

“谢谢你们的同情，哥儿们！”丁姆嘟囔着，勉强挤出一抹虚弱的微笑，“可惜你们的幽默感比我还乏味。”

丁姆在短短几天内就复元了，这大都归功于他那两位同伴风趣的关切。于是，我决定带他们去那罗，那是在尖石区内，一个距离清泉好几小时路程的山地村落。我们打算到那儿去拜访赵修女。

赵修女独自一人在那罗住了好些年，负责管理一间附属于她的教会的诊疗所。除了医疗工作外，她还办了一所幼稚园和缝纫学校，从事辅道及宗教指导的工作，并成为她那个村子里每个人的好朋友。不但如此，她同时还能做她前一个故乡——意大利最好的通心面。

初见面，赵修女往往会给人一种弱不禁风的印象。可是，事实却不然。几年以前，一次台风摧毁了她和另外两位修女居住的修道院，她们所拥有的一切，全被大水冲进河里。然而，赵修女并没有被这场灾害击倒；她只是搬到山上，住进她一直用来为人们服务的那罗诊疗所。

我也听说赵修女，曾经在短短几个月期间，自己动手打死十六条钻进她家或教堂的蛇。显然，这绝对不是个平凡女子。

赵修女最令我印象深刻的记忆，是发生在一次我进入尖石山区旅行的途中。当时，我刚从那一个地区里最遥远的村落回来，非常疲倦。一连走了好几个小时的路，我来到一段陡峭的下坡，那是在蜿蜒通往那罗的路途中。

我忍不住想起赵修女，以及我每次去看她，她都会弄给我吃的美味糕饼点心与自制的美酒。虽然我又累又饿，但是，当我盼望能见到她，享受她的热烈款待时，脚步不禁加快。

可是，就在我下山，走到去那罗的半路上，我看见一辆计程车正轧轧轧慢慢地爬上山，朝我驶来。坐在计程车里的，正是赵修女和几位神父。他们显然正要进入山区内部，我刚刚过来的地方。我这才知道：等我抵达那罗时，赵修女和她的点心——将不会在那儿了。

计程车驶近我，停了下来。赵修女跳下车，把我介绍给她的侄子——一位来自意大利的神父，以及和她同行的其他人。

“我本来希望到了那罗，去拜访你呢！”我告诉赵修女，试着藏起心中的失望，“能尝尝你的酒和点心，那该多好啊！”

赵修女诡谲地笑笑，伸手到计程车内，拿出一个大篮子。篮子里装的正是糕饼点心、葡萄，以及她出名的自酿酒。接着，仿如变魔术一般，她掏出一只晶莹剔透的酒杯。我们在那条陡峭的路上，几近垂直地站稳脚步，赵修女便倒了些她自已酿的酒给我，又让我吃了派饼和葡萄。

当时的她，就像个仁慈天使似的，我不禁怀疑：这一切究竟是我在做梦，抑或是真实的。等我用完点心，赵修女便回到计程车内，我们道了再见，他们就直趋上山。我只觉精神为之大振，便轻快地走向那罗，以及最近的巴士站去。

有过这样美好的记忆，到那罗一游，便成了修士们在台湾短暂停留期间的必修之课。可是，我们才开始那罗之旅，就发现离开清泉，通往外界的那条路，已被坍方下来的落石掩埋住了。我们本想闪开落石，冒险越过，但是，最后决定这样还是太危险了，尤其是丁姆已经被石头砸了好几下。不得已，我们只好爬到下面的河里，然后再往上爬，到坍方的另一头去。

暑天的热气湿透了我们的衣裳，可怜的修士们在旅途中，几乎因中暑而倒下去。不过，最后我们还是走到了那罗。

赵修女正等着我们。她带领我们走进她那纤尘不染的小诊疗所，给丁姆的伤口上药，然后开始请我们吃意大利面、酒和各式各样的糕饼点心。

“再来些通心面？再来点酒？还要红茶吗？”赵修女真要宠坏我们了。用过餐，在酒足饭饱的舒适中松懈下来之后，修士们的对话开始变成这一类的：

“如果我是来这儿，而不是到你那边去，我相信我绝对不会生病的。”

“这里好干净，好优雅啊……不像你那儿。”

“我们不想离开这里。这儿比我们原来住的地方好多了。”

我忍不住叹息。这倒是真的。赵修女的确知道如何使人有宾至如归的感觉。

现在我唯一的问题是：费了那么大的工夫，把修士们弄到那罗之后，如何才能把他们弄回去？最后，我只有答应带他们去看清泉上面山区里的神木，才把他们骗离那罗的人们、赵修女，以及她的美酒和一流的意大利烹调。

那些神木应该有几千年的历史了。我自己从未看过它们，可是，据说它们距离大马路，走路不过几分钟而已。

道杰和我各自骑着一辆摩托车，后面载着丁姆和约翰一起去。

“你先走。”道杰告诉我，他还不太习惯驾驶摩托车，“可是别骑得太快，可能的话，随时回头看一下，看看我是否还在这儿。”

我点点头，开始骑上山，全神贯注地说故事给坐在我摩托车后座的约翰听。很快地，我就把道杰的请求忘得一干二净。

隔了好一阵子，我才发现道杰不再跟着我。我停下来等着，却不见道杰的踪影。

等我掉过头，循原路回去时，竟发现道杰和丁姆伤痕累累的，直发抖。原来，他们俩刚才狠狠地从车上摔下来。

“多谢你等我们。”道杰等着我。

“我实在很抱歉。”我说，心里好不懊恼。

“你想你还能骑上山吗？”

“欧！我们会没事的。”丁姆说着，拍掉他身上的尘土，“不过，你可知道我怎么想？我想：我这一生中，从未像这次和你出来玩一样，与死神有过如此亲密的接触。”

原本只需两小时的上山路程，却花了我们将近四小时。到达山顶时，雾好浓，我们几乎什么都看不见。从大路到神木“短短的路程”，又花了我们两小时。由于山上气温低，我们都快冻僵了。

然而，就在我们站在高及腰际的湿草丛中时，此行最大的伤害却来临了。我们开始注意到自己整条手臂上，都是一块块的血斑。仔细一看，才发现吸血的水蛭，已在我们好几处皮肤上附着住了。

我们靠着神木坐下，一个个冻得半死，却还得忙着扯掉水蛭、护理我们的伤口，就在这时候，约翰转向我，说出这句无法避免的话：

“我觉得自己好像身在最落后的非洲。我知道我们根本不该离开赵修女那儿的。”

我几乎盼望她会突然出现，再一次像一位仁慈天使一样，带给我们她的酒和点心。可是，这次却没有。后来，我们总算回到大路上，找到我们的摩托车，穿过浓雾，缓缓爬下那条通往清泉的漫漫长路。

在一个月的拜访期间，与死神有过那么多次亲密的接触之后，可怜的修士们最后终于回去，与他们在台湾各个地方参加类似服务计划的同伴会合。后来，道杰跟我提起一次聚会，在那次聚会中，他们曾和其他人分享了他们的冒险经过。

“在所有参加不同计划的修士当中，听起来，丁姆和约翰像是说得最多，做得最少的。”道杰告诉我。

“我想他们绝对不愿意再来了。”我叹息道。

“不，他们还想回来。”道杰热切地说着。

“他们真的愿意？”

“是啊！但不是回这儿来。他们想回到那罗和赵修女那儿。他们说：在那儿会比跟你在一起安全些！”

鸭毛

在一次每周固定的新竹之行中，半夜一点，我在留宿的社会服务中心，被一通台北打来的电话吵醒。

“抱歉，把你吵醒了。”我大哥在电话里说，“不过，这的确是件急事。我们的导播想知道你是不是能和我一起上一个电视节目。”

“当然可以。我们要做什么——唱歌？”

“不，我想他们是要我们扮演两个美国大兵。”

“我们不必杀人吧？”

“不用啦！只不过是一场很短的戏而已。”

“他们什么时候要拍？”

“我们会在早上六点出发到淡水去。你可以现在就过来吗？”

就这样，我接下了一出电视连续剧——《旧情绵绵》里的一个戏剧角色。我哥哥大丁神父，是一个经验老到的电视演员，可是，对我而言，什么都是新鲜的，再加上前一天晚上没睡好觉，因此我还是睡眼惺忪，迷迷糊糊的。

满载着导播、演员以及工作人员的巴士准时出发上路，不一会儿，我们就抵达了美丽的淡水河畔那块荒僻的地方。那时，还是一大清早呢！

我急急忙忙地及时赶到那儿后，我们却得干耗好几小时，等工作人员把道具架好。那是一场非常简单的戏。我先在一座帐篷旁边的火堆上煮东西。然后，我哥哥会对我大叫，要我去接听无线电话。在我接听电话时，我哥哥发现了一名敌军。这就是整场戏的经过情形。它只持续了几分钟，比我们穿上那破破烂烂的陆军工作服所花的时间还要短。

听起来满简单的。可是，导播却没告诉我对着电话说什么。

“我该说些什么？”我问大哥。

“随你便。”他回答道。

于是，轮到我上戏的时候，我就跑过去，对着电话说:“喂？”

“咔！”导播吼道。

我们把这场戏从头来过。再一次，我跑到电话前面，说:“喂？”

“咔！”这一次，所有工作人员都大笑起来。

“你是一名美国大兵，记得吗？”导播告诉我，“你不该懂中文的。你可以说‘哈啰’啊！”

于是，我就对着电话说英文，我想象我们是在战争中一次停火期间的士兵。

“是，长官！现在这儿一切都很平静。”我对着电话，信口胡诌，“天空中一点声音也没有。我们会留心提防。请放心。情况良好，没有任何声响。”

对我的表现，导播显得挺满意的。到了下午，我们已拍完这场戏。

我急着看到《旧情绵绵》和我自己初上荧幕的播出。我们的戏是在第五集的一开头。我迫不及待地望着电视上的片头，忙着搜索淡水河边的外景场地。

接着，我就看到自己对着电话讲英文。可是，令我惊恐万分的是，炸弹爆炸及空袭警报声竟被加入了录音中。这么一来，当我不疾不徐地说着“情况十分良好”以及“没有任何声响”时，音效所发出的都是货真价实的炸弹或枪了儿声。

幸好，大概没有几个观众听得懂我的英文——要不就是我的话大都被火药声淹没了。最起码，他们没把我的“喂”给录下来。

在《旧情绵绵》中演过电视后不久，大哥又问我能不能和他一起上一个电视节目。

“我们还要再演大兵吗？”我问。

“不，这一次我们唱歌。”

“在哪儿唱？”

“在台北的青年公园。他们要录一场以山地人为主的特别演唱会。要我们去唱几支山地歌。记住把你的表演服装带来啊！”

我把我最鲜艳的山地装带着，另外还加上一顶白色的羽毛头饰，那是从我以前所养的鸭子身上拔下来的毛做成的。

“你知道吗？”大哥注视着我的羽毛头饰，说，“如果鸭子也有主教的话，它们绝对会选你来当。”

大哥和我合唱了一首我们以前学会的山地什锦歌。演唱会的主持人本身也是一名家喻户晓的演艺人员。不过，她可弄不清我们两人之中，哪一个是大丁神父，哪一个是小丁神父。

“丁神父。”她对我说，以为我是我哥哥，“我们曾经看见你在电视上唱过好多歌——有台湾歌、‘国语歌’、山地歌——你的确是个语言天才。可以告诉我们：你总共会几种语言？”

“唔！”我想了一下，说，“全部加起来，我想我和我哥哥总共会十种语言。”

“哇！那简直不可思议！”主持人说道。

“是啊！”我继续说，“我哥哥会九种，我会一种，加起来就是十种。”

后来，有人请我大哥在一套非常流行的儿童录音带中，装唐老鸭的声音。录完这套带子之后，大哥拿了几卷给我。

听这些录音带时，我忍不住想：或许我戴着羽毛头饰，看起来像只鸭子，可是，我大哥的声音听起来，却更像鸭子。我们两人都没有被误认为鸭子的危险，倒很奇怪。

大哥曾经在不同的电视连续剧中，扮演过许多角色，其中包括在《珍妃》一剧中扮演一位意大利籍、耶稣会的大胡子画家——朗世宁，对日抗战期间一位信仰新教的医生，以及《巴黎机场》中的法国记者。

不过，我会永远牢牢记住的两个角色，就是我和他一起演出的一名迷糊的美国大兵，以及一只五颜六色、有主教相的山地鸭。

施与受

山里的人非常喜爱访客。实际上，山地人一项与众不同的特点就是他们的开放——他们的热情好客。他们的人情味还是十分浓厚。这就是我每次看到人们怀着分享与交朋友的想法来到山里，会如此开心的一个原因。教学永远是相长的，付出多少，便能回收多少。

来自文化大学夜间部的山地服务队，便是深获清泉人心的一个团体。这支队伍里的卅几个学生，放弃了他们大半个寒暑假，来到我们的小村子，把他们自己奉献给我们，与我们打成一片。他们这么做，牺牲非同小可。

服务队的卅个队员，不是睡在硬邦邦的桌面上，就是睡在清泉活动中心的水泥地上。那个房间是用一大块布隔成男生区与女生区的。蚊帐挂得到处都是，使这个房间看起来活像一间小型的难民营。不但如此，这么一个房间，同时还得兼作厨房与餐厅。在这种状况下，我非常乐于将教堂提供给该队办活动用。

由于我们的青年团契活动，向来都是任其自然发展，因此我们几乎不曾有过任何计划，可是，相反地，这个服务队却把他们的活动项目筹备得巨细靡遗。这么一来，我们村子里不但能学土风舞，看服装表演，还可以欣赏各种不同的歌曲，以及幽默短剧。女人们甚至上了一门如何使用化妆品的短期课程。

白天，学生们在学校里辅导复习课。经由家庭访问和亲自去了解每个孩子，他们班上的出席纪录，都比我们的修士们所曾开过的英文课要好得多。

一个大学生，不厌其烦地花费一早上的时间，来教一个山地小孩使用毛笔，看在眼里，真是一幅美丽的画面。看着一个小男孩，带着一个大学生到河里去教他怎么捉鱼，也是同样令人欣喜的。

孩子与大学生。山区与城市。山地人与平地人。年龄、环境与民族血缘的交融，便给予了一个难得的分享机会。这样的分享，不但是一种挑战，同时也是一种新发现。

好几个文化大学的学生，在其他人回去之后，又和我们在教堂里住了好长一阵子。正如所有在这个村子里待过一段时间的访客一样，他们都取了泰雅名字，并且继续在各个不同方面，为村民们服务。

气球这只猫，尤其喜欢教堂里能多几个伴儿。气球是一只“膝头猫”，也就是说它最喜欢睡在别人的膝盖上。可是，在选出最舒服的膝盖之前，它还喜欢把每个人的膝盖都挑拣一番。

因此，每次我们坐在饭桌前吃饭，当气球仔细、逐一地扑向每个膝盖时，都会有此起彼落的尖叫声，从每个学生口中发出。

另一个气球喜欢睡觉的地方是衣服里面——尤其是在那些大

学生的毛衣里。只要我听见有个房间传来一阵可怕的尖叫声，那一定是其中一位女孩想穿上她的毛衣，而气球还在那件毛衣的一只袖子里熟睡着。

在一个团队里，每个成员各有所长，便可吸引不同的人。许多人团结起来的力量，不但比任何一个人所能做到的强过许多，而且能普及到更多人身上。

这种人才的团结，是我在与文化大学的服务队一起工作之中，深深感受到的。我看到当他们和我们在一起时，大家多做了多少事。我也了解到：尽管我们使用的方法或许不同，但是，我们对这些人的理想、目标，其实是相同的。

眼看着这些学生们离去，我好难过，虽然在一年当中，他们仍会不时地来看看我们。此后，每次有一群学生上山来，他们都会带来一大堆书籍，直到我们终于能够开始成立一座出借图书的图书馆为止。

我好爱与这些学生们一起工作，也衷心钦佩他们慷慨的付出。他们走了之后，我突然感到：光凭自己，我所能给与这些人的，实在非常有限。村民们也很怀念他们。现在，他们也被限制住了，怀着满腔的热忱，他们想要与人分享他们的殷勤好客，但是，可以分享的，却是如此之少。

施与受——究竟哪一样才真是最重要的呢？

吃飞鼠肉

看着脸团团的幼明，攀上一棵枝叶茂密的树木，我简直不敢相信他的手脚是那么敏捷。在离地一百英尺的高空中，他小心翼翼地爬上一根突出的树干，拉过一条细枝，让它弯到树干上，再用一根绳子把它绑紧。

幼明是在忙着设下陷阱，捕捉飞鼠。我虽然和他一起去从事这项冒险，但是，光是从地面上一块安全之地看着这一切，我也就满足了。

幼明同时也检查了前一天晚上他所设下的陷阱。如果那儿有一只被绳子套住、已经死了的飞鼠，他就会割断绳子，把它扔下来给我。那一团红白夹杂、美极了的兽毛，会优雅地降落在我的脚边——不多久便成了一道泰雅人最喜爱的佳肴。

泰雅人是天生的猎手。对他们而言，不但捉飞鼠是件大事，就连吃飞鼠，也极为狂热，百吃不厌。不过，令我困窘的是，飞鼠是除了狗以外，我唯一不能吃的另一种食物。或许这与它的烹调方法有关。

飞鼠很少是用煮的。它通常先用盐腌过，在煮熟的米里放上好几天。然后，用手直接从湿答答的米饭中取出来吃。

“别客气啊！”面对着一整桌飞鼠爱好者时，一定会有人这么告诉我。然后他们会递给我一大块厚厚的生飞鼠肉，肉上还滴着湿淋淋的米饭呢！在嘴里咀嚼了几分钟，实在没法吞下它后，我会小心翼翼地从嘴里吐出那块肉，偷偷地喂给那些一直在桌子底下钻来钻去的狗当中的一只吃。

“多吃一点！不要客气！”我的主人一定会这么说，同时递给我另一大块肉。

在那些时候，我对于自己无法与他们一起享用一种泰雅人最喜爱的食物，感到相当懊恼。可是，后来发生了一件事，使我庆幸还好自己一向是不能吃飞鼠肉的。

这一切都从一次在五峰举行的一年一度运动会开始。和平常一样，这些活动是半运动、半社交性质的。鸡酒源源不绝地供应着，而人们所卖的另一种最受欢迎的食物就是山肉，所谓山肉，通常是指飞鼠肉。

运动会过后几天，我们村子里大约有二十几个人得了一种非常严重的病。他们的喉咙都肿了起来，不能吃，也不能喝。不但如此，他们的视力也变得模糊，皮肤开始发痒。有的患者甚至比其他人更严重。这些人，不但全都参加了运动会，而且全都吃了生的飞鼠肉。

“这种情形，每十年就发生一次。”厨师尤帕士告诉我，“很久很久以前，有些山地人欺骗了一个到山上来的平地人。为了报复，那个人就诅了一个咒在飞鼠身上。十年前，不少人就是因为得了这种同样的病而死掉。”

看来，这次得病的这些人，也必死无疑了。由于不能吃，那些得了这种病的人，必须仰赖村子里的护士每天带来的点滴，才能活下去。不管用什么药，似乎都不管用。由于大部分的患者是男人，他们的家庭也因此全都陷入了财务困境中。

对很少有保险，通常都没有什么存款的山地人而言，疾病的确能毁掉一个家庭。在这种时候，村子里的信用合作社可帮了大忙，就像清泉这样一个密集的小村子里的亲戚朋友一样，充分发挥了互助合作的精神。但是，病人这么多，问题还是很大。

幸好，博爱会给了我们一些钱，支助那些病人的家属，才帮我们解决了难题。一个由修女们组成的慈善团体，以及来自各方的有心人士，也都给予我们支持。

花了好几天的时间，我们挨家挨户地祈祷，设法安慰那些病人。眼看着这些原本强健魁梧的山地人，由于缺乏食物，已逐渐被折磨成骨瘦如柴的饥馑相，实在很可怕。

有个男人在医院动了一次气管切开的手术之后，却死了。由于喉咙肿胀，他一直无法呼吸。他的死，使大家更担心这次疾病可能产生的后果。

不过，渐渐地，这些病人身上的症状，开始消退。他们已经能吃一点东西，也开始重新恢复体力。约莫一个月之后，这些男人差不多都快完全复元了。这要命的疾病，就像它来的时候一样莫名其妙地消失了。结果，只有一个人死亡。

对于这种飞鼠病，有什么科学诊断吗？大部分的医生都认为：那是一种只限于对啮齿类动物（其中包括飞鼠）的特殊反应，有时候会在某一特定范围内——如每隔十年或十几年，周期性地发生在飞鼠身上。

在我们村子遭受这种疾病之苦的那一个月内，我所认识的人当中，没有一个吃过半点飞鼠肉。可是，等每个人都没事了之后……

“要不要跟我们一起上山去？”脸团团的幼明对我扯开嗓门叫着，一双眼闪闪发亮。

“你该不是又要去抓飞鼠吧？”我难以置信地问道。

“一点也不错！”幼明回答道，“再也没有比飞鼠更好吃的东西了。你应该试试看！”

我看着幼明再度兴致勃勃地攀上那棵树，拉下一根小树枝，把它用绳子系牢，设下他的陷阱。

我想：这大概就像开车吧！只因为你曾经出过一次车祸，并不表示你永远不会再开车！

阿秋的世界

世上有许多故事是真实的，也有许多是虚构的。但很少有故事——像我们的梦一样——介于两者之间，似真似幻。它们会是真的吗，抑或只是我们想象力创造性奔放的结果？下面这个故事正是这一种。

阿秋坐在甘蔗园边，在黎明的曙光中他是一幅黑色的剪影。由于身材矮小，头发蓬乱，再加上太瘦，他显得比实际年龄八岁要小。一撮打结的黑发垂落在深棕色的脸上，中国太阳闪烁的光辉在他大而深的眼里跳动。

阿秋动也不动地坐着，他的光脚向前伸直，细小的胳臂安静地交叠着。在这夏日的早晨，有一份平和的静止，那种安详、沉静，不但紧紧掌握住他，也将他卷入沉思中。他喜欢在太阳升起之前悄悄溜出屋子，将自己藏在甘蔗园的另一边。那是他特有的世界，在那儿，他能望着天空，倾听鸟儿的歌唱。

当血红的太阳将金黄的波光洒满大地，阿秋会笑着跳起来，开心地张开他的双臂。

“我希望我能飞——像鸟儿一样飞越树梢。”

阿秋凝视着在清晨微风中摇摆的老橄榄树。他发现那些鸟——黄色、棕色及红色的鸟——自天空流泻而下。它们成群结队、成千上百地来，啪哒啪哒鼓动不停的翅膀震破了清晨的寂静。

在天亮以前，鸟儿会先到流经村子的河里喝水。现在，当它们来到高高的树梢，准备享用早晨的大餐时，阿秋觉得它们就像是嬉笑玩闹的鸟群所形成的漩涡堆。

它们以各种美妙的花式穿越空中，啁啁啾啾地叫、唱个不停，在蓝天里上上下下地翱翔，在微风中打转，飕然飞过如丝的云彩，低飞、弧形而下，盘旋，直到它们栖息在树上为止。

阿秋愉快地看着这一幕。他总以为这些鸟儿是特别为他表演的。因此他会向树上的鸟儿张开双臂，表示他的感谢。

当阿秋慢慢走回家时，太阳已狠狠地晒着滚烫的地面。篱笆里一只老牛用那双空洞、惺忪的睡眼对他眨眨眼。阿秋的手轻碰着门。他绝不能弄出半点声音，因为爸爸病得很重。

不一会儿，阿秋就进了屋子。他棕色的小手慢慢从门上滑下。东张西望的大眼睛窥进这间满是灰尘的屋子。阿秋的祖母正跪在屋角的一张草席旁。她是个瘦小、皮肤很黑的女人，满脸皱纹而孤独，黑色的小眼睛夹在苍老皮肤的褶纹中。他父亲躺在那张草席上，一只骨瘦如柴的手试着抚平蹙起的眉头，口里含糊而又神志不清地低语着。

好几年前，阿秋的妈妈离开了这个家，到大城市去，再也没回来过。阿秋常想:或许因为他是个坏孩子,所以他妈妈才不要他。

好在他还有爸爸。

阿秋很爱他爸爸。以前他爸爸曾经带他走过甘蔗园，指给他看树上的小鸟。他知道它们的名字。并且会假装和那些长满羽毛的动物讲话，回答它们吱吱喳喳的问题。

有时那些鸟儿会在他父亲经过时，从树上飞下，落在他肩上。他爸爸会抓住一只鲜黄色的云雀，告诉阿秋它那双长腿有多优美，轻软的羽毛有多纤柔。阿秋会仔细盯住爸爸的手，看着那只鸟坚定的眼睛和严肃小巧的喙，再拍拍它头上柔软的黄毛。然后，阿秋黑亮的大眼睛会溜上爸爸的脸庞，露出腼腆的微笑。

那些都是阿秋喜欢回忆的……和爸爸一起走在金黄色天空下的日子。

现在他父亲病了。好几个星期以来，他躺在屋角，发着高烧，冒着冷汗，无法动弹。可是，阿秋知道他会复元。然后他们就可以再一起穿过甘蔗园，对着鲜黄色的鸟儿说话。

祖母听见阿秋进门。她咻地站起身，像蛇一样发出嘶嘶声。

“阿秋！你去哪里了？”

阿秋望着她严厉的黑眼睛。

“阿秋，你爸爸病得很严重。他快死了。他必须赶紧喝点水，否则他会死掉。快去河边，用这个桶装水。现在快去，阿秋，快点——不然他会死掉！”

祖母把一个大灰桶塞进阿秋手中，他把它紧紧抱在黝黑赤裸的胸前。有好一会儿，他愣住了，呆立在祖母面前。接着，他的眼睛投向草席上他父亲痛苦扭曲的形体。他飞快转过身，冲出门外，跑过那头眨眼的母牛、篱笆和甘蔗园。在那条通往村子的沙石小径上，他拼命地快跑着。

那条河流经村子的中央。阿秋跑到大路上时，女人们已准备到河边去洗衣服了。小贩们沿着街边摆设好水果、蔬菜。早起的长舌妇们漫不经心地晃过吊桥，阳光掠过她们鲜艳的阳伞。

阿秋不要命似的冲过桥，跑向河边，那些阳伞、水果摊、闹哄哄的人声和水流声，在他脑海里不停地旋转。他的世界是灰色的——就像他紧抱在胸前的水桶一样，灰而冰冷。

阿秋终于来到河里，他用力一抛，水桶里装满了全是泡沫的水。将那桶沉重的宝藏拉进怀里,转过身,他开始狂乱地爬上岸边。一上桥，他的肩膀不小心撞到其中一位妇人的伞尖。

阳伞掉了下来，打到她的同伴，使那女人早上要洗的东西飞落到下面的河里。

阿秋慢吞吞地躲开那些愤怒女人的叱责，眼睛惊恐地瞪着四处飞散的衣物。

“哎唷！你这笨小孩——看你做的好事。过来！过来！”

阿秋不顾一切地急转过身。准备逃跑。惊慌之中，他一头撞上一个提了一篮梨子的小贩。霎时间，阿秋惊惶的叫声和那小贩的谩骂混作一团。

“我的梨子！都被你弄坏了。你要赔我。小偷！流氓！”

阿秋的世界变成一大堆想抓住他的手和尖酸刻薄的话语。急急忙忙地，他跌跌撞撞地跑过桥，飞快地冲过大街。两个尖声叫骂的妇人和一个怒气冲冲的小贩，在他身后紧追不舍。

“拦住他！小偷！小偷！”

阿秋的眼睛害怕地圆睁着。他经过几个人面前，他们立刻抓住他，但他又从他们手中溜掉了。他飞快登上狭窄的阶梯，追逐者灼热的呼吸紧紧跟着他。

一个老农夫正对着阿秋，从石阶上下来。他的肩膀上扛了一根弯弯的扁担。扁担两头分别挂了两个鸽子笼。小阿秋很容易就从那些吱吱叫的鸟下面溜过去。可是，那群愤怒的大人碰到这个障碍物时，却一个接一个地被撞倒了。

这下阿秋可自由了，但他却失去了宝贵的时间。他跑着爬上那条陡峭的小路，穿过甘蔗园，水桶紧紧贴在胸前。

“爸……爸爸……爸爸……”他在心底不停唤着。想着垂死的父亲，痛苦地躺在草席上的模样，阿秋的脚步飞快地擦过多砂的小径。可是，快到家时，他的光脚滑了一下，灰色的水桶从他手中飞掉。看着它掉在几公尺外，阿秋叫了起来：

“不！”

赶紧从地上爬起来，阿秋救回半桶水。他飞快地跑进屋里去。

房间里静悄悄的。爸爸躺在草席上。一阵衣服走动的声音传来，祖母从另一个屋角现出。

“阿秋！你怎么这么晚才回来？阿秋，你是个坏孩子，坏透了！快来不及了，你听见了吗？再过一下，你爸爸就要死了。”

她从阿秋那儿抓过水桶，装了一小杯水。跪在他父亲旁边，她将那只长满老人斑的棕色手臂放在他肩膀下面，开始把他的头从草席上抬起。阿秋站在窗户旁边，憋住气。他的手指用力顶住身后的窗台。他的世界开始旋转。

“笨孩子！小偷、流氓……看你做的好事……太晚了……来不及了……死了……死了……”

阿秋的手指开始戳进窗台。当老祖母用力把他的头抬高一点，阿秋看见爸爸的眼睛。他看着她拿住那只杯子，快死的男人的嘴唇向杯子靠近了一些，脸孔扭曲着。阿秋的手从窗台上放下，紧紧压住自己的嘴巴。当那杯水碰到那男人的嘴唇，祖母的手臂随着刚刚死去的人体重量坠下。

“你爸爸死了！”祖母低语着。

仿佛青天霹雳般，一阵鼓噪声响起。阿秋倏地回转过身，面向窗外。只见好几千只鸟儿随着震耳欲聋的振翅声，自地上飞起。它们向上飞着，排成密密麻麻、黑压压的一片，朝着空中如丝的云彩飞去。阿秋望着它们，直到它们消失在空中为止。

阿秋发现自己在奔跑。他的眼睛紧闭着，他也不知道自己要去哪里。他只觉空气疯狂地敲打着他的眉毛。然后，他停下来。他已来到甘蔗园边。坐下来后，他把两脚向前伸展，一双小手交叠着，眼睛望着天空。

它们先是一小串、一小串地来，继而成百只地来，然后成千只地出现。其中有黄色、棕色，也有红色。看起来好像所有的鸟儿都来到了中国的土地上。有大的，有小的，有鸟妈妈，也有鸟宝宝。除了黑翼的高脚沙锥鸟、戴胜鸟、长尾的寡妇鸟、食米鸟、琴鸟、模仿鸟、白头的铃铛鸟、会唱歌的画眉和云雀，以及哀鸣不已的鹂，还有篱雀、燕子和白头翁。

它们来自四面八方的天空，成列、成群地飞越蓝色的天空。一会儿俯冲，一会儿高飞，群集得如此之紧密，以至于天空都被它们的翅膀遮黑了。它们鼓动翅膀，发出像浪花拍打岩石的怒吼，同时唱出震天价响的序曲。在一片杂色羽毛形成的波光中，它们自天空飞下，一直飞到孤苦伶仃的阿秋身上为止。

仰望着逐渐飞近的鸟儿，阿秋笑了起来，沾满泪痕的脸颊也随着一阵突如其来的欢欣而泛红。那些鸟儿来到他的胳臂下，挤在他脚下。阿秋忍不住开怀大笑。他的世界成了黄、棕、红三色，并且被耀眼夺目的歌与爱所填满。

他觉得地面开始远离他。他飞上了天空，一直向上飞越过高大的绿树。在色彩和音乐织成的羽毛毯内，只见甘蔗园，那只不停眨眼的母牛，他的家以及多灰沙的路，直到他看见那些树木、河流、村落变得愈来愈遥远，愈来愈小为止。大地变成绿色棕色交织而成的图案，在中国太阳之手的渗透下，染上一片金黄。

阿秋仰望着云朵，直到他迷失在白绒绒的云海中。很快地，他就成了天空里的一个小斑点，继而消失无踪。

我的姑丈

“如果我们的姑丈是一个神父，他很可能会成为教宗。”姑丈来台湾看我们的时候，大哥总是这么形容他。他是跟我们的姑母、他的一个女儿，以及他的外孙一起来的。大哥开车载着他们四人，上山到清泉来与我们共度一个周末。

我的姑丈一句中文也不会说，不过他还是费了好大劲儿，想用中文说出“谢谢”这两个字。不管什么时候，只要他遇到一个人，他都会问人家的名字，有力地握握人家的手，再猛拍人家的肩膀，说：“你是一个好人！”

他这样做，总是让对方以一种高兴，但却羞红了脸的反应表示接受。到我们的姑丈离开清泉的时候，半数以上的村民都学会用英文说：“你是一个好人！”

村民们为我的亲戚准备了一个他们最有名的晚会。女人们除了跳山地舞，并且在我姑丈以及他的家人头上戴上头饰，他们都加入了大圆圈舞群中，随村民们翩翩起舞。

晚会结束之后，长老教会的唱诗班来了，为姑丈他们唱起赞美诗。他们是听说我姑丈和他的家人是基督徒，想与他们一起共享他们的宗教乐曲，所以特地赶来。当唱诗班用中文唱出熟悉的宗教旋律，姑丈用英文跟着唱起来。

“你是一个好人。”在唱诗班表演完后，他对每一位团员说。

第二天早晨，我的亲戚们到教堂来参加我和大哥共同主持的弥撒。当然，福音是由姑丈来讲述，在福音中，他告诉每个人：“你们都是好人！”弥撒结束后，他把从他的家乡堪萨斯州带来的小麦小样品，以及其他的小纪念品，分发给大家。

接着，清泉村长邀请我们全体到他家去吃中饭。这是我的亲戚们第一次和一个台湾的家庭共餐。村长摆了两桌酒席，每一张桌子上都堆满了食物。

我们坐一桌，村长家的朋友们坐在另一桌。他们都在玩“喝酒的游戏”，扯开嗓门，吼来吼去的，玩得不亦乐乎。

桌子底下，四五只狗为了扔给它们的剩菜残渣，在那儿穷凶极恶地打斗着。它们激烈的骚动几乎把桌子都给掀倒了。

随着空酒瓶的增多，隔壁那一桌的喧哗也愈演愈烈。狗儿们的精力，则随着人们供应的骨头愈来愈多，而愈来愈旺盛。不一会儿，我就变得手足无措。

“你不认为我们现在该走了吗？”我对大哥耳语着。

“你看姑丈。”大哥回答我。只见我们的姑丈正开朗地笑着，目不暇给地，一会儿看看那些男人玩喝酒游戏，一会儿又看看狗儿们抢骨头。

“这实在太棒了。”姑丈说，“我想这是我到台湾来以后最有趣的时光。”

“我也这么认为。”姑母插嘴道，举起她的酒杯干杯。

“你知道，那个村长。”姑丈转向我，说，“他是个好人！”

清泉的人也认为我姑丈是一个“好人”。他离开后好久，人们还向我问起他呢！

姑丈证实了：这世上有各种层次的沟通方式，它们往往比言语还要有效，还要深入。他也了解：交朋友的最好方法之一，就是把对方看成好人，并且真正觉得他是好的。或许，当你这么做的时候，那个人真的变好了。

我忍不住想：姑丈，你也是一个好人。你真该当教宗的。

蛇的故事

每个人似乎都有他最爱的蛇的故事。以下就是我最爱的两个。

已经是深夜了，我正骑着摩托车回清泉的家去。当时，我实在太累了，满脑子尽想着我那张舒适的床，以及好好地睡一夜。不过，在离开村子约莫还有廿分钟路程的途中，我的摩托车车链却断掉了，原先那些念头也消失无踪。

我暗忖，这车链真断得不是时候，只好开始推着我那辆沉重的摩托车爬上山径。我一直开着车前灯，好让自己能看清眼前那条狭窄的山路。

不一会儿，我就遇到一条长长的青蛇，不偏不倚地躺在路中央。当然，青蛇是最毒的。由于没有具备赵修女杀蛇的本事，我并不想惊动这条蛇。可是，我实在没法儿绕过它。

借着还亮着的车前灯，我在路边捡起小石子，对准那条蛇扔过去。不幸得很，那些石头连蛇的边儿也没沾上，它反而朝着石头落地的噪音怒冲冲地耸立起来，然后再恢复它原先在路上的姿势。

非常小心地，我蹑手蹑脚地绕过那条蛇，到前面路上去找一块更大的石头。找到之后，对准那条蛇扔过去。这一扔，差点儿甩断我的膀子，那条蛇却一溜烟儿钻进我摩托车下的黑影里去了。

现在我可是进退两难了。没有手电筒，我不能到摩托车那边去，怕那条蛇还在那儿，而我又看不见它。

不得已，我只好把摩托车留在路上，开始走回村子去，一边走，一边怨叹自己的倒霉，怀疑那个晚上我是否还能上床睡觉。

一走进村子，我就发现有个夜猫子正要回家，他手上刚好有支手电筒。

“可以帮我一个忙吗？”我对那个男人大叫着。

“帮你什么忙？”他回叫我。

我知道听起来一定很蠢，可是我必须向他解释。

“有一条蛇爬到我的摩托车旁边，它一直骚扰我。我需要借用你的手电筒。”

“一条蛇？”那男人问道，“你为什么不随它去呢？到时候它自己会走开的。”

“我害怕。你能帮我吗？”

这番言语一定打动了那个男人的自大心理。他大摇大摆地跨步下山，开始和我一起走向那被我丢在路上的摩托车。

“喏！你看，蛇已经不在那边了。”那男人说着，打开他的手电筒照亮我摩托车附近的地面。我开始朝它走去。

“等一下！”那个男人大叫一声。当他把手电筒对准摩托车照时，只见那条蛇就在那儿，缠绕在把手上——在等我回来呢！

那男人的准头比我好多了。他的手杖一挥，就把那条蛇从我摩托车上击落，打死在地上。然后他又帮我推摩托车回家。

有过那次经验之后，我决定去买一块“黑石”回来，这种石头原本产于非洲，是由台东的一些神父在销售。据说，在被蛇或虫咬到的状况下，黑石可以把伤口里的毒吸出来。

我好不容易从台东弄了一块黑石回来。在这之后几天，我就被一只毒蜈蚣咬到，它是在我房间非常隐秘的地方，旁若无人地攻击我的。当时，我刚关掉灯准备睡觉，就感觉到手臂上被猛掐一下。等我拉开覆盖的衣物一看，只见一只巨大的蜈蚣正急急忙忙地溜开。

我花了大约五分钟的时间，想抓住那只蜈蚣，把它打死。可是，到那时候，我的手臂开始疼痛，而且也已肿了起来。

试着保持平静，我拿出我新买的黑石，开始研读使用说明。

“首先，在被咬处割开一个小伤口。”说明上这么说，“然后把石头放在伤口上。它会使它自己牢牢贴住血，并且保持安全，直到所有的毒都吸光了为止。”

我找出一把刮胡刀，咬紧牙关，我试着弄出一个切口。但是，那把刀太钝了。我又花了五分钟去找一把锐利的刮胡刀。这时候，我手臂上的伤口已经肿得有一个小气球那么大了。

当我割开我的皮肤时，我告诉自己：保持冷静。我把那块黑石放在小伤口上，开始等待。

我暗忖：如果它不发生作用怎么办？如果它只对某些人有用，对我没用，那该怎么办？我该怎么做？果真如此，到明天，我整个人看起来会活像个气球。

然而，不到两小时的时间，那令人难以相信的小黑石头，竟然把我手臂里的毒吸得干干净净，一点也不剩。然后，它就自动脱落。我则安详地入睡，事后也没有任何痛楚。

“我真庆幸自己及时弄到了那块黑石头。”第二天，我告诉尤帕士。

“是啊！”他回应我，“可是，话说回来，如果你没有这块石头，你或许永远不会被咬到。”

我倒没想到这点。

“还有别的忠告吗？”我问尤帕士。

“有啊！”他回答道，“下一次别把蛇杀掉。你可以把它们拿到竹东去卖。还有，趁蜈蚣活的时候放进米酒里去，可以做成很好的药呢！”

“这种药有什么用？”我问。

“治蛇咬伤啊！”他回答我。

山修士

这个留着一嘴扎胡子、身材矮小的白发男子，有天出现在教堂旁边，问我是否能让他留下来。他穿了一件深黑色的衬衫，一条宽腰带，垮垮的黑长裤塞进他那双过大的靴子里。他拿了一根走路用的手杖，粉脸圆头颅上，顶着一顶斗笠。

如果他穿的是浑身红，而不是一身黑，我想我会以为自己看见的是圣诞老公公。

这就是山修士，一位原籍匈牙利的耶稣会修士，他在台湾工作了好多年，现在已经八十几岁了。

“你当然可以留下来！”我对这位和蔼的老人说，“只要你愿意，你可以永远地住下来。”

“平地太热了。”老人说，“我一定会死在那儿。这儿很清凉，可以使我的身体爽快些。我属于山里这块地方——就像我的名字一样。”

山修士笑得好甜。十三年前，他曾经来到清泉，住了好几年。在那段期间，他曾协助村里的人栽种苹果树。

山修士喜爱园艺以及各种农作。一到这儿，他就开始计划在教堂附近弄一个菜园。他要我从新竹带回几样蔬菜种子，辛勤地将它们种在他预先规划好的区域内。不到一个月，我们每天的餐桌上就有了新鲜的蔬菜可吃。

“现在有个问题。”有一天，山修士对我说，“我们没有水。每次我去为我们的蔬菜浇水，那儿都没水。你必须想想办法，否则我们的蔬菜会死光。”

山修士提出的问题，其实不是现在才有的。它由来已久。我们村子里加压抽出来的水，常会在一天不同的时段里莫名其妙地停掉。这种情形尤其令我们的客人困窘，他们经常发现：洗澡的时候一擦上肥皂，往往会突然没水清洗。我试过各种方法，想找出问题的症结，可是都没找到。

不过，山修士却坚持我能够——而且也必须——找出一个替他的蔬菜浇水的方法。那是一个没水的星期六早晨，在有了一屋子没洗澡的客人，以及一园子没水浇的蔬菜之后，我下定决心去找出究竟谁应该为我们的供水情况负责，并且和他谈一谈。

我先到村子里的派出所去。他们告诉我应该去问村长。其中一位警员的太太，正在屋外她的菜园里工作，坚持要我带一把蔬菜才能走。

村长不在家，不过，他的太太告诉我可以去找一个人谈谈看。

“等一下。”她说着走进厨房，一会儿，带着一大袋青菜回来，“我要你拿着这些。”

然后，我到村长太太建议我去的那个人家。那个男人不在家，我向他太太说明当时的情况。

“他有没有办法可以想呢？”我问道，“我们几乎没有半滴水。你知道，这个村子叫做‘清泉’。可是我们的客人却一直不能洗澡。山修士的蔬菜都快死光了，而且……”

“等一等。”这位太太说着，便走进另一间屋子。等她回来时，手上也拿着一大把青菜。

“喏，这些拿去。”那位太太说。

几乎走遍了全村之后，我回到教堂。

“你找到解决我们问题的答案了吗？”山修士问我。

“没有，可是我带回来足够我们吃上一个月的青菜。”我说，“这里的人的确有各式各样解决问题的怪方法。”

村子里的小孩都叫山修士“乒乓乒”，因为他总是对他们唱一首歌，“乒乓乒”便是它的歌名。气球这只猫也很爱他。它知道：每当山修士烤饼干时，它总能从他那儿多要一块来吃。除了我们客人的毛衣之外，山修士的膝盖，也是气球最爱休息的地方。

可是，尤帕士却无法忍受山修士的烹调技术。

“他的点心不是太油腻，”尤帕士抱怨道，“就是硬得跟石头一样。”

这倒是真的。山修士酷爱烘焙，可是他的糕饼点心，却无法和赵修女的列为同一级。我真担心：如果他不小心掉一块他做的点心在气球的脑袋瓜上，会把那只可怜的猫敲得昏迷不醒。

不过，山修士似乎并不介意这点，他的牙齿一定是我所认识的八十岁级老人中最好的。渐渐地，我也习惯了这种石头饼干，显然，这在匈牙利必定是一道美点，并且发现：只要把它们放在嘴里经过长时间的咀嚼，味道还挺不错的呢！

山修士和我们一起住了好几个月，一直不曾离开村子，下山到平地去。一天早晨，他忽然宣布要到竹东去买一些农作用的工具。

那天，他走了以后，过了一阵子，有人通知我清泉派出所有我的电话。我赶紧跑去，想透过那支轧轧作响的电话，与对方通话。

“你们那边有没有一个客人，名叫……？”五峰的警员在电话里问我。

“什么名字？我听不见！”我对着电话大吼大叫的。

“那个名字是……静……”

“可不可以请你说大声一点？”

“……静……静……”

完蛋了，根本听不清楚。

“我们现在根本没有半个客人。”我吼着，“一定是弄错了。”

我挂断电话，开始走出派出所。突然间，我掉过头，冲回电话机旁。

“我刚刚想起来，山修士的名字里有一个‘静’字，你可不可以再帮我接通他们？”

原来，可怜的山修士忘了更换一张新的入山证。在回到山区的路上被禁止入山。由于他从抵达清泉的那天开始，就一直没有离开过，警员都不清楚他究竟是谁，于是便打电话问我。万一警员告诉山修士：我不认识一个叫他那个名字的人，不知道他会有何感受？

山修士通常都是一副很严肃的样子。可是，每当他谈到圣母玛利亚——他最喜爱的话题——他的脸就会融入一种天真烂漫的欢愉中。

“我看见过她。”他说，“而且她还跟我说过话。”

我相信山修士的话。我知道：他很快就会再见到她的。

山修士在清泉待了一年多一点的时间。然后，就在他刚过完八十一岁生日时，他宣布他要离开山上，开始住在台中的年老神父与修士之家——那是在平地。

看着他离去，我们都好难过。我们会想念他的菜园，是的，甚至于他的饼干。孩子们会怀念他那支“乒乓乒”的歌。气球也会想念他的膝盖。我们都会想念他有关圣母玛利亚的故事，也都希望他能永远留在他挚爱的山里。可是，他的时间到了，他自己知道。

别了，山修士。群山会永远记得你的。

耶诞马槽

近六年来，我一直想把我们这所荒芜的教堂好好整修一番。我重新粉刷过墙壁和天花板，安装水管，修理木器，把大部分的灰墙绘上壁画。我甚至装了淋浴设备，尽管实际上，我们还是很少有自来水可以打开它们来使用。然而，要做的工作还是那么多。

村民们经常自告奋勇地来帮忙油漆墙壁。

“你喜欢这些颜色吗？”我问其中一位志愿者，他正兴致勃勃地在墙上飕飕地挥动一把油漆刷子。

“很鲜明。”他回答，“那是因为你还年轻，等你老了，或许你会再把墙壁漆成灰色的。”

当我在祭坛附近的壁画上画出不同的人形时，有个男孩一直在旁边观看。这幅壁画是要表现穿着原始服装的泰雅族男人和女人，有的忙着打猎，有的要把他们的收成献给祭坛。

“那些都是已经死掉的人吗？”那男孩问我，手指着那些人形，“我以前从来没见过他们。”

“你把他们当成你的祖先去看，那就好了。”我回答道。

我本来希望能在耶诞节以前，把教堂的最后整修工作完成。可是，要想把工人拐进山里，实在很难，因此，到了耶诞夜那天，所有的工作都还只完成了一半，教堂里一团糟。

“我们来了！”油漆匠、水电工、木工和贴瓷砖的工人异口同声地宣布，“我们答应过你要在耶诞节以前完工！”

那是耶诞夜的早晨——每年的这个时刻，应该很平静安详的。

可是，那个耶诞夜，整座教堂听起来就活像是兵临城下，被重重包围住了。锯屑满天飞舞，电钻机像霹雳似的喧闹不休。油漆桶占据了所有的通道，瓷砖则有如落叶般，扔得满地都是。那儿没有电、没有水，也没有空间摆任何东西。

可怜气球这只猫，连个休息的地方也找不到。

在这同时，尤帕士和负责教义问答的大木，正忙着搭建耶诞马槽，我们则忙着布置教堂。马槽里的人物如玛利亚、约瑟、牧羊人以及各种动物，全都是西班牙制的，十分精巧。每一只动物都面向睡在马槽里刚出生的耶稣。

到了耶诞夜那天的黄昏，工人们居然实现了他们的奇迹。我们的教堂终于整修好，上了轨道，完工了，不但如此，还很美丽呢！

当天晚上，一大群青年人和孩子，组成了一支队伍，准备到村子里所有的天主教家庭去报佳音。我加入了他们。

弹着我的吉他，我们依照习俗，来到每一家门口，唱起《平安夜》。人们邀请我们进屋，给我们点心，让我们看看他们自己的马槽。几乎每一家都做了一个。有的很精致，用大松树围住一座约有一个小鸡笼那么大的马槽。有的很小，一点点大圆形画的玛利亚和约瑟，全都挤在小小的鞋盒里。不过，它们都很可爱，我们在每一个马槽前驻足祈祷。

再也没有比沿着蜿蜒的山村小径和吊桥去报佳音的秉烛吟唱更美的事了。乐音在山谷间回响，一种特有的耶诞节的宁静，将所有村民的心，填得满满的。

报佳音完，回到教堂之后，我们在午夜举行耶诞弥撒，然后，和往常一样，把我们在报佳音途中所得到的点心分一分。到了清晨两点，所有人都回家了，我又是一个人孤零零地守在我们这座刚装修好的教堂里。

我在耶诞马槽前跪下，闭上眼睛，开始回想过去这些年来曾经进入我生活的每一个人。

我想到忧郁的亚威，以及我和他一起在山里散步的情景。快活的谷三和他圆脸的哥哥幼明。尽忠职守的尤帕士，每天把我喂得饱饱的——不只是喂我食物，而且还喂我忠告。米鲁的人和他的歌、舞。一脸悲伤的尤柑和他太太，现在他们已葬在一块儿。

另外还有在我们的舞台剧里饰演山地英雄的帅小子大柏。已经离开人世、我最亲密的朋友库诺西。掉了两颗门牙、来自法国的莱沙。教义问答师大木。我们青年团契里所有的男孩、女孩。年老的，个个平易近人，与世无争；年轻的，则以无比的活力、爱心和希望，迎向未来。

当时，他们都曾与我同在。在我心中，他们也将永远留住，是美丽，也是贫穷的。

我还记得曾经进入我生活中的许多访客，即使是那些为时很短的。我想到我大哥，以及他曾经给予我的所有支助。当然，还有我的宠物们。

感谢上帝让我拥有那些可爱的小狗、小鸡和小鸭，还有……气球。气球？气球到哪儿去了？我这才发现我已经一整天没看到它了。

我心想：到处都有工人们在骚动，它大概找不到一个休息的地方。不知道它会上哪儿去了。

我抬起头，再度凝望着这美丽的耶诞马槽。只见玛利亚、约瑟和三位牧羊者都俯视着在秣桶里的小婴儿耶稣。窝在马槽稻草堆里的有牛、羊、小狗的泥雕以及……气球！

原来它在这儿。气球已趴进马槽的稻草堆中，正和紧靠在装着小婴儿耶稣的秣桶旁边的所有泥像，安详地休息着呢！

在那个美丽的教堂的静寂中，我看着我的小猫，在耶诞马槽里沉沉睡去。是的，上主，我要代它感谢你。为这一切，感谢你！

图书在版编目（CIP）数据

兰屿之歌 清泉故事／（美）丁松青著；三毛译 .—北京：
北京十月文艺出版社，2015.7
（三毛全集）
ISBN 978-7-5302-1470-1

Ⅰ．①兰… Ⅱ．①丁…②三… Ⅲ．①散文集—美国
—现代 Ⅳ．①I712.65

中国版本图书馆 CIP 数据核字（2015）第 043004 号

著作权合同登记号 图字：01-2013-3974

责任编辑 王 倩
特邀编辑 林妮娜 王 依
内文摄影 丁松青
装帧设计 韩 笑
内文制作 杨兴艳
责任印制 李海坡 史广宜

兰屿之歌 清泉故事
LANYU ZHI GE QINGQUAN GUSHI
[美]丁松青 著 三毛 译

出 版 北京出版集团公司 北京十月文艺出版社
北京北三环中路 6 号 邮编 100120
发 行 新经典发行有限公司
电话 (010)68423599 邮箱 editor@readinglife.com
经 销 新华书店

印 刷 北京天宇万达印刷有限公司
开 本 890 毫米 ×1270 毫米 1/32
印 张 11.75
字 数 253 千
版 次 2015 年 7 月第 1 版
印 次 2015 年 7 月第 1 次印刷
书 号 ISBN 978-7-5302-1470-1
定 价 39.50 元
质量监督电话 010-58572393